DAVID ET OLIVIER

ROBERT SABATIER

de l'Académie Goncourt

DAVID
ET OLIVIER

Roman

ALBIN MICHEL

PARIS

IL A ÉTÉ TIRÉ DE CET OUVRAGE :
100 EXEMPLAIRES SUR VÉLIN DU
MARAIS, DONT 90 NUMÉROTÉS DE
1 A 90, ET 10 HORS COMMERCE
NUMÉROTÉS DE I A X.

ISBN 2-226-02557-X BROCHÉ
ISBN 2-226-02620-7 RELIÉ
ISBN 2-226-02621-5 MARAIS

Je me promène dans les allées de ma mémoire comme on visite les ruelles d'un vieux quartier. Cette nuit-là fut la plus féconde de toutes : devant le 73 de la rue Labat, j'ai retrouvé un ami. Et aussi l'année la plus souriante de ma vie.

J'avais huit ans et demi. Ma mère, Virginie la mercière, vivait encore. J'adorais jouer dehors avec mes copains. Là, je rencontrai David et l'amitié. Nous ne nous ressemblions pas : il était aussi brun que j'étais blond, aussi calme que je me montrais turbulent, bon écolier quand je jouais les cancres. Cela se passait durant une période qui précède celle narrée dans Les Allumettes suédoises.

Je me souviens de ma rue comme d'un paradis. Je ne peux m'empêcher d'y revenir, d'y chercher des traces, de la faire revivre, de l'animer par l'écriture. Une correspondance suivie avec des lecteurs et des lectrices a rafraîchi mes souvenirs. Ainsi, Mme Proust (nom que je n'invente pas) qui me parla de 1930, de la mercerie, des gens d'une véritable tribu composite, de l'univers d'un quartier, évoqua une maladie que j'avais oubliée, un service de verres à bordeaux, sa mère qui me soigna...

La mère de Mme Proust se nommait Mme Rosenthal. Elle était l'amie de Virginie, la maman d'Olivier, un des personnages de ce roman. J'ai voulu lui être fidèle comme à tant d'habitants de ma rue, groupes d'adultes, foules d'enfants, personnes de toutes sortes, au parfum d'une époque heureuse, à des coutumes, un langage, une musique particulière, une vibration, un arrière-tremblement intérieur. J'ai tenté de capter des instants inoubliables et j'ai rencontré la gaieté, la joie pure, la tendresse, l'émotion.

Comme Blaise Cendrars, je pourrais dire : « Je suis revenu au Quartier/Comme au temps de ma jeunesse... » Flânerie, pèlerinage, nostalgie ? Je ne sais. Je raconte la simple histoire de deux enfants qui ne peuvent pas vivre l'un sans l'autre, de deux enfants dans la ville : David et Olivier.

R. S.

Un

DEPUIS le petit matin, il pleuvait, mais ce n'était pas une eau triste : elle préparait la voie du soleil. On percevait la complicité des éléments, les jeux subtils de la brume et de la clarté. Le dos bombé des pavés se réjouissait, et aussi les herbes, les mousses qui les cernaient. La pierre vivante souriait, le gris s'argentait, apprivoisait de nouvelles nuances, vert, bleu, or. L'eau dans les ruisseaux chantonnait doucement.

Une rue ordinaire sur le flanc de la colline montmartroise, la rue Labat se terminant au milieu de la rue Bachelet formant la barre horizontale d'un T. Sur la hauteur, gravies cinq marches de pierre, d'un espace en demi-lune s'élevait un raidillon semé de demeures, cabanes plus que logis, territoire délimité par une palissade plissée et tordue comme un soufflet d'accordéon. En bordure, la boucherie *kascher* de M. Aaron faisait face à l'échoppe du rempailleur de chaises, M. Léopold. La rue Bachelet prise à main gauche, passé le drapeau tricolore en métal du lavoir, on aboutissait à la rue Nicolet où se trouvait un pavillon habité naguère par le poète Paul Verlaine et sa belle-famille. Toujours en haut de la rue Labat, en tournant à droite, on atteignait la rue Caulaincourt et ses immeubles bourgeois, tout de suite après l'interminable escalier Becquerel bordé de hauts édifices.

Au pied de cet escalier séparé en deux parties par une rampe de fer propice aux glissades, sur le côté gauche, derrière la porte d'une grille entrouverte se trouvaient des poubelles de métal, une lessiveuse retraitée, des cageots écrasés d'où s'échappait un remugle de chat et de chou.

Lorsque le soleil apparut, une vapeur s'éleva du goudron luisant. Une vieille femme, les épaules protégées par un fichu noir à franges nouées, descendait l'escalier, sans hâte, une main serrée sur la rampe humide. Elle se retournait de temps en temps pour mesurer le chemin parcouru. Un garçon pâtissier portant sur l'épaule un plateau de bois chargé de croissants et de brioches la dépassa en sifflotant. Il descendait les marches deux par deux. Des pigeons et des moineaux le regardaient. Au loin, on entendit un bruit métallique de bidons entrechoqués, puis le heurt des fers de percherons sur le pavé.

Quand la femme arriva en bas de l'escalier de pierre, elle respira par à-coups et s'éloigna d'un pas décidé en direction de la rue Hermel. A une fenêtre, une jolie blonde frappait une descente de lit rouge avec un battoir en rotin. En bas, dans le recoin des ordures, un bruit la fit tressaillir. Elle pensa à un rat. Elle tira le tapis et ferma la croisée. Ainsi, elle ne vit pas qu'un enfant s'extrayait de la poubelle. Il se pencha, se débarrassa d'épluchures et tira une gibecière de carton-pâte qu'il jeta sur son épaule. Il porta la main à son œil gauche douloureux du coup de poing qu'il avait reçu, essuya le sang séché sous son nez et regarda vers la rue Bachelet avec inquiétude. Il gonfla ses joues, souffla, s'étira et murmura : « Quelle raclée, mes aïeux ! » Il souleva son pull-over pour attacher la bretelle à la droite de sa culotte grise. Un des boutons ayant sauté, il fit chevaucher les deux pattes sur celui qui restait. Prenant son index pour chausse-pied, il ajusta ses sandales de caoutchouc moulé, puis il serra la ceinture de son tablier à carreaux bleus. Il serait en retard à l'école. Tout un côté de sa culotte était déchiré. Il porta sa main à sa bouche en signe de consternation.

Un épi redressait ses cheveux blonds à l'arrière de sa tête. Ses yeux étaient vert d'algue comme ceux de sa mère, mais celui de l'hématome passait du rouge au bleu. Il resta immobile, dans l'attente d'une décision. Il s'imagina arrivant en classe dans ce piteux état. Que dirait M. Tardy son instituteur ? Et s'il rentrait à la mercerie de Virginie, sa mère ? Ou s'il rendait visite à cette bonne Mme Haque, accueillante ou revêche selon les moments ? Dans sa tête résonna le mot « voyou », mais ce n'était pas lui, le voyou. Il inclina la tête et un vague souvenir se dessina. Alors, il souleva le couvercle de la lessiveuse. A l'intérieur, recroquevillé, se trouvait un garçon plus petit que lui qui leva son coude pour se protéger. Reconnaissant son libérateur, rassuré, il entendit :

— Tu peux sortir. Ils sont caltés.

— Ils sont partis, t'es sûr ?

— N'aie pas peur, petit.

— Je suis pas petit, j'ai neuf ans, et toi ?

— Heu... huit et demi.

En sortant de la lessiveuse, le « petit » prit un air

entendu : il était l'aîné. Les deux enfants s'observèrent. Avant la bagarre, ils ne se connaissaient pas. Le
nouveau rescapé portait un tablier en satinette noire
à liséré rouge, de grosses chaussures cloutées comme
celles des militaires, une casquette noire à visière
cassée. Sorti de la cachette, il renifla. Sa joue
saignait. Il dit : « C'est rien ! » sans avouer que ses
bras et sa poitrine le faisaient souffrir. Ils cherchèrent
des cahiers et des livres attachés par une courroie. Il
demanda :

— Tu t'appelles comment ?
— Olivier, et toi ?
— David.

Ils précisèrent : « Olivier Chateauneuf » et
« David Zober ». La chevelure de David était brune
et fournie. Ses yeux bistre, presque trop grands,
portaient une gravité d'adulte.

— T'es du quartier ? reprit Olivier.
— J'habite au 73 rue Labat Paris dix-huitième (il
débita la phrase d'un trait et Olivier observa qu'il
avait un léger accent), et toi ?
— Je suis au 75. C'est la mercerie.
— La dame blonde ?
— C'est ma mère, dit fièrement Olivier. Je suis né
là, au 75.
— Moi, je suis né loin, dit David. Avant, on
habitait à la Bastille. On est là depuis presque deux
mois.
— Ah ? C'est vous les nouveaux locataires.
— C'est nous, confirma David et il répéta : 73 rue
Labat Paris dix-huitième.

Ils marchèrent vers la rue Lambert. Olivier tenait
à éviter la mercerie. Il dit : « On est rue Lambert ! »

et David répondit : « C'est écrit sur la plaque bleue. » Olivier murmura : « Bien sûr, bien sûr... »

Ils déambulèrent sans se presser. Secrètement, leur rencontre gagnait en importance sur les événements qui l'avaient suscitée. Olivier donna des explications :

— C'est la bande à Anatole Pot à Colle, c'est des grands. Ils t'ont attaqué en même temps que bibi ?

— C'est quand je leur ai dit d'arrêter de te bigorner.

Olivier approuva de la tête. Ce « petit » était venu à son secours. Il le regarda avec intérêt et déclara :

— N'empêche que j'ai fait un croche-patte à Grain de Sel et qu'Anatole en a pris un sur le pif et j'ai balancé de ces coups de targette... Si Loulou et Capdeverre avaient été là, on leur mettait la peignée.

— Qui c'est ?

— Mes copains de la rue Labat. Et pis, Anatole, je lui ai dit les cinq lettres.

Olivier crut que David le regardait avec admiration. En fait, il cherchait quelles étaient ces cinq lettres. Il dit :

— Je crois que j'étais dans les pommes.

— On te vengera ! affirma Olivier devenu Zorro.

A l'angle des rues Lambert et Labat, en face du commissariat où un agent en pèlerine, le dos contre le bec de gaz, attendait la relève, Olivier demanda :

— Tu fais quoi ?

— Je rentre à la maison, dit David.

— Tu vas te faire sonner les cloches !

— Quelles cloches ?

— Tu vas te faire attraper.

— Non, on ne me dira rien. J'expliquerai.

Olivier parut douter. Il n'osait ni rentrer chez sa mère ni se rendre à l'école. Quand ils aperçurent Mme Vildé, son cabas en moleskine au bras et son porte-monnaie à soufflet à la main, il cacha son œil poché et fit une grimace pour ne pas être reconnu.

— Moi, dit-il sur le ton d'une fausse insouciance, je sais pas ce que je vais faire. Peut-être me balader.

— Et ton œil ?

— Ben, c'est un coquart, un coquelique, un œil au beurre noir. Ça arrive. Je mettrai de la flotte.

— Viens chez nous, proposa David.

— Je connais pas..., fit Olivier intimidé.

— Si, t'as qu'à venir !

Olivier répéta : « Je connais pas... » mais il suivit David.

Ils passèrent devant le soupirail de M. Klein le boulanger. En se penchant, on le voyait en maillot de corps, les épaules blanches de farine. Tantôt, il pétrissait la pâte, tantôt il enfournait le pain ou les gâteaux. Un fumet de beurre chaud mettait en appétit. Olivier rasait le mur en regardant avec inquiétude vers la mercerie. Arrivés devant le 73, David désigna ce numéro et, plus bas, une plaque émaillée où des lettres blanches apparaissaient sur fond bleu. Olivier lut : *I. Zober, Tailleur, spécialité de tailleurs pour dames.* Sur une étiquette ajoutée, on lisait : *Retouches.* David proclama : « C'est mon père ! » Pour manifester son intérêt, Olivier émit un sifflement.

Olivier se baissa en passant devant la loge de

Mme Haque. Ils atteignirent l'immeuble sur cour et grimpèrent au second étage. Sur la porte se trouvait la même plaque qu'à l'entrée mais sans l'indication *Retouches*. Olivier était partagé entre la curiosité et une timidité qui le portait à fuir. Quand David tira sur le gland du cordon de sonnette, il rentra les épaules.

Une adolescente leur ouvrit la porte, recula et adressa à David une phrase en yiddish avant de la reprendre en français. Longue et maigre, elle évoquait la fragilité des plantes trop vite poussées. Une natte rousse nouée par un ruban vert était ramenée sur son épaule. Autour de son nez dansaient des taches de soleil. Sa bouche peinte d'un rose pâle sur son visage triangulaire paraissait grande. Des sourcils façonnés haut apportaient un simulacre d'étonnement. A ses oreilles brillaient des anneaux argentés. Apercevant Olivier, elle prit une pose copiée sur un magazine de mode.

— C'est la grande Giselle ma sœur, dit David.

— Mademoiselle, fit Olivier cérémonieux.

On entendit une quinte de toux, puis une voix enrouée qui demanda : « Qui c'est qu'est là ? » et la grande Giselle, d'une voix étudiée, annonça :

— C'est le David avec un autre garçon.

— Comment qu'il serait pas dans l'école celui-là ?

La grande Giselle haussa les épaules. Elle tira un rideau de toile bise. Dans la lumière, Olivier vit qu'elle était vêtue d'un saut-de-lit cramoisi et portait des chaussons à pompons orange. Il n'osait la regarder. Il la trouvait crâneuse.

Les enfants pénétrèrent dans une pièce éclairée par deux fenêtres sans rideaux. Ils sentirent une odeur de

tissu chaud. M. Zober se tenait derrière une planche
à repasser. Il posa un gros fer sur un poêle de fonte.
De la vapeur montait de la pattemouille. Le tailleur
ajusta un lorgnon pour regarder les enfants. Il
apparut en gilet noir, les manches bouffantes de sa
chemise blanche serrées aux poignets. Roux et maigre comme sa fille, il était de petite taille. S'efforçant
à la sévérité, il agita son index.

— Des voyous, ils nous ont attaqués, dit David.

A ce moment-là, Mme Zober sortit de la cuisine.
Elle finissait de nouer un châle sur ses cheveux. Sur
une face ronde, placide, ses épais sourcils noirs et ses
yeux brillants au regard fixe lui donnaient un aspect
terrible. Elle apostropha Olivier :

— C'est pas toi qu'il a battu mon garçon ?

— Non, non, dit rapidement Olivier. C'est la
bande de la rue Bachelet. Ils m'ont attaqué et David
leur a dit qu'ils arrêtent. Alors, il a pris aussi sur la
figure...

— Oïlle, oïlle, oïlle ! répéta M. Zober, et battu sur
la figure, pourquoi ?

— C'est la guerre ! dit gravement Olivier.

— Qu'est-ce que tu y parles de la guerre ici toi ?

— Entre la rue Labat et la rue Bachelet.

— Oïlle oïlle oïlle ! reprit M. Zober.

Pendant ce temps, Mme Zober palpait le corps de
son enfant, essuyait la joue avec un mouchoir
humecté de salive. David assura qu'il n'avait pas
mal, pas mal du tout. Elle lui prit le bras et le secoua
en grondant :

— De quoi tu t'occupes toi des autres ?

— Il a pas bagarré, dit M. Zober. Il a dit d'arrêter
de taper sur celui-là. C'est bien qu'il a dit ça.

— Oïlle oïlle ! fit Mme Zober à son tour.

Elle entraîna David vers la cuisine où l'on entendit couler l'eau. M. Zober approcha le gros fer de sa joue pour en vérifier la chaleur avant de reprendre son repassage. Il leva les yeux par-dessus son lorgnon et dit à Olivier :

— C'est pas bien de bagarrer. Sur le banc tu te mets...

Olivier s'assit sur un banc de couturière, croisa les mains sur ses genoux et parut se perdre dans sa rêverie. En fait, il observait les gestes précis du tailleur maniant son fer. Ce spectacle d'un homme repassant l'étonnait. Sans doute ce fer était-il si énorme parce que destiné à être manié par une main masculine. Les blanchisseuses du 74 rue Labat, celles qui riaient et chantaient tout le temps, jouaient de leurs fers légers et rapides. Elles ne travaillaient guère pour les gens du quartier, mais plutôt pour les girls des Folies-Bergère, lavant de nuit, repassant, plissant, empesant le linge apporté dans de vastes paniers d'osier, et toujours joyeuses.

Dans cette pièce, le tailleur vivait avec sa famille et il y gagnait sa vie comme en témoignaient des ustensiles ménagers épars, deux lits-cages repliés et recouverts d'une housse voisinant avec les outils et accessoires : ces trois mannequins de couture posés sur un socle de bois noir, sans bras et sans tête, représentant une femme, un homme, un garçonnet ; un mètre ruban jaune entourait les épaules de l'un et, sur les autres, du tissu était drapé et retenu par des épingles. Au mur, derrière des sous-verre, Olivier regarda les photographies de messieurs vêtus de costumes ou de pardessus élégants ; ils se tenaient

figés, des gants à la main gauche, une canne ou
un parapluie à la main droite, chapeautés chic,
en raglan, en complet ville ou en costume touriste, le pantalon au pli effilé comme une lame,
les revers pointus touchant aux épaules, gentle-
men et sportsmen impersonnels et superbes.

Olivier remarqua la machine à coudre Singer
plus importante que celle de sa mère, le miroir à
faces multiples, les ciseaux à tissu, les blocs
d'échantillons, la craie plate, les hérissons de
velours piqués d'épingles, les rouleaux de doublure, les bobines, tous les objets de l'arsenal
couturier qu'il reconnaissait puisque sa mère les
vendait à la mercerie, avec cette différence que
chez M. Zober ils avaient perdu leur état de
neuf.

A la cuisine, Mme Zober apostropha la grande
Giselle en yiddish. Son mari lui dit de parler
français. Elle demanda alors à sa fille de s'occuper de l'autre garçon.

— Viens par ici, toi ! jeta Giselle à Olivier.

Il la suivit dans une chambrette ornée de
papier peint à torsades fleuries de roses. Giselle
versa l'eau d'un broc dans une cuvette émaillée.
En dépit des réticences d'Olivier, après avoir
humecté un gant de toilette, elle entreprit de lui
laver le visage. Elle jouait ainsi à la poupée, mul-
tipliant les injonctions, les « tiens-toi droit », les
« tourne-toi », les « ferme les yeux », les « bouge
pas ». Au début, Olivier se sentit humilié, puis il
y prit plaisir car elle y mettait de la tendresse,
lui caressait les cheveux et les mains. Elle démêla
sa coiffure, vaporisa de l'eau de Cologne et entre-

prit de tracer une raie bien droite sur le côté de la tête. Elle recula pour admirer son œuvre et affirma :
— Ton œil, tu vas voir comment je vais le soigner !

Peu confiant, Olivier la regarda ouvrir des flacons médicinaux recouverts de bonnets plissés en papier couleur rouille. Elle fit couler la teinture d'arnica sur du coton hydrophile qu'elle appliqua sur l'œil poché. Olivier fit « Aïe ! » et elle affirma qu'il était douillet comme tous les hommes. Ils restèrent immobiles. Elle serrait Olivier contre sa hanche et il ne trouvait pas cela désagréable. Imbibant un autre coton d'eau de Cologne, elle essuya la joue où l'arnica avait coulé et lui demanda d'attendre. Prise d'inspiration, l'infirmière devint maquilleuse. Elle entoura le rond jaunâtre et bleu de l'œil d'un cercle de mercurochrome. Elle lui tendit un miroir. Olivier recula horrifié : il ressemblait à un clown du cirque Médrano. Il remercia du bout des lèvres. Elle cria :
— Mama, ça y est. J'ai soigné le malade... Comment tu t'appelles ?

Olivier faillit répondre « Par mon nom signé par mon talon ! » mais il retint ce sarcasme et dit simplement :
— Olivier Chateauneuf. Ma maman à moi, c'est la mercière du 75.
— Mama, Olivier qu'il s'appelle.
— Il a qu'à venir, dit Mme Zober.

Dans l'atelier du tailleur, toute la famille était réunie. En voyant le visage peint d'Olivier, Mme Zober fut prise d'un rire qu'elle cacha derrière sa main. Son mari fit semblant de regarder par la fenêtre et son lorgnon tomba sur la planche à

repasser. David fixait tour à tour la grande Giselle et
Olivier avec effarement.

— Je sais, dit Olivier, j'ai l'air, j'ai l'air...

— Qu'est-ce que ça sert d'avoir mis la peinture à
son œil ? demanda M. Zober à sa fille.

Giselle, par un geste désinvolte, signifia que ses
parents ne comprenaient jamais rien. Intimidé, Olivier se demandait comment sortir de ce mauvais pas.

— Ça te fait mal ? demanda David.

— Pas trop, répondit Olivier, mais j'ai l'air...
rigolo.

Les deux enfants se sourirent. Ils auraient aimé
être seuls pour parler. David brun, Olivier blond,
chacun aurait pu voir l'autre lui-même inversé.

— Tu vas où à l'école ? demanda Olivier.

— A la communale, rue de Clignancourt.

— Moi aussi, dit Olivier, et je te connaissais pas.
T'es dans quelle classe ?

— La classe de M. Alozet.

— Moi, c'est M. Tardy, avoua Olivier vexé d'apprendre que David était dans la classe au-dessus de
la sienne.

— C'est parce que j'ai neuf ans, expliqua David.
Avant, j'étais à l'école juive.

— Il apprend tout ce qu'il veut dans sa tête, dit
M. Zober. C'est un cerveau, le David cinquième dans
la classe. Et je veux qu'il est le premier.

Olivier resta silencieux. Lui était beaucoup plus
proche des derniers de sa classe. M. Tardy lui
reprochait d'être toujours dans la lune, bavard et nul
en arithmétique. Le mauvais moment du mois,
c'était quand il fallait donner le livret de notes à
signer. Virginie parcourait les colonnes avec désola-

tion, lisait l'observation de l'instituteur et disait :
« Pourquoi ne fais-tu pas mieux puisque M. Tardy
écrit que tu pourrais mieux faire ? » Olivier se
défendait : « Il met ça à tout le monde... » Bientôt
insouciante, elle faisait : « Ah bon ? » puis son caractère optimiste la conduisait à apprécier une note plus
élevée que les autres avant de signer avec applica-
tion.

La grande Giselle tendit un doigt en direction
d'Olivier, souleva le tablier d'écolier et dit :

— Son froc, il est déchiré.

— C'est rien, dit Olivier.

M. Zober ajusta son lorgnon pour mesurer les
dégâts en connaisseur.

— Ton culotte, moi j'y vas la recoudre. Donne à
moi.

— C'est pas la peine...

Déjà la grande Giselle soulevait le tablier et
déboutonnait les bretelles. Mme Zober prétendit
s'occuper de cette réparation. Son mari y consentit en
se lamentant sur un mode comique :

— Oïlle oïlle oïlle ! Je commande plus à la maison
Zober. Je suis la femme de ma femme !

M. Zober prononçait les *e* comme des *é*. Olivier
sourit sans comprendre. Mme Zober commença son
travail. Elle cousait comme Virginie, avec les mêmes
gestes, mais plus vite. David lui demanda : « Ça
va ? » et il répondit : « Ça biche ! » La grande Giselle
faisait la coquette devant un miroir. M. Zober
retouchait un gilet. Il demanda à Olivier si les
affaires de la mercerie marchaient bien et il répondit
en reprenant une phrase de Virginie : « Faut pas se
plaindre... » avant d'ajouter la suite : « ... y'a plus

malheureux que nous ! » Mme Zober parut approuver. Olivier remarqua son nez tout petit, sa peau très blanche, une verrue entre ses deux yeux. David lui ressemblait tandis que la grande Giselle avait les traits de son père. Elle indiqua à sa fille qu'au lieu de grimacer devant la glace, elle ferait mieux de préparer le thé. « Tu aimes le thé ? » demanda-t-elle à Olivier. Il dit n'en avoir jamais bu.

— Ça y est la culotte ! dit-elle et elle la lança en riant à Olivier qui remercia et affirma que c'était « au poil » en ajoutant : « Au poil, dit la mouche ! » expression courante à la signification oubliée.

Bon, tout s'arrangeait. A l'exception de l'œil décoré par la grande Giselle. Et l'école. Olivier pensa à l'arrivée en classe. M. Tardy nomme les élèves par ordre alphabétique et chacun répond : « Présent ! » certains « Présent m'sieur ! » et des farceurs « Président ! » ce qui fait hausser les sourcils de l'instituteur. Ce matin, personne n'avait répondu au nom de « Chateauneuf » et une croix avait été posée devant.

Pouvait-il deviner que les mêmes pensées couraient dans la tête de David ? Pour lui, manquer l'école représentait un fait grave, du retard dans ses cours, tant de choses qu'il n'apprendrait pas. Olivier, au contraire, restait sans souci. Se promener dans la rue était bien plus agréable que de tremper sa plume sergent-major dans l'encrier de plomb, de tracer pleins et déliés en tirant la langue ou d'apprendre par cœur des récitations rébarbatives. Il se sentit décidé à tout faire pour ne retourner en classe que le lendemain.

La grande Giselle apporta un plateau rond sur lequel se trouvaient un samovar en métal argenté, des verres effilés et une assiette de petits pains nattés au cumin. Mme Zober fit couler le liquide ambré dans les verres. Elle recommanda à Olivier de tenir le sien par le haut pour ne pas se brûler les doigts. David lui montra comment s'y prendre. Du sucre en poudre coula. La cuillère tinta contre la paroi du verre. La vapeur embua le lorgnon de M. Zober qui l'essuya contre sa chemise.

« Je vais dire à ma mère que j'ai bu du thé ! » pensa Olivier. Lui reprocherait-elle sa visite à des gens qu'on ne connaissait pas ? On verrait bien. En attendant, le thé lui plaisait et aussi le petit pain qu'il consommait au même rythme que David. Il se sentait à l'aise. De temps en temps, il murmurait « merci » ou « merci beaucoup ». David ne le quittait pas du regard. Il aurait voulu lui parler de l'école, de la rue, des copains, de la bagarre, de vagues vengeances qu'il préparait. Il lui dit :

— Tu joues jamais dans la rue ?

— Je connais pas bien les autres.

— Il va pas aller à la rue aussi, celui-là ! s'exclama Giselle.

— Toi tu y vas bien pour te promener, rétorqua David, et même que...

Il mit des sous-entendus dans le regard adressé à sa sœur. Il savait des choses. Elle lui dit « Flûte ! » et M. Zober dit : « Oïlle oïlle ! ces deux-là... »

— Dans la rue, on se marre bien, dit Olivier. Y'a Loulou, Capdeverre, le môme Schlack...

— Faut pas se faire écraser, dit M. Zober.

— Des autos, y'en a presque pas, remarqua Olivier. Des fois, le cousin Baptiste vient nous voir avec son taxi.

Mme Zober partagea le petit pain restant entre les deux garçons. La grande Giselle prit la tête d'Olivier entre ses mains, examina son œil et affirma que, grâce à ses soins, cela allait mieux, puis elle lui fit une caresse, tira la langue à David en lui disant que son copain était plus mignon que lui. David haussa une seule épaule.

— Je crois que c't' après-m', j'irai pas à l'école! dit Olivier.

— Toi, dit M. Zober à David, l'oncle Samuel que t'iras voir. Tu lui dis : l'école j'y vas pas. Et il a toujours quelque chose qu'il t'apprend. Lui qu'il est allé à l'Amérique.

— Mon oncle Samuel, il revient d'Amérique, expliqua David, et Olivier balança la main droite en faisant « Çà alors ! » David précisa : « A New York qu'il était et là-bas on a des cousins tailleurs aussi. »

Que de choses à raconter à sa mère! Peut-être, à cause du poche-œil, le gronderait-elle un peu moins ? Il essuya sa bouche et annonça qu'il devait rentrer bien que sa mère lui en dirait de toutes les couleurs.

M. Zober se leva. Il regarda son atelier, redressa un rouleau d'étoffe, puis se gratta le sommet du crâne. Quelques bonnes commandes auraient été les bienvenues. Il passa devant la glace et s'y arrêta. Cet homme maigrelet au visage pâle, les traits tirés, était-ce lui? Vingt ans auparavant, dans ce village lointain, Esther, pourtant si courtisée, ne l'avait-elle pas choisi, lui, Isaac Zober? Il revit les demeures autour de la coupole cuivrée d'une synagogue. Mme Zober le regardait de côté : elle devinait tout ce qui traversait sa tête. Il annonça en yiddish que, levé depuis cinq heures du matin, il avait bien mérité de faire une promenade.

— Mon père, il va se promener, expliqua David à Olivier.

— Tu comprends, toi ?

— Parfois je comprends, mais pas toujours.

Olivier aussi entendait parler une langue inconnue quand les « pays » de son père, mort depuis deux ans, et de Virginie venaient à la boutique où ils s'exprimaient en patois.

M. Zober noua une cravate à losanges bleus et noirs, enfila une veste à martingale et vissa une large casquette de sportif sur son crâne. Il s'appliqua devant le miroir à la bien disposer, sur le côté mais pas trop, bas sur le front ou en arrière, et cela dura un petit moment tandis que Giselle et sa mère pouffaient de rire.

— Ben quoi, sans blague, de regarder mon tête tant que je veux j'en ai le droit pour voir ?

Il retira sa casquette à plusieurs reprises pour saluer David et Olivier de manière divertissante.

— Tu vois, le David, il a trouvé une copain, dit-il à sa femme.

Ce petit goy lui plaisait bien. Il percevait des courants de sympathie entre les deux enfants. Il se souvint d'un camarade de sa propre enfance, en Pologne, à qui Olivier ressemblait, portant comme lui de la curiosité dans le regard en même temps que de la réserve. Comment s'appelait-il ? Moses ou Mardochée ?

— Merci bien, madame Zober. Merci... euh, mademoiselle Giselle, dit Olivier en reprenant sa gibecière.

— Je vas partir avec lui, annonça M. Zober, et
David aussi qu'il vient.

Ils descendirent l'escalier, les enfants devant,
l'homme derrière, tenant un fume-cigarette entre le
pouce et l'index. Mme Haque, la grosse concierge
aux cheveux teints du rouge au jaune, lavait le
carreau de son couloir. Le balai-brosse poussait des
flots d'eau mousseuse vers le trottoir et ils durent
attendre avant de passer en faisant de grands pas sur
la pointe des pieds devant la femme appuyée sur son
balai. M. Zober toucha la visière de sa casquette et
dit quelques mots auxquels elle répondit : « Il faut
bien de temps en temps ! » puis elle adressa à Olivier
un : « Oh là là, celui-là, quel diable ! » à quoi il
rétorqua par un slogan : « Le Diable enlève les cors
en six jours pour toujours ! » Elle fit mine de le
menacer avec son balai.

Olivier peu pressé de rentrer à la mercerie suivit
David et son père. Ils prirent la rue Lambert à droite
pour remonter la rue Nicolet. Ils faisaient le tour du
pâté de maisons.

— La voyou qu'elle vous a battus, j'y vas leur
parler à ses parents, dit M. Zober.

— Anatole, des parents, il en a pas, dit Olivier.
Rien qu'une grand-mère. Elle s'en tamponne. Elle est
toujours pompette.

— Alors, j'y parle pas. Mais si tu veux, j'y dis moi
à ton mère que c'est pas à ta faute !

— Ça, j' veux bien, m'sieur Zober ! affirma Olivier.

Le soleil avait effacé les traces de pluie sur le
trottoir. Déjà des fumets de cuisine s'échappaient des
fenêtres. Une T.S.F. diffusait un fox-trot. Un mou-

tard nommé Riri, retenant d'une main une trottinette de bois de fabrication artisanale, faisait pipi dans le ruisseau et le jet courbe brillait comme de l'or. Tout paraissait vivre au ralenti et les promeneurs ne se pressaient pas.

Olivier annonça à David qu'il lui dirait des trucs, lui ferait connaître des choses. Il cachait son œil multicolore. Les deux enfants observaient tout avec le même intérêt, David y mettant une sorte de réserve, Olivier de l'assurance comme s'il était le maître des rues. Au contraire de David, il ne connaissait aucun autre lieu au monde. Si des lectures, des films évoquaient d'autres espaces, villes, océans, déserts, jungles, il les transposait dans sa rue en jouant aux cow-boys et aux Indiens, à Tarzan, en mimant les coups de feu du G-man ou en faisant naviguer un morceau de bois dans l'eau du ruisseau.

Virginie ne manifestait jamais une sévérité excessive, mais quand il se conduisait mal, elle boudait. C'était pire que tout. Il aurait préféré une fessée. Brusquement, il se mettait à faire froid. Le temps s'arrêtait. Le carillon tintait comme un reproche. Il fallait attendre que Virginie, apaisée, se mît à chantonner. La vie, alors, reprenait son cours normal. L'œil au beurre noir l'amènerait peut-être à la compassion. Il exagérerait son mal pour être dorloté.

— Vise un peu, dit-il à David, c'est Anatole...

L'agresseur sortait du lavoir portant un ballot de linge. Sa grand-mère, courbée et lasse, le suivait. Dégingandé, il était vêtu d'un pantalon trop court et d'un maillot à rayures jaunes et noires. Olivier glissa ses pouces dans la ceinture de son tablier et marcha en faisant le caïd. David tenta de l'imiter. M. Zober agita la main en signe de reproche et Anatole pressa le pas.

— Quel froussard ! jeta Olivier fanfaron.

— C'est parce que mon père est là, observa David.

— Peuh ! Il a l'air chnoque avec son linge. Un jour, je le dérouillerai.

Ils se retrouvèrent en haut de la rue Labat, longèrent le grand immeuble du 77 et se retrouvèrent devant la mercerie. Virginie servait une cliente avec ce sourire qu'elle appelait elle-même commercial.

— On va attendre que la cliente il parte, dit M. Zober.

En face, à la couverture-plomberie Boissier, retentissait le bruit d'une scie à métaux. Un soudeur, lunettes noires sur les yeux, faisait jaillir des étincelles.

Tandis qu'Olivier entraînait David à l'écart, M. Zober détaillait la vitrine. L'éventaire proposait des bobines de fil mercerisé, du coton à repriser ou à bâtir, des lustrés soie, bolduc, talonnette, ruban, sergé, galon, entre-deux, rubans de monogrammes tissés rouge, extra-fort, et des pelotes de laine mérinos, zéphyr, angora, layette... M. Zober admira encore l'arsenal des aiguilles, épingles, crochets, tire-fils, ciseaux de toutes tailles et les cartons de boutons en nacre, os ou corozo. Il approuva de la tête.

En même temps, de l'autre côté de la vitrine de droite, il distinguait le buste de la mercière, fasciné par le rayonnement doré de sa chevelure ramassée en chignon épais et dégageant son long cou blanc, par le brillant des yeux verts et le rose de la jolie bouche. Un collier de boules de cristal dépoli ornait un corsage en linon blanc agrémenté de dentelle. Aux oreilles si bien ourlées dansaient des pendeloques en imitation jade. Bientôt, M. Zober ne regarda plus que la femme. Il se sentit gagné par la timidité. Oserait-il parler à cette dame dont le nom peint en lettres anglaises figurait sur la porte de la boutique : *Mme Veuve Virginie Chateauneuf*? Il répéta « Virginie », puis « Chateauneuf », pensa à son propre nom : « Isaac Zober » et se sentit étranger.

La cliente sortie, il hésitait encore. Lui qui, après les leçons de l'exil et de la souffrance, se croyait courageux, voilà qu'une présence féminine le rendait incapable d'agir. Et s'il laissait le petit garçon entrer seul? Après tout, cela ne le concernait pas.

— Tu entres, papa? demanda David.

' — Eh! Eh quoi que j'y entre? David, oïlle oïlle oïlle! qu'il est pressé celui-là! J'y regardais dans la vitrine, tiens!

M. Zober frotta ses mains l'une contre l'autre comme si elles contenaient une savonnette. Il redressa sa cravate, tira son veston par le bas en remuant les épaules et se décida à appuyer sur le bec-de-cane. Le carillon de la porte le fit sursauter. Les enfants le suivirent; Olivier tentant de se dissimuler derrière David.

La mercerie sentait les fleurs séchées, camomille, tilleul et lavande. Sur le comptoir de bois blanc, un mètre en bois peint était fixé. Derrière, des meubles en noyer offraient des rangées de minuscules tiroirs au contenu signalé par des étiquettes écrites à la main. De certains dépassaient des rubans ou de la dentelle. Un pot de verre contenait des œufs en bois lisses ou à rainures pour repriser les chaussettes. Des cartons proposaient des montures pour jarretelles, des jarretières ornées de nœuds ou de fleurs, des dessous-de-bras, des fixe-chaussettes. Au mur, étaient suspendus des canevas pour tapisserie.

— Bonjour, monsieur, vous désirez? demanda Virginie de sa voix chantante.

— Rien que je veux s'il vous plaît. Je suis là pour une explication de tout, déclara M. Zober d'une voix trop résolue en ôtant sa casquette.

— Une explication? Mais, mais...

A peine revenue de son étonnement, Virginie aperçut Olivier. Elle fit le tour du comptoir, sa jupe bleue tournant sur ses longues jambes, saisit Olivier par la main et le gronda.

— Qu'est-ce que tu fais là, toi! Tu t'es battu à l'école? Ton œil, c'est du joli! Tu as tout de l'Auguste. Il s'est battu en classe. Vous êtes de l'école, monsieur?

— Oïlle oïlle oïlle! fit M. Zober. De l'école j'en suis pas. Attendez l'explication, madame...

— Oui, dit David, mon père, lui va tout expliquer. Pour l'explication, il sait bien.

M. Zober fit un pas en arrière, s'éclaircit la gorge, posa sa main sur sa poitrine et déclara :

— La faute, elle est pas à lui qu'il s'appelle Olivier. Mon fils David a dit : des voyous ils ont attaqué et battu tous les deux à la rue. Alors, ma fille Giselle qu'elle est extra comme infirmière, elle a soigné l'œil plein des médicaments, beaucoup trop...

— Oh! je le connais, mon oiseau, il ne pense qu'à se battre, dit Virginie.

— J'ai rien fait, dit Olivier sur un ton geignard.

— Tu finiras au bagne!

— Il est très gentil! affirma M. Zober.

— Gentil n'a qu'un œil et il en a deux!

— Y'en a même un qui me fait vachement mal, gémit Olivier, aïe! aïe! qu'est-ce que ça me fait mal, mais un mal!

— C'est bien fait pour toi. Fais voir...

Elle s'agenouilla et lui prit la tête avec douceur. Il esquissa un sourire navré. Elle demanda : « Tu as mal, vraiment mal? » et Olivier reconnut : « Un petit peu. Pas tant que ça... » Elle toucha la paupière du bout des doigts et il eut l'impression d'être guéri. Elle secoua la tête. La teinture ôtée, cela apparaîtrait moins grave. Elle s'adressa à M. Zober sur un ton d'excuse :

— Vous comprenez, monsieur, il faut être sévère avec les enfants... Je vous remercie de me l'avoir ramené. Alors, ce petit, c'est votre fils? Il a l'air plus sage que le mien.

Olivier tenta un clin d'œil à l'intention de David. La conversation allait se poursuivre sans eux. Olivier souhaitait entraîner son nouveau copain dans l'arrière-boutique pour lui montrer une pièce qu'il jugeait luxueuse et un carton contenant un ours en peluche, des soldats de plomb et des jouets divers, des billes, des dominos, des prospectus, que Virginie appelait « ses reliques », mais il ménageait ce plaisir. Il écouta le dialogue des grandes personnes.

— Je suis le tailleur Zober du 73 à côté.

— Mais c'est vrai, suis-je bête! Je vous reconnais, monsieur Zober.

— Moi? Vous me reconnez?

— Vous savez, dans cette rue, on ne passe pas inaperçu.

Olivier s'assit sur le haut tabouret, derrière le tiroir-caisse. David restait immobile, les yeux fixés sur la pointe de ses chaussures. Il écoutait lui aussi.

— J'ai établi tailleur à Paris. Beaucoup la clientèle qu'on m'a dit. J'y vas bien travailler tailleur comme je suis. Et, pffuit! les affaires qu'elles marchent pas du tout du tout. Vous, c'est du pareil que moi?

— Faut pas se plaindre. Il y a plus malheureux que nous.

— Pour la retouche, si, ça va, mais le reste, il est difficile. Je fais le beau tailleur pour la dame, pas cher du tout pour vous...

— Vous savez, monsieur Zober, que je fais aussi le demi-gros. Je pourrais vous dépanner pour vos petites fournitures. J'ai aussi la clientèle des tapissiers. Vous n'y perdriez pas. Et je fais même crédit.

Les yeux de M. Zober brillèrent. Cette conversation lui plaisait. Il aurait voulu prolonger l'échange avec cette bonne commerçante mais il employait le français depuis trop peu d'années et son vocabulaire restait réduit. Ah! s'il avait pu parler polonais, allemand ou yiddish, il en aurait dit des choses! Il aurait trouvé les mots pour expliquer quel tailleur il était, parler des trois essayages, de tout son art. Peut-être Mme Chateauneuf lui enverrait-elle des clients?

Cependant, M. Zober fit taire sa timidité. Il trouva, pour pallier ses défauts de langage, des gestes expressifs, une attention du regard, un maintien élégant. Dans ce moment de confiance, son visage s'illumina. Loin ses soucis d'argent, sa mélancolie! David découvrait un père ignoré, proche de l'oncle

Samuel qui se trouvait partout à l'aise. Olivier écoutait ces phrases qui se formaient dans les bouches adultes, parfois même prévoyait une réplique de sa mère. Il aimait sa voix faite pour chanter des romances et aussi celle de M. Zober dont les incertitudes de parole portaient du charme.

— Veuve avec un commerce, les choses n'ont pas toujours été faciles, confiait Virginie.

Il ne parlerait pas tout de suite de son voyage, M. Zober, en compagnie d'Esther sa femme, de ville en ville, à Odessa, puis à Constantinople, à Vienne, à Cologne dans la Judenstrasse où David avait vu le jour. En Pologne, il ne savait tailler et coudre que des lévites, mais en Allemagne, un bon patron lui avait enseigné l'art de confectionner des habits de ville. Pour se mettre à son compte, il était venu à Paris, la capitale du monde. Là, un coiffeur de la rue des Rosiers avait taillé les papillotes dansantes de ses cheveux et il était devenu un homme moderne.

Des sensations de jeunesse l'habitaient, musiques de violon et d'accordéon, odeurs de soupe chaude, de gâteaux, de suif, chants des femmes, cris des enfants et il les confierait à Virginie, mais non pas les lamentations des pogroms, les insultes, la sueur et la peur, la fuite, les trains, les baluchons serrés contre soi... Non, il ne fallait pas évoquer le malheur trop prompt à revenir.

Virginie regardait avec surprise ce petit homme d'apparence ordinaire, tellement attentif, si charmant quand il s'amusait et qu'elle jugeait distingué. L'artisan et la commerçante, parce qu'ils avaient en commun les objets de la couture, se comprenaient. Olivier se disait : « Ça gaze bien entre eux ! » et cela le rapprochait de David. Virginie en venait à la confidence :

— Mon mari et moi, nous venions du Massif central. A Paris nous étions étrangers nous aussi, enfin moins... mais on s'y fait.

— Pour ma femme Esther qu'il ose pas sortir, ça fait difficile pour parler.

Il souriait, M. Zober, d'un sourire désabusé et ironique qui suffisait à faire échec aux difficultés. Il oubliait ses tracas, il écoutait Virginie, prêt à compatir, à apporter une aide morale. Il se tenait tout proche.

— Vous verrez, monsieur Zober, vous vous habituerez ici. Heureusement, dans cette rue, tout le monde s'aime bien, même s'il y a de drôles de pistolets...

— Et de drôles de numéros ! ajouta Olivier.

— J'en connais un pas loin. Il va avoir affaire à moi ! trancha Virginie.

Ainsi se termina cette première rencontre. M. Zober s'inclina pour serrer la main de Virginie en refrénant le désir d'y poser un baiser respectueux. Il remit soigneusement sa casquette avant de sortir, salua de nouveau et ouvrit maladroitement la porte.

Olivier qui s'était juché sur le comptoir en sauta les bras tendus devant lui comme le lui avait appris M. Barbarin le maître de gymnastique de l'école. Virginie lui dit :

— Ne fais pas le Jacques, tu n'as pas intérêt.

Olivier serra la main de David avec force. Les deux enfants se sourirent. Ils restèrent immobiles. Ils ne parvenaient pas à se quitter.

— Tu viens, David ? demanda M. Zober.

— Au revoir, monsieur Zober. Au revoir, David, dit Olivier.

— Tu pourrais remercier, observa Virginie.

— Et merci, m'sieur Zober ! Salut, David !

— Au revoir, Olivier, dit le petit garçon.

Deux

Virginie, son porte-plume réservoir moiré à la main, avait préparé « un mot » destiné à M. Tardy l'instituteur pour excuser l'absence d'Olivier, puis signé « Vve Chateauneuf ». Olivier lut : « L'écolier Olivier Chateauneuf mon fils, à la suite d'un léger accident, n'a pu... » Il sourit : rien n'indiquait qu'il devait se rendre à l'école l'après-midi même.

Comme il était malsain de rester dans le quartier, il partit, gibecière à l'épaule, en direction de la porte de Clignancourt, du côté des « fortifs », cette longue butte de terre figurant la campagne. Là, il erra durant deux heures, s'asseyant de temps en temps sur l'herbe pour méditer. La teinture de l'œil effacée par Virginie, des compresses avaient réduit l'hématome. Pour prévenir les regards moqueurs des passants, il roulait des épaules, tel un boxeur sur le ring.

Sur les causes de l'agression, il était resté discret. Personne ne saurait qu'Anatole Pot à Colle et son lieutenant Grain de Sel l'avaient surpris alors qu'il traçait à la craie sur le volet de bois de la cordonnerie cette phrase : *Anatole et Grain de Sel sont rien que des...* Il cherchait de quoi ses ennemis de la rue Bachelet seraient qualifiés quand ils étaient apparus. Grain de Sel, le rouquin en salopette bleue et maillot rouge avait demandé finement :

— On est rien que des quoi ? Allez ! Écris-le...

— Il va se dégonfler, observa Anatole Pot à Colle.

Olivier, serré entre les deux garçons, comprit qu'il ne s'en tirerait pas sans mal. Il décida d'être héroïque comme Bara et Viala réunis. Serrant les poings, il s'efforça à l'ironie :

— Ben, vous êtes rien que des... vous savez bien.

— Répète-le !

Ne pouvant répéter ce qu'il n'avait pas énoncé, Olivier fut surpris par le coup de poing dans l'œil. Au cours du combat désordonné qui suivit, il s'aperçut qu'un garçon brun apportait une diversion. Ils s'enfuirent sous les menaces.

Les hostilités dataient de longtemps. Quel garçon avait décidé le premier d'interdire le territoire de sa rue à ceux de la rue voisine ? Après des périodes de répit, la guerre reprenait et malheur aux isolés comme Olivier !

Parcourant ces fortifications d'une guerre lointaine, Olivier mijotait les possibilités d'une riposte. Il établissait l'état des troupes. Les effectifs de la rue Bachelet étaient considérables car dans les immeubles étroits vivaient des familles nombreuses. La rue Labat se limitait pour lui à la partie située entre les rues Lambert et Bachelet. Au-delà de la rue Custine, bien qu'elle portât le même nom, la rue Labat appartenait à un autre univers. De plus, on ne comptait guère sur les enfants de l'immeuble le plus élevé, celui du 77. S'ils mouraient d'envie de jouer dans la rue, les parents ne les y autorisaient pas : l'immeuble, avec ses céramiques représentant des iris dans l'entrée, était plus cossu. Le cousin Jean avait habité là une chambre de bonne, mais il était actuellement militaire au 6ᵉ cuirassiers à Verdun. Lui présent, Anatole et Grain de Sel n'auraient osé l'attaquer, un cuirassier ! nom qui contenait du cuir et de l'acier tout en évoquant un navire de guerre.

Olivier comptait sur ses doigts : « Capdeverre, *un*, Loulou, *deux*, Jack Schlack, *trois*, Élie, *quatre*... » Il arriva ainsi à sept, ajouta David avec un point d'interrogation, hésita sur Ernest qui habitait à l'angle des deux rues rivales, pensa à Saint-Paul et à d'autres garçons de la rue Lambert avec laquelle une alliance s'imposait. Il faudrait trouver armes et boucliers, nommer un chef, peut-être lui, peut-être Capdeverre le plus costaud. Les graffiti se multiplieraient dans un vaste répertoire d'adjectifs injurieux, de sobriquets vengeurs. Olivier dit à voix haute :

— Rue Bachelet, tous des gougnafiers !

Il ignorait le sens de ce mot mais il lui plaisait. Il le répéta en riant tout seul et une vieille qui ramassait des pissenlits fit tourner son index sur sa tempe.

Le temps passa vite. Son retour devait coïncider avec l'heure de la sortie de l'école. Il attendit ses copains au coin de la rue Ramey, devant la pharmacie Gié, là où Virginie le pesait sur la bascule automatique qui rendait un ticket soigneusement conservé.

Il vit tout d'abord Jack Schlack accompagné de son grand frère. Suivaient les inséparables Loulou et Capdeverre, tous les deux dans la même classe que lui. Loulou portait une pèlerine noire à capuchon crochetée sous le cou et un béret enfoncé jusqu'aux yeux. Ses parents, d'origine russe, travaillaient dans un cabaret des Champs-Élysées. Ce garçon brun, très beau, épatait les autres parce qu'il savait danser les claquettes. Quant à Capdeverre, en tablier gris et manchettes noires, son père était sergent de ville. Premier en gym' et dernier de la classe, résolument hostile à l'enseignement, sa mère le trouvait malin à ce point, disait-elle, qu'il vendrait de la glace aux Esquimaux.

— Salut les gars ! dit Olivier avec un sourire triomphant.

— Salut ! répondirent les autres d'une même voix.

— Tu t'es fait bigorner, observa Capdeverre.

— Vachement, reconnut Olivier, mais Anatole et Grain de Sel, ils en ont pris pas mal. Y avait un gars avec moi qui s'appelle Zober, le fils du tailleur du 73.

Il ajouta gravement : « Va falloir faire une armée ! » et, pour tenter Capdeverre, il ajouta : « Tu serais le chef ! » à quoi Loulou répondit : « Faut voir... » Olivier savait qu'il convaincrait ses copains.

Ils s'installèrent à un guéridon à la terrasse du café-tabac *L'Oriental* en attendant d'être chassés par le garçon, ce qui ne tarda pas. Ils recommencèrent au *Café des Artistes*. Comme on les laissait tranquilles, ils se levèrent pour admirer les couteaux suisses à la vitrine de M. Pompon, le marchand de couleurs toujours en blouse blanche, un chapeau melon sur la tête.

Loulou et Capdeverre devaient rentrer pour faire leurs devoirs et apprendre par cœur une poésie d'André Theuriet. De plus, Capdeverre avait écopé de cent lignes pour avoir expédié du papier mâché au plafond. Impossible de recourir à l'industrieux Tricot qui vendait des lignes toutes faites ou les échangeait contre des cales multicolores ou du sem-semgum car la punition devait être copiée sur *Le Livre des bêtes qu'on appelle sauvages* d'André Demaison.

En attendant, chacun cherchait un prétexte pour retarder le retour au bercail. Ils jouaient à saliver devant la vitrine du boulanger-pâtissier Klein où s'alignaient religieuses, éclairs, mokas, babas au rhum, choux à la crème, millefeuilles et tartelettes quand ils aperçurent un charbonnier en sueur qui tirait une voiture à bras chargée de lourds sacs noirs. Le père Gastounet appuyé au mur, béret incliné en galette sur l'œil, regardait peiner l'homme avec un sourire sardonique. Soudain, on entendit :

— Nom de d'là, y'en a pas un qui l'aiderait. Attends, mon gars...

C'était Bougras, le barbu à crinière de lion, dont le gilet boutonné en désordre défiait la symétrie. Celui qui serait un jour l'ami d'Olivier faisait retentir une voix rocailleuse. Il poussa la charrette et les trois garçons, Loulou, Capdeverre, Olivier, s'arcboutèrent aux montants. Gastounet s'éloigna en haussant les épaules et en répétant : « De quoi je me mêle ! » Finalement, l'attelage s'arrêta devant le 78 où la concierge appelée la mère Grosmalard grommela de sa croisée qu'on allait encore lui salir son escalier.

Pour remercier, le charbonnier, un moustachu originaire d'Auvergne, tendit son coude à Bougras qui le pressa et adressa un sourire blanc sur fond sombre aux enfants. Puis il replia un sac vide par les coins pour s'en coiffer et monter sa lourde charge d'étage en étage. Un morceau d'anthracite tomba et jeta des éclats d'ébène sur le trottoir.

Bougras s'éloigna en essuyant ses paumes à son falzar de velours à côtes. Olivier pénétra dans la mercerie en jetant derrière lui un « Salut les gars ! » destiné à bien montrer qu'il rentrait de l'école avec ses camarades.

Virginie, à l'intention d'une cliente, promenait un à un ses tiroirs en affirmant que « la mercerie, c'est bien, mais il existe vraiment trop d'articles ». Olivier venait de vivre une journée fertile en événements. Il n'avait pas revu David à la sortie de l'école; sans doute restait-il à l'étude pour faire ses devoirs en groupe. Il ouvrit son livre de lecture à la page de la récitation de M. André Theuriet et s'accouda dans une attitude concentrée et studieuse, mais sans lire, en se disant qu'il s'en fichait pas mal de cette poésie à la gomme. Et c'est ainsi que Virginie le surprit, lui dit son approbation, lui fit un baiser rapide sur la tête avant de s'indigner de ses mains que le charbon avait salies.

Pris de remords, Olivier réussit à apprendre par cœur la première strophe de la poésie. Si M. Tardy l'interrogeait, il réciterait le plus lentement possible et l'instituteur préjugeant qu'il connaissait aussi bien la suite passerait à un autre écolier. Il avait caché le mot d'excuse de sa mère dans un livre d'histoire qu'il devait éviter de sortir de sa gibecière. Maintenant, il jouait avec une balle de celluloïd en attendant le dîner.

Virginie n'en finissait pas d'écouter la mère
Murer, concierge de l'immeuble, dont le chien, un
basset noir à bas orange nommé Tuyau-de-Poêle
promenait son obésité jusque dans l'arrière-boutique
où Olivier lui faisait des grimaces. Cette mégère
racontait des ragots sur les gens de l'immeuble ou
critiquait d'autres concierges, Adrienne ou la Grosmalard, qui s'en croyaient parce qu'elles avaient
deux ou trois locataires de plus qu'elle. Cette pipe-
lette, Olivier la détestait. Elle interdisait qu'on jouât
dans *sa* cour et même sur *son* trottoir et frottait la
craie des marelles au balai-brosse en ricanant.

— Il va falloir que je m'occupe du manger, avait
dit Virginie à plusieurs reprises, mais le débit de la
commère se poursuivait.

Olivier impatient se répéta : « J'ai la dent ! » puis
« J'ai les crocs ! » Il entra dans la chambre à coucher.
Virginie y avait imprimé sa marque, laissé son
parfum de jasmin qu'elle remplaçait les jours de
sortie par un autre plus élaboré portant le nom de *Un
jour viendra*. La chambre était meublée d'une armoire
à glace et d'un grand lit en palissandre, de deux
tables de chevet recouvertes de marbre, d'une coiffeuse surmontée d'une glace en demi-lune. Derrière
un rideau de peluche verte, sur une penderie, s'alignaient les robes et les manteaux de Virginie. La
recherche du luxe s'affirmait par un dessus-de-lit à
ramages criards, une carpette en jacquard velouté
multicolore à prédominance de tango et d'or, une
poupée étalée sur le lit, la jupe gitane en arrondi et
coiffée d'anglaises blondes, deux coussins ronds à
losanges gris et roses ornés d'un volant de simili soie.

— S'ils croient que je vais me laisser faire !

ajoutait Mme Murer à des phrases que Virginie
n'avait pas écoutées.

— Je me mets à votre place, dit-elle à tout hasard.

— Oui, mais en attendant, vous n'y êtes pas ! jeta
la voix aigre.

Elle recommença, la bavarde ! Olivier grignota un
croûton en mordillant un morceau de sucre. Il
s'installa dans le fauteuil à lames de rotin. L'arrière-
boutique dénommée salle à manger servait pour la
toilette, la cuisine et le repos. La pièce était éclairée
par un lustre à quatre lumières, coupole centrale et
tulipes de verre soufflé dont on pouvait n'allumer
qu'une lampe. Par précaution le bec de gaz à
manchon restait utilisable. En baissant un des rabats
de la table ronde, on pouvait la pousser contre le
mur. Elle était du même noyer patiné que le buffet à
double corps avec ses deux portes vitrées montrant
un rideau plissé serré au centre par un ruban. Entre
les deux parties du meuble, dans un espace ménagé,
se trouvaient des médaillons encadrant des photos de
famille. Le soir, Virginie dépliait le fauteuil-lit d'Olivier. On voyait encore quatre chaises cannées, un
fourneau émaillé avec un récipient d'eau chaude
encastré et une barre de cuivre. Sur la cheminée de
marbre noir, la pendulette à colonnes était flanquée
de deux vases assortis fort lourds. Enfin, près de la
porte donnant sur le couloir de l'immeuble, se
trouvait le meuble supportant le poste de T.S.F., un
cynédine secteur L.L. à quatre lampes. Lucien le
sans-filiste de la rue Lambert avait installé un cadre
antiparasites à l'intérieur de la porte du meuble et
une prise de terre dont le fil courait vers la chambre
pour se rattacher au sommier métallique. Olivier

tourna le bouton et entendit la voix de Georges Peeters qui commentait les résultats sportifs.

— Olivier, les enfants ne jouent pas avec la T.S.F., jeta Virginie de la boutique.

Cette diversion fit partir Mme Murer. Virginie retira le bec-de-cane en tirant la langue à toutes les commères de la terre. Elle inspecta l'œil d'Olivier, y posa un baiser et vérifia si ses mains étaient propres.

— Tu dois avoir faim... j'arrivais pas à la faire partir.

— C'est une vache à quatre cornes, dit Olivier.

Elle répéta : « Manger, manger, qu'est-ce que je vais faire ? » en chantonnant. Elle décrocha une poêle noire, ouvrit un paquet de beurre et mit à frire des oignons avant d'éplucher des pommes de terre et de les couper en fines rondelles. Olivier promenait son doigt sur les carreaux bleus de la toile cirée. Sa mère dressa le couvert. Il leva un regard craintif. Brusquement, il se sentait coupable. Pour un peu, il aurait confessé son escapade. En battant des œufs, Virginie fredonnait *Parlez-moi d'amour...* Elle chantait tout le temps : des chansons à la mode, des chansons réalistes clamant la détresse des faubourgs ou de vieilles romances. Elle alluma en grand le plafonnier et la lumière jaune des ampoules tomba en taches rondes sur le parquet ciré.

— Si tu veux, je vais remettre la T.S.F., proposa-t-elle.

— Non, c'est pas la peine.

— Et tes devoirs, tes leçons ?

— Ça va, y'en avait pas beaucoup.

Sur les pommes de terre dorées, elle versa les œufs puis baissa la pression du gaz. Après un temps de cuisson, elle renversa sur un plat la galette formée par l'omelette emprisonnant les pommes de terre et la fit glisser dans la poêle sur l'autre face. Une bonne odeur se répandit qui mit l'eau à la bouche. Virginie chanta alors *La Maison grise* et déplia le papier sulfurisé contenant le jambon d'York. Ces nourritures servies, elle ramena les pans de sa jupe sur ses cuisses et s'assit en face d'Olivier qui fit miam-miam en se frottant le ventre. Ils mangèrent avec appétit en buvant de la limonade teintée de vin rouge.

— Il a l'air gentil, ton ami David, dit Virginie.

— Je le connais pas beaucoup...

— C'est autre chose que certains que tu fréquentes. On voit qu'il ne court pas les rues, lui. Il paraît bien élevé.

Olivier ne répondit pas. Il ne souhaitait pas parler de David, ni commenter leurs relations récentes. Aussi resta-t-il discret quand sa mère continua :

— Et son père. Il n'a pas d'apparence. Il ne parle pas bien. Et pourtant, il est distingué. On devine un homme profond, et il a un certain charme...

— Ah oui ?

— Le charme slave. Il doit être russe. J'aime bien les Russes, les Russes blancs comme M. Simontieff qui habite au 77. Il paraît que c'est un ancien général.

Olivier entendait « Russe blanc » en se demandant s'il en existait des noirs, des verts, des jaunes, des orange, des Russes de toutes les couleurs.

Les repas de Virginie ressemblaient au jeu de la dînette. L'inspiration la prenait toujours au dernier moment. Or, le résultat était toujours délicieux comme ces pommes de terre dans leur robe d'omelette parfumée. Elle posa des questions en y répondant elle-même :

— Tu voudrais du chocolat ? Non, pas de chocolat. Tu dois avoir encore une petite faim ? Oui, tu as encore une petite faim. Attends. De la confiture. Flûte, il n'y en a plus. Ah ! du fromage blanc à la crème, avec du sucre en poudre...

Olivier adorait écouter, regarder sa mère. Avec son visage ovale, ses yeux verts ombrés de cernes bleus, son nez fin légèrement à la retroussette, ses joues veloutées, ses jolies oreilles et ses dents comme des perles dans sa bouche rose, à la fois expressive et fragile, on lui trouvait une ressemblance avec l'actrice Florelle. Mince, élancée, le moindre chiffon drapé autour de son corps lui donnait une allure admirable. Après le temps du grand deuil de son mari, puis celui du demi-deuil, elle s'était juré de ne plus porter que de la couleur, mais elle avait aussitôt touché du bois : elle était superstitieuse comme en témoignait le sou troué qui ne quittait jamais son porte-monnaie.

— Alors, tu es allé chez ces gens-là. Raconte-moi un peu comment c'est chez eux.

— C'est chouette, dit Olivier, moins bien que chez nous, mais pas mal. C'est plein de trucs de tailleur et c'est lui qui repasse avec un fer gros comme ça.

— Comment est Mme Zober ?

— Elle parle pas beaucoup. Des fois en étranger que je comprends que couic. Elle est un peu grosse. On dirait qu'elle a peur qu'on voie ses tifs. Elle rouscaille mais elle est très gentille. Et puis, David, il a une sœur qu'ils appellent la grande Giselle

mais elle est pas si grande que ça. Elle est un peu
crâneuse. C'est elle qui m'a peint l'œil.

Quoi de plus agréable que de faire couler du sucre
en poudre sur l'onctueux fromage blanc tout crémeux
et ensuite de s'en régaler ? Mais voilà que Virginie
posait une question gênante :

— Tu as bien travaillé en classe ? Tu sais que si tu
n'apprends pas bien, tous tes camarades seront
contremaîtres et toi manœuvre.

Sa mère n'était pas au courant : pour lui, la
question ne se posait pas puisqu'il serait boxeur. Ou
bien, selon le hasard des enthousiasmes, marin,
chanteur d'opéra ou cuirassier. Un signe d'approbation constituait la meilleure réponse, d'autant que sa
mère passait vite d'un sujet à un autre. Elle fredonna
Ramona, débarrassa la table, essuya la toile cirée et
alluma une cigarette *Primerose* dont, selon la réclame,
le bout était un pétale de rose.

— Il faudrait fermer les volets du magasin et
mettre les barres.

— J'y vais, dit Olivier.

Dans la rue glissaient des ombres. Devant le 73, la
grande Giselle parlait avec un garçon inconnu.
Quelques fenêtres restaient éclairées mais les
lumières s'éteignaient l'une après l'autre. On entendit du côté de la rue Bachelet le bruit d'un rideau de
fer. Sa tâche accomplie, Olivier rentra en frissonnant.
Virginie parcourait *La Médecine de famille* de l'Oncle
Paul. Elle dit :

— On pourrait faire un petit air de feu.

— Je m'en occupe, dit Olivier.

Il éprouvait le désir d'être gentil avec sa mère,
obscurément pour se faire pardonner l'école buisson-

nière. De plus, il adorait allumer un feu. Il disposa un vieil *Excelsior* froissé sur la grille de la cheminée. Il ôta le fil de fer des ligots, ces bâtonnets de bois enduits de résine à une extrémité et qu'on achetait au bougnat par ensemble de cinq fagots, et il les répartit sur le papier. Après avoir écarté le tamis à escarbilles, le tisonnier et la raclette, il ajouta le charbon de bois. Il en aimait la musique métallique lorsqu'il glissait du papier épais en forme de cylindre. Il fit craquer une allumette soufrée sur le pyrogène en reculant pour éviter l'odeur, puis la flamme bleu et rouge courut le long du papier pour donner éveil à un beau bleu clair.

Pour mieux surveiller la combustion, Olivier s'assit sur le tapis de corde. Virginie éteignit la lumière et le seul éclairage fut celui des flammes dansantes. Elle prit son ouvrage et approcha sa chaise. Comme elle l'avait appris dans son village natal, Taulhac, près du Puy-en-Velay, elle fabriquait de jolies mitaines au crochet qu'elle exposait à la mercerie et que lui achetaient des personnes originaires du pays. Attentive à son travail, elle ne levait les yeux que pour regarder tour à tour Olivier et le feu. A la bonne odeur du bois brûlé succéda celle plus âcre du charbon de bois. Virginie ajouta une pelletée de boulets Bernot.

L'enfant, les joues rougies par la chaleur du foyer, touchait de temps en temps son œil gonflé et sa mère le regardait avec tendresse. Il pensait à la bagarre du matin, à la fuite, à la cachette dans les poubelles malodorantes, à David et à sa famille, aux copains de la rue... Virginie dit simplement :

— Ah! qu'on est bien.

Olivier lutta contre le sommeil qui le gagnait. Pris par le spectacle des flammes, il découvrait un bien-être nouveau, un mélange de calme, de joie, de douceur où sa mère, le foyer, lui-même semblaient se veiller, tissant ainsi des fils d'union, composant une sensation exquise dont Olivier recevait les bienfaits en ignorant que cette sensation, c'était celle du bonheur.

Si M. Zober avait tenté d'apaiser le tourment des exils successifs en s'adaptant de son mieux à de nouvelles situations, sa femme Esther restait rétive à tout changement. Au début de leur installation à Paris, rue des Écouffes, elle s'exprimait en yiddish et, comme dans les boutiques on la comprenait, elle ne faisait aucun effort pour parler ce français que son mari lui recommandait d'employer. Un instinct de gardienne des traditions la guidait.

Rue Labat, elle étonnait les commerçants par une manière soupçonneuse de demander le prix d'une denrée, de l'écouter en simulant l'étonnement, d'écarter des bras désolés pour préparer un honnête marchandage, avec ses sorties, ses retours, toute une tactique dont ni le marchand ni la cliente n'étaient dupes mais qui, dans la bonne tradition, permettait de longs échanges de paroles et affirmait une compli-cité. Hélas ! ici nul n'entrait dans le jeu, pas même les coreligionnaires qui prenaient l'air de gens agacés qui ont oublié de semblables fariboles. Dans ce pays, les gens ne savaient pas vivre.

Dans son secret, elle imaginait que, les épreuves

passées, elle reverrait le village aux toits de chaume
où elle était née de l'association de son père, de sa
mère et du saint. Elle y avait connu Isaac Zober alors
qu'il fêtait *Bar-Mitsva*, jour où le garçon accédant à la
majorité religieuse avait récité les grâces, commenté
un passage du Talmud et fait l'éloge de ses parents.
Plus tard, ils s'étaient placés tous les deux à l'intérieur d'un cercle tracé sur le sol, les assistants avaient
brisé une assiette et crié *Mazel Tov* avant les paroles
de circonstance du rabbi. Selon une suite de cérémo-
nies, la célébration nuptiale avait effacé les péchés, et
l'on avait conclu que « Mari et femme, s'ils en sont
dignes, la majesté divine réside entre eux, sinon un
feu les dévore. »

Comme ces jours étaient lointains ! Isaac avait dû
la convaincre qu'ils ne reverraient jamais la place de
la synagogue et celle du marché, ni la rivière, ni la
forêt. Ils vivraient toujours dans des villes et ne
garderaient le souvenir que d'un seul village. Cesse-
rait-on jamais de traverser le désert ?

L'oncle Samuel les avait installés dans ce logis de
la rue Labat. Ce quartier leur avait plu. Des familles
venues d'Europe centrale ou d'Afrique aussi bien que
des provinces françaises défavorisées comme la Bre-
tagne ou l'Auvergne avaient implanté une manière
d'être, des coutumes qui, par-delà les différences de
nationalité, de race ou de religion, gardaient les
points communs de la vie rurale.

— Esther, tu sais, disait M. Zober, que dans le
quartier, plein de yids il y en a qu'avec eux tu peux
parler tout ce que tu veux.

Mme Zober rassurait son mari d'un sourire
confiant qui transformait son visage rond, illuminait

ses yeux sombres et rappelait la petite Esther si mince de jadis. Il poursuivait :

— Même y'a des séphardim pas pareils que nous mais qu'ils sont bons juifs comme toi.

Une cigarette sur une oreille, un crayon sur l'autre, il montait une doublure tandis qu'Esther cousait les boutons d'un gilet. Pris de lyrisme, Isaac déclara :

— Tant qu'il y a la couture, la misère elle peut pas nous prendre jamais !

Cette affirmation masquait un souci : il ne restait que de rares billets de dix et de cinq francs dans la boîte de pastilles Vichy-État. Les couverts et les gobelets en argent dont on se servait pour Shabbat étaient au Mont-de-Piété. Les retirerait-on un jour ? Il expliqua :

— Dans la capitale du monde on est, plus dans le désert, et là qu'on y a fait les droits pour l'homme.

Quand les yeux d'Esther exprimaient une telle malice, il se savait accusé de bavardage. Il se souvint d'une parole du roi Salomon : « Les paroles inutiles conduisent à la famine. » Alors, il se tut.

David, assis sur le petit banc, lisait un illustré prêté par Olivier : *L'Intrépide* où Buffalo Bill luttait contre les Peaux-Rouges dont le chef portait une coiffure de plumes et les hommes une seule plume derrière la tête. Il avait revu Olivier à l'école dans la cour de récréation. Son camarade avait subi une vexation. La cour était séparée en deux par un tracé à la craie : d'un côté les grandes classes, de l'autre les petites et Olivier appartenait à ces dernières. Assis le dos au mur, chacun d'un côté de la ligne, ils avaient bavardé.

— Où qu'elle court cette Giselle qu'il est jamais à la maison ? demanda Mme Zober.

— Elle fait le cours pour la dactylo, observa M. Zober.

— Qu'elle dit comme ça...

David profita de la circonstance pour avancer une demande longuement préparée :

— Si moi j'étais pas là, je sais bien où je serais...

— Oïlle oïlle oïlle, où ça tu dis ? questionna son père.

— Je jouerais avec Olivier. On s'amuserait bien.

David surprit un signe favorable sur le visage de son papa, mais la mama le fit déchanter :

— Qu'il irait dans la rue, celui-là ? Et que les autres te frapperaient la figure sur la tête ? Et que tu serais une graine de *ganetz*...

— Le garçon qu'on appelle Olivier Chateauneuf, dit Isaac, il est pas *ganetz* voyou du tout du tout, que sa mère l'a élevé comme David, poli comme c'est pas possible voyons !

— Dans la rue, y'a des petits yids tout plein qu'ils jouent, plaida David.

— Moi, petit comme lui, j'y jouais bien là-bas...

— Et peut-être qu'une voyou tu l'étais pas ?

— Si que je l'étais, et même que j'ai pris un femme tout pareil, dit en riant M. Zober.

La bonne humeur installée, David profita de cette ouverture. Il se lança dans un discours persuasif : il ne jouerait pas dans la rue, mais dans un coin de la boutique de mercerie avec son copain, ils feraient leurs devoirs ensemble, et Mme Chateauneuf les surveillerait...

— Oïlle ! comme il parle ce David avocat tout pareil. Demain j'y vas dans la mercerie pour la fourniture que la dame elle fait remise et crédit, et j'y demande si elle dit oui.

— Toujours qu'il a raison, Isaac, dit Esther. Alors, je ferme le bouche comme ça et c'est la cuisine que je fais.

— Quand le juif il a raison, les coups de bâton ils sont pas loin, récita M. Zober.

Et tandis qu'Esther pétrissait la pâte du *butterkuch,* il ôta son lorgnon, toucha les verres de la langue avant de les essuyer et adressa à David un clin d'œil affectueux.

Sous le sourire gris d'un ciel de mars, devant la blanchisserie du 74 rue Labat où l'on entendait les bruits des fers et les voix des repasseuses, se réunit un conseil de guerre. Tous les garçons de la rue se tenaient là, assis sur le bord du trottoir ou sur les pavés de la chaussée. Seul debout, Capdeverre tirait sur son extenseur *L'Invincible.* Élie et Tricot, à la manière de débardeurs, s'étaient noué un morceau de cuir au poignet. L'humeur était à la fois belliqueuse et recueillie. Virginie, les regardant à travers la vitrine, se demanda : « Qu'est-ce qu'ils mijotent encore ? »

Olivier, l'œil guéri, participait activement aux débats dont il était l'instigateur, ce que les autres semblaient oublier. Le pull-over à torsades tricoté par Virginie l'année précédente le serrait à la poitrine mais avait l'avantage de lui mouler le torse, ce qui convenait à son allure martiale.

Auprès de Capdeverre se tenaient Loulou que les

ennemis appelaient « tête à poux » à cause de sa
chevelure épaisse et bouclée, Jack Schlack qui s'amusait de tout, Toudjourian, un grand gars rêveur, et
Tricot le plus bagarreur de tous. Enfin, Saint-Paul,
de la rue Lambert, avait amené Élie Leibowitz, le fils
du tapissier-matelassier, le seul à posséder de
bruyants patins à roulettes.

— On est presque dix ! déclara Loulou en tendant
ses doigts écartés.

— C'est pas lerche, dit Olivier, rue Bachelet, ils
sont plus.

— Mais nous, on est les plus forts, déclara Capdeverre en lâchant son extenseur dont une poignée frôla
le nez de Tricot.

— Ils ont des grands, fit remarquer Jack Schlack.

— Des grands gougnafiers ! jeta Olivier.

Ils se turent un instant car une des blanchisseuses
sortait pour accrocher une cage à serins au volet de
bois. Puis celui qu'on appelait « le Centenaire »
monta la rue. Il boitait. On disait que cet ancien
communard avait traîné un boulet de bagnard
attaché à sa jambe en Nouvelle-Calédonie : c'était la
cause de son infirmité. Tous les enfants ensemble
crièrent : « Bonjour, m'sieur ! » mais l'homme ne les
entendit pas. À sa fenêtre, Mme Haque se mit à
chanter et Olivier déclara qu'elle avait une voix de
casserole.

— Plus on sera..., reprit Tricot.

— Douze, ce serait bien, pas treize, ça porte
malheur, affirma Toudjourian.

— Faudrait demander à Boissier et à Choulard,
dit Olivier.

— Ils voudront pas, c'est des trouillards !

— J'aurais peut-être un copain qui s'appelle Zober, David Zober. Il est au 73, petit mais vachement malin !

Comme Dédée Chamignon, assise à sa fenêtre du rez-de-chaussée, avait laissé tomber sa poupée de chiffon, elle la réclama et Olivier se dévoua, ce qui lui donna une idée :

— On a qu'à la prendre, elle aussi.

— Pas de filles ! décréta Capdeverre.

— Comme infirmière ? dit Loulou.

— Y' aura pas de blessés ! affirma Jack Schlack.

Loulou prit une initiative : il rejoignit au coin de la rue Bachelet le café-bar *Le Transatlantique* et revint avec Ernest, le fils d'Ernest, propriétaire du lieu cher aux biberonneurs du quartier. Ernest se distinguait par une forte ossature et des cheveux coupés à la Jeanne d'Arc, à la manière de Bicot, président de club, et héros des illustrés. Le nouvel arrivant les déçut :

— Moi, j' peux pas. Mettez-vous à la place de bibi-lolo, on est au coin des deux rues. Et pis dans le commerce on peut pas se permettre...

Des huées accueillirent ces propos et le garçon fut traité de dégonfleur, de froussard, de déballonné et autres noms infamants. Tandis qu'il s'éloignait en faisant un pied de nez, Loulou affirma que c'était un espion, qu'il allait tout répéter aux types de la rue Bachelet.

— Faut faire gaffe, dit Tricot.

— « Et pis dans le commerce on peut pas se permettre... », reprit Olivier en imitant la voix geignarde du lâcheur. Il ajouta : Ma mère elle y est bien dans le commerce...

Virginie ouvrit la porte de la mercerie et dans le chant du carillon, elle demanda :

— Olivier, tu as fait tes devoirs ?

— Y'en a pas, répondit Olivier, puis se contredisant : je les ferai demain, c'est jeudi.

Capdeverre déclara qu'il fallait des armes. Olivier parla d'un lance-pierres construit avec son Meccano. Élie était possesseur d'un pistolet à bouchons, Toudjourian d'un revolver à amorces. Il fut convenu de visiter les éventaires des fleuristes pour tirer des cageots les tiges d'osier fendues par le milieu afin d'en faire des arcs et des flèches. Des baleines de parapluie pouvaient avoir le même usage. Une récupération de planches permettrait de tailler des sabres. On dénuderait des branches pour en faire des bâtons. Chacun apporta son idée : paniers à salade pour se protéger la tête et couvercles en guise de boucliers.

— Faudrait des pistolets à bouchons, reprit Capdeverre.

— Et des pistolets à flèches, ajouta Tricot.

— Y'en a chez Pompon, le marchand de couleurs, précisa Olivier.

— Combien qu'ils coûtent ?

Il fut convenu de mettre les ressources en commun. Toudjourian dit qu'il n'osait pas briser sa tirelire mais qu'il tenterait de faire sortir des pièces par le trou. Capdeverre annonça qu'il possédait une thune et montra un billet de cinq francs plié en huit. Chacun fouilla dans ses poches et étala un arsenal de ficelles, d'élastiques, de billes, de bonbons collés pour trouver quelques sous.

— Ma mère, dit Olivier, le jeudi, elle me donne

deux francs pour aller au *Marcadet-Palace,* mais je veux y aller au cinéma...

— T'as qu'à entrer à la resquille, conseilla Tricot, on passe par la sortie.

— Et si je me fais prendre ?

— Ils t'engueulent, ils te flanquent une mornifle et c'est fini. Après, tu recommences. Ils pensent plus à toi.

Élie annonça que son père lui donnait dix sous en récompense de son aide quand il cardait un matelas. Olivier rentrait parfois le bois de M. Klein mais il le payait en gâteaux. Capdeverre regretta l'absence de neige car les concierges de la rue Caulaincourt glissaient la pièce quand on nettoyait le trottoir. Quelqu'un affirma sans pudeur que les enfants des commerçants devaient faucher dans le tiroir-caisse, ce qui scandalisa. Jack Schlack annonça qu'il avait sa combine, ce qui détermina le chœur à chanter la chanson de Georges Milton : *J'ai ma combine...* Une fenêtre s'ouvrit et un vieux cria :

— Pas moyen de roupiller. Vous allez la fermer, les apaches !

Les apaches... Olivier reprit le mot : les apaches ! Ils seraient « Les Apaches de la rue Labat » et vaincraient « Les Gougnafiers de la rue Bachelet ». La discussion fut vive.

— On n'est quand même pas des apaches ! s'indigna Élie.

— Oui, mais ça leur fera peur ! affirma Tricot.

Capdeverre montra ses biceps et exécuta trois pieds au mur successifs. Olivier tenta de l'imiter mais s'étala. Élie et Jack Schlack simulèrent un duel à l'épée, puis tirèrent d'imaginaires coups de revolver.

Tricot fit tourner son béret en tordant le fil central. Toudjourian sauta en longueur, puis en hauteur. Olivier relança l'intérêt en parlant des méfaits imputables aux « Gougnafiers de la rue Bachelet » et en les exagérant. On parla de vengeances possibles : ôter des chaussures, faire courir après une casquette en se la lançant, couper des bretelles, peindre des derrières au cirage, écrire sur les murs de la rue Bachelet, faire des prisonniers et les obliger à un éloge des « Apaches de la rue Labat »... Saint-Paul, boudeur, émit un regret :

— On parle que de la rue Labat. Et la rue Lambert, on est de la crotte de bique ?

— Vous êtes pas beaucoup ! dit Capdeverre.

— Y'a bien Riri, le fils du boulanger, suggéra Olivier.

— Des clous ! c'est un bout-de-Zan, il a que cinq ans !

— Il portera les munitions ! Il est drôlement fortiche, même plus que toi, dit Olivier que la souveraineté de Capdeverre agaçait.

— D'ailleurs, on est les « Costauds de la rue Lambert », ajouta Élie. On n'a peur de personne !

Ce fut le moment choisi par son père pour l'appeler du coin de la rue :

— Élie, rentre à la maison, un peu plus vite que ça, et que ça saute !

— Vas-y, bébé rose, fit Loulou sur un ton bêtifiant. L'est pas commode le papa...

— M'appelle pas bébé rose ! jeta Élie.

Les deux garçons se regardèrent en chiens de faïence et se poussèrent, épaule contre épaule, en échangeant des insultes variées comme « peau d'ha-

reng », « tête de lard » ou « fleur de nave ». Capdeverre et Olivier s'interposèrent. « Pas de guerre entre
poteaux ! » décréta ce dernier. Les antagonistes se
quittèrent en se menaçant du poing. Loulou balança
la main molle d'un mousquetaire prêt à jeter le gant
d'un défi. Élie frappa son poing droit dans sa paume
gauche de manière méprisante avant de tourner le
coin de la rue.

« Ça commence bien ! » pensa Olivier.

Ce jeudi-là, levé tôt, M. Zober installé devant la
pierre à évier apporta à sa toilette un soin minutieux.
La veille, sa fille Giselle lui avait coupé les cheveux
avec une fausse maîtrise, taillant dans la toison
rousse, reculant pour admirer son œuvre, imprimant
à la tête des mouvements de rotation, si bien que
l'opération fut longue. Héritier d'une longue
patience, Isaac ne se plaignit pas.

A l'âge ingrat de la métamorphose, la grande
Giselle serait-elle un papillon ravissant ou un insecte
maladroit ? Les ciseaux en main, pour cacher ses
ambitions secrètes elle annonça qu'elle serait coiffeuse. Dans un compartiment de son sac à main, les
cartes postales représentant Bébé Daniels, Clara
Bow, Janet Gaynor, Norma Shearer et autres étoiles
américaines en disaient long : seule Giselle savait
qu'elle deviendrait une star.

Devant le miroir, M. Zober s'était montré perplexe : il ne restait qu'un îlot au sommet de son
crâne. Giselle lui avait assuré que cette coupe à la

mode le rajeunissait. Mme Zober avait froncé un nez critique comme si elle respirait une mauvaise odeur. David, craintif, s'était penché sur son livre de lecture en espérant que sa chevelure échapperait aux ciseaux de sa sœur.

Tandis qu'Esther préparait le thé, Isaac appliquait de l'eau Gorlier sur ses joues fraîchement rasées en tapotant du bout des doigts. Sa femme lui fit remarquer qu'il s'était rasé la veille. Il répondit :

— Si je veux, tous les jours j'y fais ma barbe !

Malgré l'interdiction, la grande Giselle avait mis du rouge à lèvres, l'avait effacé, en avait posé une nouvelle couche car il était difficile qu'à la fois il se vît et ne se vît pas.

Quand M. Zober noua sa plus belle cravate et enfila un gilet, Esther consulta du regard ses enfants qui mimèrent l'incompréhension.

— La belle costume qu'il met la semaine maintenant ! s'exclama-t-elle.

M. Zober ne put contenir son impatience :

— A quoi ça sert tu te plains ? C'est toujours pareil comme ça. C'est pas Shabbat, c'est pas Pourim, et que tu te rases, et que tu mets la costume...

Esther rougissant et haussant les épaules par à-coups, il tenta une explication :

— Écoute quand on explique. Si t'es habillé comme un *schorrer* qu'il tend la main mendiant, personne il te la commande, la costume prima trois-pièces, essayages et tout. Si t'es riche tailleur, tous les clients il vient chez toi.

David fit honneur aux savoureux *kugels* à la

confiture préparés par sa mère. M. Zober avala rapidement le contenu de son bol, se contempla devant le miroir, frotta de la brillantine dans ses paumes et se lissa les cheveux. Il disposa une pochette à son veston, se donna une allure désinvolte et se promena en sifflotant.

Suivit entre les deux époux une discussion passionnée où chaque partie du discours fut disséquée. Parfois une phrase commencée en yiddish se poursuivait en français, ou le contraire, pour mieux argumenter. Serait-il convenable d'emmener David à la mercerie de la mère d'Olivier ? Esther témoignait d'une méfiance envers ces gens qui mangent du lard et font cuire l'agneau dans le lait de sa mère. Et M. Zober prit un ton raisonnable :

— Si tu sors pas, jamais la commande il vient. Et Samuel dit pour lui seul : les Zober j'y mets le coup de main et ils font rien. Si toi, Esther, tu parlais dans la rue, des clients ils connaîtraient Zober. Tu sors pas, tu deviens blanc sur la figure.

A une remarque aigre de Mme Zober sur les difficultés d'adaptation il répondit par une évocation triste :

— Quand les soldats et les chevaux qu'ils nous bousculaient, c'était mieux tu crois ? Ici personne il dit rien contre nous. Et David à la *choule* il a plein des copains. Et Giselle belle jeune fille élégante et tout. Et de manger *kascher* qu'on peut...

— Et des sous qu'il faut et qu'ils sont pas là...

Isaac resta sans réponse. Il réfléchit et un espoir d'autant plus grand que rien ne le fondait lui fit affirmer qu'il trouverait des commandes. Il troqua son lorgnon contre des lunettes à verres octogonaux, ajusta une Gauloise à son fume-cigarette, dit à Esther qu'elle était une femme merveilleuse, à Giselle qu'elle devenait belle, à David qu'il lui faisait honneur. Il cueillit un *kugel* et le dévora. Esther se radoucit.

Alors, M. Zober prit sur les *taleths* de soie, près du chandelier à sept branches, un livre pieux et le glissa dans sa poche.

— Après, j'y vas à la synagogue, moi.

En pensée, il s'approchait des rideaux de velours devant la Thora, il demandait la bénédiction divine pour les siens. Mme Zober tendit à David un cache-col de laine et lui fit des recommandations : être poli, ne pas faire de bruit, ne rien accepter à manger surtout, un bonbon peut-être mais rien qu'un, dire merci...

Et M. Zober, tailleur de son état, bien que sans clientèle et sans argent, sortit en sifflotant suivi de son fils David tout heureux de retrouver son copain Olivier.

Mme Zober houspilla la grande Giselle dont le désœuvrement était encombrant, puis elle ouvrit en grand les deux fenêtres pour faire disparaître cette mauvaise odeur de brillantine.

Sous sa casquette, Isaac avait glissé une *kipa*, cette calotte ronde, pour se rendre à la synagogue. Aussi, entrant dans la mercerie, la difficulté fut de la retirer en même temps que la casquette. Elle tomba et Virginie se demanda pourquoi ce charmant monsieur portait deux couvre-chefs superposés. Comme elle l'avait lu dans un manuel des convenances, elle dit : « Couvrez-vous, monsieur ! » et il n'en fit rien.

Tandis qu'ils parlaient de l'approche des jours printaniers, Olivier, après un « Je peux m'man ? » entraînait David dans l'arrière-boutique pour lui montrer ses trésors.

Les cheveux blonds de Virginie, pas encore noués, coulaient sur son dos. Une large ceinture bleue serrait une longue jupe plissée en tissu beige. Pour compléter un gilet boutonné bas, elle avait noué un carré de soie autour de son cou. Censé cacher la naissance de sa poitrine, au contraire il attirait l'attention sur un délicieux pli de la peau satinée. M. Zober avala sa salive, arrangea sa pochette et resta muet : les mots se refusaient. Comme il aurait aimé dédier à cette belle femme des phrases en yiddish ! Virginie vint à son secours en reprenant le même sujet inépuisable :

— Les soirées sont fraîches. « En avril ne te découvre pas d'un fil... » Mais nous ne sommes qu'en mars, le mois des giboulées. Vous n'avez pas pris de pardessus, monsieur Zober, vous êtes en jeune homme...

Le tailleur écoutait extasié cette musique. Il fit un effort pour répondre et sa voix, par mimétisme, devint mélodieuse :

— Dans la Pologne, l'ancien pays que j'y suis né, quel froid il fait ! Oïlle oïlle oïlle ! plus froid qu'ici, beaucoup de froid l'hiver...

— Je suis originaire du Massif central, confia Virginie. Vous comprenez que le froid, je connais. Ah là là ! Mais voyez-vous, je suis si frileuse ! Je n'ai jamais pu m'habituer à l'hiver...

Durant les préliminaires d'une conversation dont Isaac et Virginie ne doutaient pas qu'elle prendrait le ton de la confidence entraînant la sympathie réciproque, les deux jeunes amis, assis sur le parquet, puisaient des merveilles dans le carton à jouets. Olivier remontait le ressort rétif d'une locomotive *Pacific Mountain* puis tentait de réunir les éléments courbes d'un rail. La machine roula tant bien que mal, les enfants faisant tch... tch... pour l'encourager. Les soldats de plomb colorés étaient pour la plupart mutilés. On trouvait des bobines à l'orifice encerclé de quatre clous pour la chaînette, une trompette en bois, des osselets venus tout droit de chez M. Linde, le boucher de la rue Ramey, une boîte de Meccano, des balles en celluloïd, un jeu de cartes écorné, des billes, trois dés et un cornet de carton, deux dominos rescapés d'un jeu perdu...

— T'as beaucoup de jouets? demanda Olivier.

— J'en ai deux : un Culbuto que m'a donné l'oncle Samuel et une toupie à musique, et mon père il a un jeu de tric-trac mais il y joue jamais. Et pis, j'ai des livres...

— J'ai plein d'illustrés sous le comptoir, plein de bouquins pour lire plus tard. Mon cousin Jean qui est cuirassier me les prête.

Tout cela faisait partie du « plein de trucs » qu'ils avaient à se confier. Ils parlaient à l'école durant le temps de la récréation, mais dès qu'ils se quittaient, ils se rappelaient l'un et l'autre l'oubli de quelque confidence.

— Papa, dit David, le soir, il lit tout haut pour la famille les livres de Moïse et...

— Tu comprends ces machins-là ?

— Mon père, il explique.

— C'est un savant ? Il est calé ?

— Presque. Il parle tout plein de langues et il veut apprendre l'anglais.

Olivier émit un sifflement. Il aurait pu parler de son père, dire qu'il avait fait la guerre, montrer ses décorations dans le tiroir, mais il préféra plonger sa main dans le carton pour en extraire un ours en peluche et l'asseoir face au train mécanique.

— Dans mes livres, dit David, il y a plein d'aventures avec des lions et des gorilles, des crocodiles et des tigres...

— Y'a pas des éléphants ? des léopards ?

— Oui, et même des hippopotames et des girafes. Je te les prêterai.

— Moi je te filerai *Gédéon*.

— Je lis tout le temps, dit David.

— C'est parce que tu joues pas dans la rue.

— Je voudrais bien. Ma mère, elle dit non. Papa, lui, il veut bien. Mais je voudrais lire aussi.

— Pas des livres pour apprendre ?

— Papa, il dit que tous les livres apprennent quelque chose

— Et ta frangine, elle lit ?

— *Le Film complet* et des romans d'amour.

Quand Mme Papa entra dans la mercerie, elle adressa un signe de tête un peu distant à M. Zober qui habitait au-dessus de chez elle. M. Zober s'inclina et prit un air préoccupé. Il feuilleta un catalogue. Mme Papa venait d'interrompre la conversation au moment où elle gagnait en intérêt. Virginie racontait son arrivée à Paris, parlait d'un

chauffeur de taxi pas aimable du tout, de l'installation à l'hôtel du Château-Rouge avant l'acquisition
du magasin. M. Zober décrivait la rue des Écouffes et
le logis mansardé où ils avaient vécu entassés dans
une seule pièce, et puis la visite de Samuel, un cousin
qu'on appelait, comme les enfants, « Oncle
Samuel », leur bienfaiteur... Enfin, Mme Papa sortit
munie d'un métrage de ruban noir et d'une longue
épingle pour arrêt de tricot.

— Au début, reprit Virginie, j'ai eu du mal à m'y
faire à ce Paris, tout ce monde ! Puis je me suis
habituée. Finalement, je me plais bien.

— Moi aussi, ça me plaît, oïlle oïlle oïlle ! que ça
me plaît !

Paris lui plaisait de plus en plus, et cela depuis
qu'il parlait avec la belle mercière. Il se sentait
enthousiaste, lyrique.

— Mme Esther Zober qu'elle est ma femme, vous
comprenez bien, elle m'a dit : pourquoi ce David
qu'il ne prend pas l'air il aurait pas un camarade de
l'école de l'âge pareil. Tous les deux comme les doigts
qu'ils joueraient à la boutique bien sages... et pas
déranger du tout du tout.

— Certainement, monsieur Zober, votre David est
adorable. Le mien est diable mais il n'a pas mauvais
fond. Il parle tout le temps de David. David par-ci,
David par-là... On peut dire qu'il l'aime bien.
Pourtant il ne manque pas de copains dans la rue... Il
me parle aussi de vous, de Mme Zober et de votre
fille aînée qui l'a soigné, mais elle est plus grande.

— Cette Giselle qu'elle me fait du souci y'a pas à
dire. Fainéante qu'elle ne pense qu'à sa figure pour
peindre les yeux du noir et la bouche du rouge, et la

toilette, et des cours Pigier tout le temps qu'elle y va
ou ailleurs peut-être...

— Elle est jeune encore.

— Quinze ans qu'elle approche bientôt.

— C'est l'âge difficile, dit Virginie, on dit aussi :
l'âge bête.

« L'âge bête ! » Cette expression plut à M. Zober à
ce point qu'il la reprit en riant. Que cette jeune
femme était drôle, et tellement spirituelle ! Elle lui
expliqua encore qu'il fallait bien que jeunesse se
passe, et ces clichés, tout neufs pour lui, le ravirent. Il
pensa à Esther avec une gêne curieuse. Il devait
acheter des fournitures à la mercière mais il avait
oublié sa liste, il reviendrait.

— Je vais vous laisser pour votre travail à faire.

— Merci pour votre visite, monsieur Zober.

Isaac s'inclina devant Virginie en lui touchant la
main. Il attendit d'être sorti pour ajuster la *kipa* et la
casquette. A la synagogue, s'il y avait assez de fidèles,
il réciterait le *Quaddish* pour honorer la mémoire de
son père. Il remonta la rue et s'aperçut qu'il se
trompait de direction.

Dans le secret espoir de l'enrôler, Olivier déve-
loppa à l'intention de David les projets belliqueux
des « Apaches de la rue Labat ». A midi, Virginie
voulut retenir le petit garçon à déjeuner, mais il
déclina l'invitation. Olivier lui offrit un des deux
dominos, un double-six. L'après-midi, il revint au
magasin. Là, les paroles de la mère d'Olivier le
surprirent :

— Ton père dit que ta mère préférerait que tu
prennes l'air. Vous devriez jouer dans la rue, tous les
deux...

David n'eut pas le temps de répondre. Déjà Olivier l'entraînait dehors en ajoutant un argument de poids :

— Viens, on va drôlement se marrer.

Trois

CE premier jeudi fut suivi d'autres jours de liesse consacrés à l'usage de la liberté des rues. Olivier devint le guide et l'initiateur de David. Le soir, les deux enfants se guettaient pour passer un moment ensemble, en utilisant le prétexte des devoirs faits en commun.

La grande Giselle apporta une aide involontaire. Après dîner, prétendant étouffer dans le logement, elle souhaitait prendre l'air. M. Zober lui disait :

— Emmène le David qu'il te surveillera.

Olivier avait reçu la confidence : « Ma sœur Giselle, elle a un amoureux ! » et, un doigt sur la bouche, David avait ajouté : « Pas un mot à la reine mère ! » Dès que sortis, Giselle courait vers la rue Custine où un garçon l'attendait et David frappait chez Olivier, à la porte donnant sur le couloir.

David connaissait maintenant tous ces garçons d'un âge voisin, entre huit et douze ans, qui composaient la bande de la rue Labat. Cette dernière était en pleine activité. Les aides proposées aux commerçants, aux concierges, aux livreurs, aux habituées du lavoir Bachelet (car ils opéraient même en territoire ennemi) correspondaient à des projets intéressés : il s'agissait d'arrondir le budget de guerre dont Loulou était le trésorier.

Le petit Riri qui les avait rejoints se révéla un des plus agressifs. Rue Bachelet, il avait un ennemi personnel de la même taille que lui nommé « le môme Tartine » à qui il vouait une haine intarissable. La nature calme de David ne l'amenait pas à une participation active, mais il assistait aux réunions.

Olivier se partageait entre la bande et la compagnie de David aussi uni à lui que Loulou l'était à Capdeverre. Comme le jeudi ces derniers se rendaient au gymnase avec M. Barbarin le maître de gymnastique, David et Olivier restaient ensemble.

Mme Zober accompagna deux fois son fils à la mercerie. Au contraire de son mari, elle ne s'attarda pas. Sous le prétexte de courses urgentes, elle refusa le café qui lui était proposé. Bien que trop coquette à son goût, montrant une trop abondante chevelure et une liberté d'allure exagérée, la mercière lui fit bonne impression : ce « Madame Zober, quel plaisir de vous connaître ! » lui était allé droit au cœur.

David, lui, vivait des jours ravissants. La rue offrait un spectacle permanent : une commère, un passant, un marchand ambulant devenait l'acteur d'un rôle imprévu. Olivier envisageait cet univers avec un regard simple — simple comme bonjour, disait Virginie. Il était fait pour son plaisir. Il n'imaginait pas que David pût voir les choses autrement que lui-même. Habitué aux siens qui, jusque dans la joie mettaient de la réserve, devant tant d'exubérance, de paroles sans mesure, David restait stupéfait. Tout en lui interrogeait Olivier et ce

dernier n'apportant d'autre réponse que son amuse-
ment perpétuel, il en recevait la contagion.

— Vise un peu ! disait Olivier.

Les mains en porte-voix, Caviglioli, le vitrier
ambulant, sa charge de verre arrimée à son dos,
piégeait les rayons de soleil. D'une voix à briser tous
les carreaux du quartier, il jetait son cri prolongé :
« Oooooh Vitrrrrier ! » Il portait à la main un sac
contenant le marteau et les pointes, le mètre pliant, le
diamant, la règle et le pot de mastic dont un enfant
parfois obtenait une pincée pour sculpter des bons-
hommes ou des galettes.

Tandis que David tentait de compter les vitres
superposées, distinguait carrés et rectangles, évaluait
les surfaces, Olivier pensait à la farce cruelle d'un
lance-pierres détruisant cet édifice. Sans parvenir à
bien l'imiter, il criait en même temps que l'homme
cet appel particulier qui venait de loin dans le temps.
Ainsi, chacun des deux enfants, selon son caractère,
voyait le spectacle à sa manière.

Le père Poileau, un retraité de la S.T.C.R.P.,
remarquable par sa lourde démarche et son nez
bourgeonnant, ses chaussures cycliste bien qu'il n'eût
pas de vélo et son bourgeron où restaient les initiales
de la régie de transports qui l'avait employé, se
promenait au beau milieu de la rue avec son chien,
un bâtard jaune, la queue remuante, les yeux éveillés.

— Radine-toi, David ! demandait Olivier. Bonjour, m'sieur Poileau ! On est mieux que dans
l'autobus, hein ?

— Salut, mon p'tit gars !

Il savait ce qu'Olivier attendait de lui, mais il
feignait l'ignorance pour se faire prier.

— Ça va, m'sieur Poileau ?

— Ça va, ça vient. On fait aller.

— Il est gentil votre chien (et Olivier flattait l'animal), et intelligent, et drôlement savant... Tu sais, David, il fait le coup de la casquette... M'sieur Poileau, vous feriez pas le coup de la casquette pour mon copain Zober ! Il connaît pas.

Le père Poileau affichait un air inspiré. Il semblait s'interroger et finissait par consentir. Il émettait alors un bref sifflement. Le chien remuait la queue de plus en plus vite, se dandinait pour marquer son impatience. L'homme se baissait et l'animal posait ses pattes de devant sur ses cuisses, puis sur sa poitrine avant de retirer délicatement sa casquette en la prenant dans sa gueule par la visière. Un morceau de sucre le récompensait, qu'il cueillait entre les dents de son maître. On applaudissait à un numéro double et le père Poileau montrait sa fierté.

— Tu connais tout le monde dans la rue ! s'exclamait David.

— Et comment !

Ils s'asseyaient le dos au mur, chacun d'un côté du soupirail de M. Klein. Quand le boulanger-pâtissier s'éloignait, Olivier criait au mitron : « Lulu, t'aurais pas un morceau de bricheton ? » Par jeu, le garçon expédiait au bout d'une perche un croûton qu'Olivier attrapait entre les barreaux.

— Qui c'est, Olivier, celui qui a pas de cheveux ?

— Un Russe. Il s'appelle Silvikrine.

De bonne foi, Olivier croyait que cet habitant de la rue Nicolet était russe. Il ignorait que *Silvikrine*, nom d'un produit censé fertiliser le cuir chevelu, avait été choisi pour sobriquet.

— Et celle qu'elle arrive pas à ouvrir son parapluie ?

— Elle s'appelle... euh... Mme (suivait un bafouil-
lis destiné à masquer son ignorance) et c'est pas un
parapluie, c'est une ombrelle. Tu vois bien qu'il pleut
pas. Elle arrive jamais à l'ouvrir, son ombrelle.

— Mais y'a pas de soleil non plus.

— C'est bien ce que je disais, annonçait Olivier
avec mauvaise foi.

L'arrivée d'une automobile rue Labat restait un
événement. Aussi la trompe d'un taxi promettait un
spectacle. Celui qui arriva par la rue Bachelet
s'arrêta à l'angle de la rue Labat, devant chez
M. Aaron le boucher. En voyant sortir du véhicule la
femme la plus élégante qu'il eût jamais vue, David
resta pétrifié d'admiration. Il la désigna à Olivier qui
affecta l'indifférence. Elle marcha de long en large
tout le temps que le chauffeur prit à faire la monnaie
au *Transatlantique*.

— Elle est belle comme au cinéma, dit David, et
même au théâtre !

La capeline en paille qui ne dissimulait pas tout à
fait le blond platine des cheveux, le renard noir posé
sur une épaule, le manteau de soie à dessins
imprimés, les bas à baguette à jours, les chaussures
en box-calf, cela paraissait le sommet du luxe. Quand
elle fut rentrée au 77, David demanda :

— Qui c'est la dame ?

— Ben, c'est Mado. Elle fait la bombe...

— La bombe ?

— Ouais, la bombe, la noce, la nouba, quoi !

— Et elle sent tellement bon !

— Ouais, ouais, la cocotte.

Si Olivier gardait quelques préjugés défavorables, il les devait à Virginie qui n'appréciait guère cette Mado. Lorsqu'elle venait acheter quelque colifichet, la mercière marquait de la distance.

En fin de journée, les ouvriers rentraient du travail et la rue s'animait. Des fenêtres s'échappaient des odeurs de ragoût. Les hommes montaient chez eux, puis redescendaient pour fumer une cigarette dans la rue ou prendre un verre au bistrot. David et Olivier rejoignaient les copains et s'attardaient en leur compagnie.

— A la gym-boum-boum, dit Loulou, Capde-verre, il avait des bigorneaux dans les poches de sa culotte. Quand il s'est retourné au trapèze, ils sont tous tombés. Ce qu'on s'est marrés !

— Et qui s'est cassé la margoulette à la barre fixe ? demanda Capdeverre.

— C'est bibi-lolo de Saint-Malo ! reconnut Lou-lou.

— T'es léger comme l'oiseau qui s'appelle élé-phant !

— Et ta sœur ?

— Elle bat le beurre...

Un incident vint clore la discussion. Un mioche à bicyclette descendait la rue. Trop petit pour utiliser la selle, il avait glissé une jambe dans le cadre et la machine tanguait dans la descente.

— Le môme Tartine ! s'exclama Olivier.

Des ricanements saluèrent les dangereuses évolu-tions de la bicyclette. Tartine serra les freins. Seul celui de la roue avant fonctionnait et il fut projeté sur la chaussée.

— Poum patatras ! fit Jack Schlack.

— Peut-être qu'il s'est fait mal, dit David.

— Bien fait pour sa poire ! jeta Riri.

Déjà la patronne du « Vins et spiritueux » *La Bordelaise* examinait le genou qui saignait. Tartine s'attachait plus à l'état du vélo qu'à son mal. Il redressa la roue et remonta la rue en poussant l'instrument par la selle. La bande le regarda passer en silence : le courage de Tartine les épatait, mais l'absence de quolibets fut perçue par l'enfant comme une insulte. Il leur tira la langue.

Loulou indiqua que le pécule de guerre atteignait la somme de 13,95 francs, et Saint-Paul observa : « Comme au bazar ! » On convint d'arriver à 20 francs avant de commencer les hostilités.

— David, vingt-deux ! v'là ta mère...

Mme Zober sortait de chez Aaron, un paquet jaune de viande de boucherie à la main droite, une bouteille de limonade à la main gauche.

— Les poteaux, dit Olivier, faut planquer David, et moi aussi.

David et Olivier s'accroupirent contre le mur en cachant leur tête. Dans une mêlée, Capdeverre, Loulou, Tricot, Saint-Paul, Jack Schlack, Toudjourian, Riri firent à leurs camarades un rempart de leur corps. Ils culbutèrent bientôt les uns sur les autres en agitant bras et jambes, formant une pyramide mouvante d'où partaient cris et rires. Mme Zober pénétra dans le couloir du 73. Le danger écarté, le jeu n'en continua pas moins. Le calme revenu, David dit :

— Faudra quand même que je rentre.

Ils se trouvaient tous dans le même cas. L'allumeur de réverbères ne tarderait pas à passer en agitant sa longue perche. De la blanchisserie où les

femmes mangeaient sur place venaient des bruits de
gamelle. La plus jeune rentra la cage à oiseaux en
répétant : « Mes fifis, mes fifis... » En haut des
marches de la rue Bachelet se poursuivait entre Amar
et ses amis une partie de passe anglaise. Rue
Lambert, le globe de l'*Hôtel de l'Allier* s'illumina.

— Alors, ça vient ! appela Mme Capdeverre de sa
fenêtre.

— Olivier, Olivier, c'est l'heure..., chantonna la
jolie voix de Virginie.

— Ouste ! à la casba ! cria Mme Saint-Paul.

Gastounet, qui montait la rue en frappant le sol de
sa canne, fit un geste menaçant et cria à la canto-
nade :

— Ces mômes, toujours en train de faire les
singes... Je te mènerais ça à la baguette, moi !

Les singes : il ne croyait pas si bien dire. Il
déclencha un délire simiesque s'exprimant en grimaces, en gambades, en sauts de côté et en couine-
ments apeurés. Bougras qui prenait le frais à sa
fenêtre en mangeant du pain et du saucisson rigola
doucement.

Aux heures calmes de l'après-midi, Mme Rosenthal, un sac en tapisserie à la main, traversait la rue
pour pousser la porte de la mercerie.

— Si je vous dérange, Virginie, vous me le dites...

Non, elle ne dérangeait pas, bien au contraire ! La
mère d'Olivier appréciait la compagnie de cette
dame du 78 que tout le monde respectait. Ayant elle-
même une nombreuse famille, cinq filles et un

garçon, elle était l'amie des enfants et des personnes en difficulté. Toujours prête à se dévouer, elle pratiquait l'entraide d'une manière naturelle. Devenu grand, Olivier se souviendrait d'une présence diffusant l'apaisement, de beaux yeux pervenche, d'un sourire confiant et d'une énergie dans les traits qui donnait du courage.

— J'ai apporté une tranche de cake pour Olivier.

— Olivier, dis merci !

Olivier avait déjà remercié d'un regard, d'un mouvement des lèvres. Parce que plus grave que son amie, Mme Rosenthal paraissait plus âgée. La mercière quittait son comptoir, disposait deux chaises face à face. L'une brodait, l'autre cousait. Chacune levait les yeux de son ouvrage pour écouter ce que disait l'autre.

— Vous avez de jolies fleurs, Virginie.

— Les fleurs, ça tient compagnie.

Elles parlaient de la femme du maçon qui avait eu bien des malheurs, de M. Kupalski l'épicier qui élevait des oies sans parvenir à les vendre, des rhumatismes de M. Léopold, de la goutte de Gastounet, de la misère des gens, de toutes ces familles de la rue dont on savait tout. Jamais une médisance ne sortait de la bouche de Mme Rosenthal. Elle disait : « Que voulez-vous, les gens sont ainsi faits... » ou bien, avec une brusque résolution : « Je vais le chapitrer, cet ivrogne ! » Olivier aimait l'écouter. Au contraire de la plupart des gens, elle évitait l'argot, ne prononçait jamais un gros mot, s'exprimait en termes choisis, comme une institutrice.

Ce jour-là, Olivier, à partir d'une planchette, construisait un navire, des clous plantés figurant les

mâts et deux bouchons les cheminées. Mme Rosenthal lui conseilla d'ajouter un drapeau. Olivier
préférait aux autres les jouets de sa fabrication.
Chaque année, pour Noël, la tante Victoria qu'on ne
voyait jamais, à cause d'un froid avec Virginie, offrait
un cadeau. Ainsi, l'année passée, le Meccano numéro 3. Le chauffeur de l'imprimerie de l'oncle Henri
l'apportait en soulevant sa casquette noire. « Elle ne
se dérangerait pas, disait Virginie, on n'est pas assez
bien pour elle ! »

Olivier décida de lancer son navire. La clé du
compteur à gaz s'adaptait fort bien à la bouche d'eau
du haut de la rue Bachelet. Tandis que Virginie
offrait un doigt de banyuls à son amie, il sortit et fit
couler l'eau de la voirie dans le ruisseau. Bientôt, il
courut pour accompagner le bateau et le rattraper
avant son arrivée à la bouche d'égout. Ce serait bien
d'y jouer avec David qui se tiendrait en bas. Ils
pourraient barrer le ruisseau avec des sacs noués
pour édifier un port.

Malheureusement, alors qu'il courait le long du
trottoir, Mme Albertine Haque le saisit par le bras et
l'immobilisa. Olivier furieux vit le bateau s'engloutir
dans la bouche fatale.

— Où tu cours, brigand ? demanda Mme Haque.
— C'est pas vos oignons !
— Malpoli ! Malélevé ! Je parlerai à ta mère.
— Je m'en bats l'œil !

Impossible, cette concierge ! Elle s'attachait à lui,
le flattant ou le houspillant. Si elle lui offrait une
tartine, il devait donner son attention en échange.

— Viens dans ma loge !
— Non !

Mais il la suivit. Elle le fit asseoir sur un canapé fatigué. Il pensa qu'elle lui offrirait une friandise. Mme Haque prit sa tabatière en os dans la poche de cette veste tricotée qu'elle ne parvenait pas à boutonner. Elle puisa une pincée de tabac qu'elle distribua entre ses narines avec des reniflements satisfaits. « C'est dégoûtant ! » jugea Olivier. Il aurait bien voulu essayer pour savoir s'il éternuerait.

En avait-elle des choses à raconter, Mme Haque ! Comme elle devait renouveler son arsenal de paroles, elle posait des questions insidieuses :

— Ta mère, elle est gentille avec toi ?

— Ben oui.

— Elle reçoit parfois des messieurs ?

— Ouais, des cousins ou des gens de la Haute-Loire.

— Qu'elle dit...

Parfois des Sauguains établis à Paris rendaient visite à la veuve Chateauneuf. Olivier en connaissait les noms bien du pays : Lonjon, Cubizolles, Amargier, le cousin Baptiste, deux frères nommés Boulanger et Boulangier parce que pour l'un des deux on avait ajouté un *i* à l'état civil. Ils parlaient des grands-parents d'Olivier, de son oncle Victor, du père de l'enfant en disant « le pauvre Pierre » parce qu'il était mort.

— Et avec Mme Rosenthal, elles causent de quoi ?

L'instinct dictait à Olivier de limiter ses réponses. La femme insinuait en modulant des soupirs. La rue devenait habitée de gens bizarres, ayant tous quelque chose à cacher, mais elle, Mme Haque, elle savait ! Olivier apprit que les Zober étaient en retard de deux termes, que le locataire du premier sur rue était un chômeur perpétuel, que Mme Papa buvait en cachette, que Mado était une poule de luxe. La Grosmalard tenait mal son immeuble. Gastounet qui se disait héros de la guerre de 14 avait fait son service à l'arrière. Ernest, du *Transatlantique,* récupérait les fonds de verre et mouillait son vin, le père Poileau avait plus de puces que son chien...

Pour s'attirer les bonnes grâces d'Olivier, elle affirma que tout le monde n'était pas comme Virginie, courageuse, travailleuse, bonne commerçante, toujours propre sur elle. Si elle recevait des hommes, cela se comprenait fort bien : un jour, elle se remarierait et l'enfant aurait un nouveau père. Cela ne plaisait guère à Olivier qui écartait cette éventualité. Une information l'attrista :

— C'est comme les Zober. Ceux-là, à part le loyer en retard, mais ils ne sont pas les seuls, je leur reproche rien. Quoique, quoique...

— Couac couac, reprit Olivier.

— Quoique ils feraient bien de la surveiller, leur Giselle ! Avec ce grand flandrin qui vient de je ne sais où. Je les entends derrière mes persiennes jusqu'à pas d'heure !

Olivier avait aperçu ce grand garçon brun avec désagrément. Malgré ses huit ans et demi, il était sensible au charme de la grande Giselle. Elle l'embrassait sur les deux joues et elle sentait bon l'eau de violette.

Mme Haque tendit à Olivier sa boîte à lait de métal au couvercle retenu par une chaînette. Elle demanda à l'enfant d'aller chez la crémière qu'elle persistait à appeler Mme Hauser du nom de la société *Achille Hauser* qui l'employait.

— J'en prends combien du lolo, madame Haque ?

— Mme Hauser, elle sait. Tu dis que c'est pour moi.

Elle lui donna des pièces et lui dit qu'on lui rendrait deux sous qu'il garderait pour lui. Il affirma que ce n'était pas la peine et elle eut le bon goût d'insister. Dehors, boîte à lait en main, Olivier réfléchit. Deux sous : le prix d'un roudoudou chez la mère Cassepatte, rue Lambert. Il avait mis de côté deux francs cinquante qu'il ne se pressait pas de remettre à Loulou pour le budget de guerre. Après un débat intérieur, il courut jusqu'à la rue Ramey. Il en remonta bientôt en tenant une glace rectangulaire, vanille et fraise, entre deux gaufrettes qu'il pressait pour lécher sur les côtés.

A la laiterie, après un retentissant « Bonjour, m'sieurs dames », il attendit son tour en regardant les trois mottes de beurre jaune avec le fameux fil retenu par deux bâtonnets que les gens bêtes sont réputés ne pas avoir inventé, les œufs dans leurs bocaux, les fromages de toutes provenances, pâtes sèches et pâtes dures, blancs, orangés, vert-de-grisés. En contemplant toutes ces formes, carrées, cylindriques, triangulaires, il pensa aux leçons de géométrie, matière où il ne brillait guère.

— C'est pour le lait de la mère... euh ! de Mme Haque.

— Oui, dit la supposée Mme Hauser, elle, c'est une trois quarts.

Elle servit deux mesures, une grande, une plus petite. Elle rendit deux sous de monnaie en recommandant au commissionnaire de ne pas boire le lait en route, ce qui en donna l'idée à Olivier, mais non !

après le cake de Mme Rosenthal et la délicieuse glace, il s'en tiendrait là. Un dernier regard sur les boîtes de camembert et sur les triangles de brie et il sortit.

— Tu y as mis le temps ! observa Mme Haque.

— C'était plein de monde. Il y avait une queue longue comme ça...

Mme Haque avait beurré des tranches de pain d'épices disposées dans une assiette à fleurs. Sur le réchaud cuisait du Phoscao dissous dans l'eau chaude à laquelle elle ajouta du lait.

— Tu le mérites pas, mais je t'ai fait du chocolat.

— Non merci, j'ai pas faim.

— A ton âge, on a toujours faim.

« Si c'est comme ça... », pensa Olivier. Elle lui noua un torchon au cou et ils s'attablèrent. Lorsqu'une parcelle du pain d'épices tombait dans le liquide, il apportait une teinte plus sombre. Olivier repêchait cet îlot du bout de la cuillère et le regardait avec une moue. Le meilleur, c'était le fond du bol car il y restait du sucre.

— C'est drôlement bon, dit Olivier en s'essuyant la bouche, et il ajouta poliment : On peut dire que vous savez la faire la cuisine, madame Haque !

Un sourire satisfait montra la canine en or dont elle était fière. Elle vida le fond de la casserole dans le bol de son invité et laissa le récipient en lui recommandant de gratter le fond. Tandis qu'Olivier étirait ses doigts autour du bol jaune en regardant une demi-lune tracée par sa denture dans le pain d'épices, Mme Haque entreprit de se maquiller. Tube de rouge en main, face au miroir posé sur la table, elle fit déborder un cœur de sa lèvre supérieure pour remodeler le dessin de sa bouche. Au moyen d'une houppette, elle posa deux taches rondes d'un rouge orangé sur ses joues. Olivier retint un sourire.

— Tu travailles bien à l'école ? demanda-t-elle.

— Y'a des hauts et des bas, ça dépend des jours.

Grâce à David, il avait fait quelques progrès. Les animaux utiles, la loi de la pesanteur, le point où deux trains roulant en sens inverse se croisent, la date de la bataille de Marignan, la poule au pot d'Henri IV, que de choses à apprendre ! Il s'était assez bien tiré d'une affaire de participes passés et avait obtenu une bonne note en rédaction. Cependant, une impossibilité l'agaçait : s'il travaillait bien, il monterait d'une classe et serait chez M. Alozet, mais hélas ! David quitterait cette classe. Pas moyen de se rejoindre !

— Tu répéteras pas ce que je t'ai dit, petit bavard ?

Ce qu'avait dit Mme Haque ? Il s'en moquait bien. Il remercia beaucoup et rejoignit la rue avec satisfaction. Le soleil d'avril brillait. Près des cages à oiseaux, des pots de fleurs étaient posés sur les fenêtres. Des pigeons attendaient près de la boulangerie. Olivier décida qu'il était devenu un cheval et il alla au petit trot, sa langue glissant sur son palais émettant des cloc-cloc. Par une soudaine métamorphose, il se fit locomotive et imita avec ses bras les pistons des roues en soufflant tch-tch de plus en plus vite. Puis, transformé en aéroplane, les pistons devinrent des ailes tendues pour effectuer de savants virages.

Des fillettes faisaient rebondir sur le mur une balle de caoutchouc. Olivier dit : « Salut, les quilles ! »

Myriam haussa les épaules et Josette lui demanda pour qui il se prenait. Parce que les filles l'intimidaient, il jetait toujours des sarcasmes. Il pensa à la grande Giselle, à l'escogriffe qui l'embrassait dans les coins et cela le mit en rage. Il s'approcha de Lili et tira sur sa natte avant de s'enfuir en courant.

Tout l'ennuyait. Sauf David. Ludo, le dernier-né de la famille Machillot se tenait dans une automobile de bois. Il demanda : « Pousse-moi ! » Olivier y consentit mais au coin de la rue Bachelet, il s'arrêta : en haut des marches, on voyait les Gougnafiers d'Anatole. En rebroussant chemin, il pensa : « Je suis de mauvais poil ! » puis « Je suis en pétard ! » et cela le fit rire. Jack Schlack l'appela de sa fenêtre. Il tenait sa petite sœur devant lui à la croisée. Il cria : « Hé ! Hé ! l'Olive... » Olivier lui demanda de ne pas l'appeler ainsi, mais l'autre poursuivit :

— L'Olive, à l'école, ils ont vu que Grain de Sel avait des poux. Ils vont lui raser le poil...

Enfin une bonne nouvelle. Jack Schlack mima une recherche de poux dans les cheveux de sa sœur, les écrasant entre ses ongles et les mangeant comme les singes du Jardin des plantes. Olivier l'imita en fouillant dans la broussaille de ses cheveux blonds et il crut que sa tête le démangeait. Il toucha vite le bois de la devanture.

Puis, il jeta d'une voix forte pour être entendu par les ennemis :

— Rue Bachelet, des poux, i z'en ont tous !

Après quoi, il empoigna le bec-de-cane de la mercerie pour annoncer à Mme Rosenthal et à sa mère qu'il faisait beau aujourd'hui.

Une suite d'averses calma pour un temps les ardeurs belliqueuses des enfants des deux rues. Les réunions dans les couloirs d'immeubles provoquaient les rebuffades des concierges. Chacun rentrait chez soi et l'on voyait des visages d'enfants derrière les vitres embuées regardant tristement le déluge.

M. Zober, parapluie ouvert, tentait d'éviter les flaques. Il s'efforçait de siffloter. Au moment où l'adversité affirmait sa puissance, il lui volait ses armes et répondait par un optimisme insensé aux agressions de la vie. Certes, il existait des retombées, des moments de mélancolie au cours desquels il se répétait qu'il était un *schlemasel* poursuivi par la malchance, lui qui disait les trois prières quotidiennes, récitait les psaumes et fréquentait la synagogue de la rue Sainte-Isaure, là où en 1900 était le *Bal Prado,* mais ses lamentations, il les gardait pour lui voulant en protéger Esther et les enfants.

Ce jour-là, malgré la pluie, il se sentait joyeux. Deux visites qu'il venait de faire en étaient la cause, la première à Samuel, la seconde à la mercière. Il avait eu avec Virginie une de ces conversations qui gagnaient en fréquence. Au contraire de la maussade Esther, Virginie gardait toujours le sourire à la bouche. Elle apportait l'attention aimable d'une dame qui connaît la vie et sait recevoir les confidences tout en apportant les siennes pour entretenir le dialogue.

La compagnie de M. Zober lui plaisait. Timide, courtois, attentif, il la faisait rêver en lui contant les étapes de sa vie mouvementée. Pour elle qui n'avait voyagé que de Langeac à Paris, des noms de villes comme Odessa, Constantinople, Cologne permettaient des rêveries exotiques. Les wagons de troisième classe des émigrants devenaient des trains de luxe, des Orient-Express où flottait le parfum de ces cigarettes *Abdullah* qu'elle fumait parfois. Quand son interlocuteur évoquait le village d'où il avait été chassé, ce que Virginie ne comprenait guère, elle le voyait à l'image de Taulhac où elle était née et dont elle portait le regret. L'exilé des fins fonds de l'Europe et l'éloignée d'une province française découvraient l'un chez l'autre une nostalgie qui les rapprochait. Aux sentences ancestrales de M. Zober répondait la philosophie courante de Virginie qui s'exprimait en formules populaires comme « C'est la faute à pas de chance ! » ou bien « Quand on n'a plus d'espoir, on prend le pan de sa chemise pour en faire un mouchoir ! »

— *Shalom*, Esther !

Mme Zober qui préparait le repas du soir dans une odeur d'artichauts fut surprise du ton joyeux de son mari. Étant donné la situation catastrophique des finances et l'absence de travail, si ce n'étaient des pantalons à élargir et des costumes à retourner, y avait-il de quoi se réjouir ?

— Esther, le derrière tu le mets sur la chaise, et tu m'écoutes moi. Vois ce que tu vois !

De son portefeuille fané il sortit six billets de cent francs qu'il disposa côte à côte sur la table. La stupéfaction d'Esther se manifesta en plusieurs temps. Elle resta muette dans la contemplation de l'argent. Puis elle souleva ses épais sourcils en signe d'interrogation. Enfin, elle montra un soupçon comme si l'honnête Isaac venait de cambrioler une banque. Inquiet de ne pas voir apparaître un rayonnement sur le visage de sa femme, il s'indigna :

— De l'argent qu'il nous sauve la vie, j'en mets devant ta figure et tu regardes comme le poisson, tu dis rien !

— Je dis que l'argent elle vient pas tout seul.

M. Zober écarta chaque billet pour une répartition et déclara :

— A la Mme Haque comme concierge, tu lui paies un terme. Pas deux pour pas habituer tu comprends.

Comme le visage d'Esther s'éclairait, il brandit un des billets.

— Celui-là que tu regardes avec le forgeron, la dame et le garçon tout nu qu'il vient de la Banque de France n'est-ce pas, il paie le drap si t'attends je vais te dire. Du drap anglais solide tout laine pour que moi je fais le tailleur chic à la mode et tout pour qui la dame ? Pour Mme Zober élégante pour la toilette...

Esther protesta. A quoi bon un costume tailleur puisqu'elle ne sortait jamais ? Son mari, dans son enthousiasme, imaginait des visites en famille avec les enfants bien habillés, des promenades sur les boulevards et peut-être même irait-on dans un grand café écouter l'orchestre.

Il prit dans le placard deux verres et une bouteille de *schnik* où flottait du céleri. En versant le liquide, sa main tremblait d'exaltation. Il leva son verre pour le *Quiddouch* où l'on sanctifie le nom du Seigneur en portant la santé.

— Le Mont de la Piété, il a toujours l'argenterie, dit Mme Zober après avoir bu une gorgée.

— Demain, je la retirera ! affirma M. Zober en

regardant les billets qui semblaient fondre à vue
d'œil.

Après avoir retourné dans sa tête toutes les
manières dont son mari avait pu se procurer tant
d'argent, Mme Zober entrevit une lueur. Elle tendit
un doigt accusateur vers son mari.

— Esther, tu la crois bête comme une vache, mais
elle sait...

— Elle sait rien du tout je dis.

— Elle connaît bien comment tu fais. Même que
pareil d'habitude. Il emprunte qu'il peut pas rendre
Il dépense qu'il a pas...

— Et des souliers pour David tout neufs, et un
châle pour Giselle, et un poste pour la T.S.F...

Pour faire diversion, il énumérait, mais Esther le
regardait droit dans les yeux. Et plus elle le fixait,
plus il montrait sa gêne. Il s'exclama en fixant
l'ampoule électrique comme s'il s'adressait à elle :

— Tout le temps elle devine cette femme que j'ai.
Comme un rabbi elle fait les yeux et moi j'en ai la
peine au cœur y'a pas d'erreur. Elle veut que j'y dis,
j'y dis : exactement que j'ai emprunté les sous à
quelqu'un d'amitié comme le frère et j'y rendra...

— A Samuel ! Je sais tout, Isaac. Il en a beaucoup
de l'argent comme le courtier c'est sûr. Et il pense
quoi, Samuel ? La famille Zober : rien du tout. Et le
cousin Isaac, le *schorrer* qu'il tend la main.

— Ça jamais qu'il le pense ! s'indigna Isaac.

Saisi d'éloquence, en mêlant français, yiddish et
polonais, il donna des explications. Samuel l'avait
reçu dans son bel appartement de la rue Caulaincourt. La question de l'argent était venue toute seule
dans la conversation. Sous peine de faire offense, il

n'avait pu refuser le prêt. Il s'agissait d'un dépannage comme pour une automobile qui ne démarre pas : un coup de manivelle et elle repart plus vite. Comment refuser ?

— ... Samuel, il voit sans les lunettes. Qu'il dit comme ça : le travail en France il va pas pour toi, tu fais la bagage et tu vas à l'Amérique.

— A l'Amérique ! Isaac, la tête tout fou...

— A l'Amérique qu'il dit lui, pas moi. Plein de gens que t'as connus : le fils d'Apelbaum qu'il faisait les chaussures pas mal du tout chez nous, à New York il fait quoi tu crois ? La costume tout plein. Dix ? Plus que ça : cent, trois cents ou mille par mois. Du travail en gros pas imaginable. Avec lui qu'il m'emploie. Et plus tard que j'associe ou que j'y mets à mon compte...

L'Amérique ! c'en était trop. Mme Zober porta sa main à sa gorge. Elle étouffait. Elle ouvrit la fenêtre, se pencha et la pluie lui mouilla le visage. « Esther, Esther... », répéta Isaac en la soutenant comme une naufragée. Elle se dégagea et alla s'asseoir à la table, la tête entre les bras.

M. Zober tenta de la persuader. Que serait l'existence si l'on ne rêvait pas ? Vivre au jour le jour, on en avait l'habitude. Un regard vers l'avenir donnait le vertige. Alors, on imaginait un autre destin. Qui sait si les Zober ne devaient pas poursuivre leur route comme Moïse dans le désert ?

Lorsque sa femme leva la tête, il lut une telle désolation sur ses traits qu'il sentit l'émotion le gagner. Il s'écria :

— T'en fais pas du mouron, Esther, à l'Amérique c'est sûr qu'on ira pas. On pourrait je dis c'est tout pas plus. Et l'argent du Samuel, c'est la commande pour des costumes pas tout de suite...

Il ajouta :

— Et j'en aurai la clientèle. Des réclames prospectus partout chez les gens. On voira ce qu'on voira !

Apaisée, Esther but une gorgée d'alcool qui la fit tousser. Pratique, elle rangea les billets dans la boîte de fer en poussant un soupir.

Quand David rentra de l'école, son ciré dégoulinant sentant le caoutchouc, le calme était revenu. David dit joyeusement :

— *Sholem,* mama ! Bonjour, papa !

En défaisant le fermoir métallique du ciré, il riait tout seul. Il désigna le paquet des livres et des cahiers comme s'il contenait une révélation. Esther et Isaac s'attendrirent. Il était le leur, ce petit garçon brun tout enjoué qui rentrait de l'école et quittait ses gros souliers pour chausser des espadrilles.

— Vous allez voir, dit-il. Papa, mets ton lorgnon, tu vois mieux avec.

Il défit la sangle de son matériel d'écolier, essuya des gouttes d'eau sur un livre et brandit un livret scolaire qu'il tendit à son père en lui recommandant de tout lire, ce que fit M. Zober avec attention en parcourant du doigt chaque colonne.

— Ton David, dit-il fort solennel à Esther, ton David... intelligent plus que nous, il est... (il tendit deux doigts) il est le deuxième dans sa classe, le deuxième ton fils, je te le dis...

— Sur trente-trois, dit David.

— Trente-trois ! Et tout plein que père et la mère

ils parlent dans la maison que le français rien d'autre, et David Zober qu'il est pas né ici, deuxième qu'il est, deuxième !

Il prit David sur ses genoux. Quelle soirée ! La tristesse et la joie se succédaient à grand rythme.

— Il est deuxième. Et peut-être qu'il sera premier.

— C'est presque pas possible, dit David, parce que le premier c'est Besnard, il est drôlement fortiche.

— Il faut que tu le bats !

M. Zober regarda son fils avec attendrissement. Il parlait si bien le français sans cet accent dont ses parents ne se débarrassaient pas. A neuf ans, il connaissait plein de mots et il était le deuxième !

— Et Shabbat, il arrive demain ! annonça-t-il. Quel beau Shabbat !

— Plus jamais qu'il est là, David deuxième, constata Mme Zober, à la mercière qu'il dit et il fait son travail de la *choule* quand ? je le demande...

— Ben..., fit David, c'est justement qu'avec Olivier, on travaille ensemble. Lui aussi il a gagné trois places.

— Mais pas deuxième ?

— Lui non, avoua David sans préciser qu'il était dans une autre classe. On trime dur à nous deux !

— Cette Giselle l'a dit que tu joues à la rue, accusa Mme Zober.

— C'est une sale cafteuse !

— Ta sœur, il faut savoir poli ! dit doucement M. Zober.

David qui désirait ménager sa liberté eut le front de déclarer :

— Si je suis le deuxième, c'est grâce à Olivier !

— Et toujours tu vas dans son chez-lui, jamais il vient ici, observa Mme Zober.

— On lui a pas dit, et il ose pas.

— C'est mieux dans la boutique pour y apprendre, dit M. Zober.

— Des viandes impures qu'elle y mange, la madame mercière, et des poissons qu'ils ont pas d'écailles..., observa Mme Zober.

Des coups impatients furent frappés à la porte. Parmi ses originalités, Giselle avait celle de dédaigner la sonnette. David lui ouvrit. Trempée, les épaules frileuses, les mèches dégoulinantes, elle offrait l'image de la désolation. Elle joignit les mains dans l'attitude d'une martyre. Mme Zober se précipita, serviette tendue pour lui frotter le visage et la chevelure.

Giselle avança comme une automate. Elle tira une mèche de ses longs cheveux roux et la tendit en l'air avec une mimique désolée, puis elle éclata d'un long rire et tourna sur elle-même comme une danseuse. « Elle joue encore un de ses rôles, la cafteuse ! » pensa David. Apercevant les verres et la bouteille d'alcool sur la table, elle affirma :

— Le *schnik*, j'aime pas. Vive la *vodka* !

Elle partit dans une danse russe en essayant d'y entraîner David qui se dégagea. Elle affirma qu'elle se savait folle, que ce n'était pas la peine de le lui dire. De son pull-over trempé, elle tira son cahier du cours Pigier couvert de signes sténographiques méthode Prévost-Delaunay et le jeta sur le lit-cage. Puis elle se dirigea vers sa chambre d'une démarche de grande coquette. David, la main sur la bouche, pouffa. On entendit Giselle chanter *Rosalie, elle est partie.*

M. Zober regarda sa femme. Il pensa à la jeune Esther quand elle était sa *kalla,* douce fiancée qu'il avait conduite sous la *houpé* nuptiale. S'il restait des traces de sa beauté, sa démarche s'était alourdie. Plus que les ans, les soucis l'avaient transformée. L'image de Virginie le rejoignit et il se sentit coupable. Il se servit un verre de *schnik,* sourit à David deuxième de sa classe et se sentit presque bien. Il glissa ses pouces dans les entournures de son gilet et étendit ses jambes. En attendant le repas, telle Perrette et son pot au lait, il se laissa bercer par un de ces rêves qui deviennent réalité tout le temps qu'ils vous habitent.

Le beau temps revenu, David et Olivier se tenaient assis au bord du trottoir devant l'immeuble du 77 rue Labat. De l'eau stagnait dans le ruisseau. Les jeux du soleil et de l'ombre en variaient les reflets. Les enfants portaient des colliers de bobines vides autour du cou. En bas de la rue, au carrefour Ramey-Custine, ils voyaient passer automobiles et voitures à chevaux. La ville et la campagne faisaient bon ménage.

Mlle Marthe, la modiste du rez-de-chaussée qui fabriquait toutes sortes de bibis, capelines, toques, bérets, cloches pour les dames, bonnichons et jean-bart pour les fillettes, passait la tête à la fenêtre et disait : « Ça va les enfants ? » sans attendre la réponse. Devant la menuiserie, les autres gosses de la rue jouaient à saute-mouton. Parfois, ils appelaient David et Olivier : « Vous venez, les potes ? » Ils répondaient : « On arrive ! » mais ils ne bougeaient pas.

Ce gommeux qu'on appelait « le beau Mac » monta la rue, feutre en arrière, bord rabaissé sur le devant, en veste de sport aux épaules rembourrées, pantalon avec des poches dites « à la mal au ventre », chaussures jaunes imitation crocodile. Avant d'entrer au 77, il toisa les enfants et leur ordonna d'aller jouer ailleurs. Quand il fut assez éloigné, Olivier balança sa main en arrière et jeta : « A la gare ! » Il qualifia Mac de barbeau, mais ni lui ni David ne savaient de quel poisson il s'agissait. Olivier ajouta que sa mère l'avait envoyé au bain.

Au premier étage du 78, une fillette tentait de capter un rayon de soleil dans un miroir de poche pour tenter de les éblouir d'un rond de lumière qui se promenait au long du trottoir. « Elle y arrivera pas ! » décréta David. En haut des marches, Mme Rosenthal sortait de chez M. Léopold une chaise à la main. Un triporteur chargé de linge s'arrêta devant la blanchisserie.

Et les enfants bavardaient. Ils avaient toujours quelque chose à se confier. S'ils se taisaient un moment, les mêmes sensations les habitaient. Elles avaient trait à la rue, au milieu familial ou à l'école. Ils entendaient le crissement de la craie sur le tableau noir, puis des coups brefs lorsque le maître d'école ajoutait les accents et la ponctuation avec une sorte de violence triomphante. David écoutait la machine à coudre ou le grésillement de cette boulette de pâte que sa mère jetait dans le feu par tradition religieuse.

David et Olivier échangeaient des phrases commençant par « Mon père, il... » ou « Ma mère, elle... » car ils gardaient l'un et l'autre de l'admiration pour leurs parents. Olivier en revenait aux préparatifs guerriers qui s'enlisaient faute d'incidents entre les enfants des rues rivales. Certes, les deux amis participaient aux jeux collectifs, gendarmes et voleurs, marelle, course en sac, balle au chasseur, billes et plumes, mais les leurs, ceux qui n'appartenaient qu'à eux, naissaient d'une complicité riche de secrets, de signes mystérieux, contemplation d'un soldat de plomb blessé, échange d'images ou d'illustrés, devinettes, confidences murmurées et rires sans raison. Pour se retrouver, tous les prétextes leur étaient bons : David se déclarait toujours volontaire pour descendre la boîte à ordures ; Olivier rejoignait la cour du 73 pour émettre le sifflement qui attirait son ami à la fenêtre.

Des femmes portaient leur linge à tremper au lavoir pour le laver le lendemain. A une fenêtre du 74, une ménagère balança un panier à salade et un passant fit un écart pour éviter les gouttes d'eau en répétant : « Non, mais des fois... » Le carillon de la mercerie retentit : Virginie passait la tête pour voir ce que faisaient les enfants. Du calme de David à la turbulence d'Olivier s'échangeaient de solides influences.

— Hé ! Hé ! Zober, Chateauneuf, vous venez, j'invite !

C'était Ernest fils d'Ernest, le patron du *Transatlantique*. Ses jambes disparaissaient sous le tablier de caviste de son père remonté et noué à la taille sur la poche ventrale. David et Olivier traversèrent la rue

pour pénétrer dans le bistrot où seule la dénommée
« La Cuistance » sirotait au coin du zinc son verre de
vin blanc, demi-centimètre après demi-centimètre,
avec la lente régularité de la buveuse experte.

— Les gars, mon père a été chercher sa pension.
J' suis le patron. Je vous offre l'apéro ?

Les invités gloussèrent d'enthousiasme. Après des
choix successifs, ils optèrent pour des diabolos
menthe que le jeune bistrotier servit avec habileté
avant de laisser tomber à grand bruit les bouteilles
dans leur rond métallique.

— Si mon dabe revient, je planque les verres à
fond de train.

— On s'en jette un derrière la cravate, dit Olivier.
A la vôtre !

— Tchin tchin ! dit Ernest fils d'Ernest.

Olivier et David jouèrent à celui qui boirait le plus
vite. Dans cette précipitation, le liquide vert coula
sur leur menton.

— Graine de poivrots ! grommela La Cuistance.

Elle avait un front bombé. Son nez, son menton, à
l'avancée du visage se rejoignaient dans un incessant
mouvement de mastication. En noir, le fichu noué
par une épingle à nourrice, elle transpirait la pauvreté des vieux quartiers, le courage aussi qui
s'affirmait dans des yeux aux reflets bleu acier. Elle
grognait sans méchanceté.

— Des loustics, dit-elle, de vrais loustics...

— Mon père va pas tarder, dit Ernest, ça va être
l'heure du coup de feu.

En effet, un groupe d'habitués discutait devant la
porte avant d'entrer. Olivier reconnut le père Poileau, Gastounet et des jeunes nommés Chéti, Amar,

P'tit Louis et Paulo, des copains de son cousin Jean,
le cuirassier. Quand Ernest père d'Ernest pénétra
dans son bar, les enfants rentrèrent les épaules mais il
leur caressa la tête au passage. Il paraissait de bonne
humeur, ce grand gaillard aux cheveux coupés en
brosse. Il dit à son fils :

— Sers donc une grenadine à tes copains, fiston.
Mettez-vous dans le coin, les mômes, va y avoir du
monde !

A l'heure de l'apéritif du soir, le bar fut bientôt
plein. Aux bruits de comptoir répondit le brouhaha
de conversations, de reparties, de rires, de mises en
boîte, d'échanges plus sérieux qu'Olivier et David
écoutaient avec une attention respectueuse. Le zinc
passé à la pâte *Au Sabre* perdait son brillant, s'auréo-
lait de ronds de verres, de coulées d'apéritifs gras.
Les nuées bleu et bistre du tabac alourdissaient
l'atmosphère. Aux odeurs corporelles se mêlaient
celles de l'anis, du vermouth, du vin et de la bière.

Olivier chuchotait le nom des nouveaux arrivants
à l'oreille de David. Le père Poileau buvait des bocks
servis à la canette retirée de la glacière. Loriot le
menuisier ponctuait ses discours de sa spatule à
Pernod. Un clochard qui vivait de reliefs ramassés la
nuit aux Halles aspirait bruyamment à la surface de
son ras-bord de vin rouge. La Cuistance protestait
parce que son espace se réduisait. Amar réclamait
son *Export-cassis*. Bougras entra et déclara qu'il venait
prendre son médicament. Deux ouvriers de chez
Boissier apportèrent une odeur de cambouis et de
limaille. Olivier et David savouraient un plaisir
interdit.

Gastounet, brassard de deuil au bras, béret sur le

chef, du coton dans les oreilles, essayait de rendre la conversation générale pour tenter d'en être la vedette. Il écouta avec un sourire égrillard les propos de M. Faillard, retraité des Galeries, qui avait vu Mado accrocher sa jarretelle derrière une porte cochère. Le père Poileau répéta que « la politique, c'est la bouteille à l'encre ». D'autres considérations jaillirent :

— Ça change, Montmartre. Ils construisent des immeubles partout, comme à Paris.

— C'est la faute aux Américains.

— Tu parles, Charles !

— Avec leur cinéma sonore et parlant, on ne pourra même plus discuter dans les salles.

— C'est le progrès.

— Des progrès comme ça...

· Adrienne, menue souris au visage fardé, avait rejoint La Cuistance et, dans cet univers masculin, elles tentaient de tenir leur place. Adrienne racontait sa journée :

— ... Alors, j'ai fait mon petit ménage, j'ai donné du chènevis aux serins, j'ai fait cuire le mou du chat, après je me suis débarbouillée, après...

Dans un murmure goguenard, Bougras confia à Ernest :

— Tu parles si on s'en fout...

Adrienne qui avait l'oreille fine le prit mal :

— Je vous parle pas à vous ! Non mais sans blague, je lui parle pas à cet outil-là, et d'une voix criarde, elle ajouta : Anarchisse, espèce d'anarchisse !

— « Outil, outil... », jeta Bougras. Ça alors, ça vaut dix ! Outil, moi ? Je t'en foutrais ! C'est pas pour vous que je disais ça, madame Adrienne, c'était en l'air !

La dispute calmée, Gastounet leva le doigt pour demander la parole et chacun regarda cet index désignant le plafond. Il entama une diatribe sur les maux de la France, contre ces ministères composés d'incapables et de voleurs qui s'en mettent plein les poches avant de céder la place à d'autres encore pires.

— ... C'est comme dans ce quartier, dit-il, bientôt y'aura plus que des métèques.

— Pour qui vous dites ça ? demanda le jeune Amar.

— Pas pour toi, mon lapin. Ton père a fait la guerre.

— Alors pour qui ?

— En général.

— Ça veut dire quoi « en général », monsieur Gaston ?

— « En général », ça veut dire « en général ». J'en connais qui disent des choses « en l'air ». Moi je dis des choses « en général ».

Bougras se sentit visé. Il prit son verre de vin rouge, se pencha et rentra le ventre pour ne pas se tacher avant de déguster une bonne lampée. Il reposa le verre en regardant Gastounet dans les yeux.

— Pas la peine de me regarder comme ça, dit ce dernier, si vous avez quelque chose à dire, dites-le.

— Puisque vous y tenez...

Bougras imita la voix de fausset de Gastounet et singea sa manière grandiloquente :

— « C'est comme dans ce quartier, bientôt y'aura plus que des métèques... » et il ajouta en reprenant son ton habituel : Eh bien moi, je trouve que dans ce quartier, il s'y trouve au moins un imbécile !

— Vous ne dites pas ça pour moi ? demanda Gastounet bien qu'il en fût certain.

— Non, je dis ça « en général » !

Des éclats de rire fusèrent. David et Olivier se déplacèrent pour mieux voir les deux hommes, Bougras hilare et Gastounet coléreux.

— Faites attention à ce que vous dites, Bougras, vous vous adressez à un ancien combattant !

— Et moi, dit Bougras, je suis un nouveau combattant. A la bonne vôtre !

— Vous combattez quoi ? La société ?

Bougras fit attendre l'auditoire. Il se gratta la tête, fourragea dans sa barbe, parut réfléchir et proclama :

— Je combats la connerie !

Tandis que les rires reprenaient et qu'Olivier signalait à David : « Il a dit un gros mot ! », que le débitant de boissons jetait des « Allons, messieurs, allons... », Gastounet préparait une riposte. Bougras réconcilié trinquait avec Adrienne et La Cuistance. S'approchant de la porte, Gastounet désigna la boucherie Aaron :

— Regardez-moi cette boucherie, ah ! ah ! Vous lui achèteriez sa bidoche, vous, ah ! ah ! Et Kupalski avec son pain azyme, hein ? hein ? Et d'où qu'ils viennent ces gens-là, vous le savez ? Bientôt, y'aura plus que des bouts coupés.

— Ils vous font pas tort, observa le père Poileau.

— Allons, messieurs, allons..., répéta Ernest père d'Ernest.

Olivier s'aperçut que David rougissait, qu'il regardait autour de lui avec effroi. Il ne comprit pas pourquoi. Plus que le raisonnement, un instinct lui dicta que l'attitude craintive de son ami avait un rapport avec les propos de Gastounet. Il revit Mme Zober sortant de la boucherie Aaron, son paquet de viande à la main.

— On se barre, David, dit-il, on va s'amuser.

Ils sortirent sans être remarqués. L'air sentait bon. Les copains jouaient au foot avec un ballon crevé. Olivier se mêla au jeu, puis revint vers David. Pour le distraire, il fit appel à son répertoire de grimaces et dit :

— Le père Poileau, il sait même faire bouger ses oreilles.

David restant silencieux, il ajouta :

— Ce Gastounet, quel œuf madame ! Il parle comme un canard. On comprend rien. Il a dit des trucs...

— Il aime pas les juifs, il nous appelle des « bouts coupés ».

— Il aime personne. La mère Haque elle dit comme ça que c'est un homme sans amour, il s'aime même pas lui-même. Et Bougras s'est payé de sa fiole, c'était marrant !

Olivier réfléchit un instant avant de demander :

— D'abord, c'est quoi un « bout coupé » ?

David se sentit gêné. Il craignait l'incompréhension de son ami. Il se lança cependant dans une explication à voix basse. Tout bébé encore, le *sandik* l'avait porté pour le baptême. Il avait été introduit dans l'alliance d'Abraham avec la promesse d'entrer dans la Thora avant de réciter la prière et de se régaler d'un bon repas. Son père lui avait expliqué tout cela. Et le baptême...

— ... C'est la circoncision, expliqua-t-il. Après, on mouille la bouche du bébé avec du vin et...

— Comme Henri IV, interrompit Olivier, et on frotte aussi les lèvres avec une gousse d'ail?

— Non, pas d'ail.

— Mais c'est quoi le truc que tu dis?

David poursuivit de son mieux l'explication. Olivier se montra perplexe. Ce mot *Circoncision*, il l'avait lu sur le calendrier des Postes. David fut obligé à plus de précision. Quand Olivier fut convaincu de ce qu'il considérait comme une bizarrerie, il s'écria :

— Aïe! Qu'est-ce que ça doit faire mal!

Il avait été opéré des végétations, certains copains des amygdales. On n'y pensait pas sans frémir.

— Pas tellement, dit David, et pis on est bébé, on se rend pas compte, c'est comme une coupure de rien du tout.

— Mais t'as quand même un zizi?

— Je veux! dit David.

C'était l'heure de la soupe. Des lumières s'allumaient dans les boutiques, les logements, les couloirs. Deux hommes qui se trouvaient au *Transatlantique* passèrent en titubant, s'accusant réciproquement d'ivresse. La rue sentait le pain chaud. Les copains se dispersaient. Olivier revit la scène du bistrot. Il posa sa main sur l'épaule de David :

— T'en fais pas, va...

— Je m'en fais pas.

— Gastounet, j'y dirai plus bonjour.

— Ça fait rien, tu sais.

Ils se serrèrent la main de manière plus prolongée qu'à l'ordinaire.

Quatre

CAPDEVERRE, informé par Ernest, diffusa la nouvelle : les « Gougnafiers de la rue Bachelet » concluaient un accord avec les moutards de la rue Lécuyer. Olivier et Saint-Paul proposèrent de rallier la rue Nicolet, mais comment s'y prendre ? Tricot eut l'idée de persuader les futurs alliés qu'ils étaient détestés par les Gougnafiers. Il suffisait de tracer des graffiti insultants pour eux et signés d'Anatole Pot à Colle ou de Grain de Sel.

Ce machiavélisme fut refusé par Jack Schlack. Pour ce précurseur, la qualité de l'armement prévalait sur la quantité des troupes. Olivier prétendit qu'une trop grande armée ôterait de l'éclat à la victoire. Enfin, Jack Schlack sortit de sa poche un pistolet noir que rien ne distinguait des autres armes de poing.

— Avec ça, on craint personne !

— C'est pas un vrai flingot ? s'inquiéta Olivier.

— C'est pire ! affirma Jack Schlack.

A la main gauche, il tenait une grosse pomme de terre alvéolée de trous dans laquelle il planta le canon de son arme pour en extraire un cylindre de légume.

Il tendit un ressort et visa un ennemi imaginaire. Cela fit plof ! et le tireur réarma aussitôt.

— Peuh ! fit Riri, c'est rien qu'un pistolet à patates.

— Avec ça, on est les plus forts ! dit Toudjourian.

— Minute papillon ! En tant que chef, j'ai mon mot à dire, affirma Capdeverre.

— Y'a pas de chef ! dit Tricot.

— Silence ! jeta Capdeverre. J'ai décidé : il nous faut des pistolets à patates.

— Et des patates, ajouta Olivier.

Le trésorier Loulou se troubla. L'attrait d'une pipe en sucre rouge au tuyau jaune l'avait emporté sur son honnêteté : il en avait distrait le prix sur la cagnotte. Resterait-il assez d'argent pour cet arsenal ? Peut-être M. Pompon ferait-il un prix ?

C'est alors qu'ils entendirent une rumeur guerrière. Une troupe composée d'Anatole, Grain de Sel, Lopez, Doudou, les Machillot, le même Tartine et des garçons de la rue Lécuyer descendait la rue en courant. L'attaque réussit. Les « Apaches de la rue Labat » se retrouvèrent étalés, même Capdeverre le plus costaud, tandis que les assaillants poursuivaient leur course en se retournant pour se moquer d'eux.

Ce fut la consternation. Les ennemis s'étaient contentés de les jeter à terre avant de s'enfuir. Quels dégonfleurs ! Les héros décimés s'accordèrent sur une riposte soigneusement préparée. Mais Capdeverre et Loulou devaient aller à la gym'. Chacun avait ses occupations. Rendez-vous fut pris le lendemain, durant la récréation dans la cour de l'école où l'on tenterait de recruter des troupes.

— Aux armes, citoyens ! s'exclama Tricot.

— On les aura, affirma le môme Riri.

— Jusqu'au trognon ! ajouta Olivier.

Consternés, mais le moral intact, retrouvant leur superbe, les « Apaches de la rue Labat » se séparèrent. Pour eux, la guerre était déclarée.

Cet après-midi du jeudi, jour aimé entre tous à ce point qu'on en désirait quatre par semaine, Olivier pénétra dans la cour du 73 pour donner les coups de sifflet habituels. David parut à la fenêtre et, une main tendue les doigts écartés, il cria : « Dans cinq minutes ! »

Pendant ce temps, Mme Rosenthal en robe gris souris entra dans la mercerie où elle trouva Virginie en larmes.

— Mais, Virginie, que se passe-t-il ?

— Oh ! madame Rosenthal, ce n'est rien, rien, un peu de cafard, ça passera... c'est déjà passé. Je vais faire du café. On s'installera au magasin comme d'habitude. Je dois capitonner des boutons pour M. Leibowitz.

— Je ne vous dérange pas, au moins ?

— Madame Rosenthal, vous ne me dérangez jamais.

Mme Rosenthal s'installa sur la chaise de bois courbé devant le comptoir. Elle glissa un œuf de bois dans une chaussette et commença sa reprise. Elle entendit le ronronnement du moulin à café que Virginie serrait entre ses cuisses, puis le chant de l'eau dans la bouilloire. Elle secoua la tête avec inquiétude.

Virginie versa l'eau du café cuillère après cuillère

en humant l'agréable parfum. Puis elle passa un gant
de toilette humide sur ses yeux et ses joues avant de
prendre la boîte ronde de poudre de riz Tokalon.
Quand elle rejoignit sa visiteuse, plateau en main,
elle se confia :

— C'est fini. Je n'ai plus de chagrin. Je suis sortie
hier soir avec mon ami. Je suis rentrée tard.

— Olivier ne vous a pas entendue ?

— Mon ami m'a laissée devant la porte et je suis
entrée sans bruit. Olivier dormait comme un ange.

— Tant mieux. Il ne faut pas perturber les
enfants. On ne sait jamais ce qui se passe dans leur
tête.

— Il était tard. Ce matin, j'étais lasse. Après le
déjeuner, je me suis assoupie dans le fauteuil en rotin.
Et j'ai fait un cauchemar. Oh ! l'affreux cauchemar...

— Ce n'est rien, Virginie, un cauchemar. Pas de
quoi se lamenter.

— J'étais dans un train. La gare disparaissait sous
la fumée. Je voulais sortir du wagon, mais il était
fermé. Sur le quai il y avait Olivier. Il m'appelait. Il
m'appelait et je ne pouvais ni bouger ni parler. Je le
voyais à travers la vitre, et le train démarrait, roulait,
roulait de plus en plus vite. Et Olivier criait :
« Maman ! Maman !... » mais je savais que j'étais
morte.

— Maman !

Virginie sursauta. Olivier venait de pénétrer brusquement dans la boutique suivi de David.

— Olivier, tu m'as fait peur. On n'entre pas ainsi,
voyons !

— M'man, avec David, on peut faire un tour pas
loin ?

— Oui, mais en faisant attention. Pour traverser les rues, on regarde bien à gauche et à droite avant de traverser.

— Je sais quand même traverser! protesta Olivier.

— A la bonne heure!

Il alla chercher sa gibecière transformée en havresac grâce à une glissière de cuir et l'arrima sur son dos.

— Il faudra venir me voir avec ta maman, dit Mme Rosenthal à David, je préparerai un goûter.

— Et ton quatre-heures? demanda Virginie à Olivier.

— Tout est prévu. Viens, David, on se carapate.

Les enfants sortis, Virginie réunit les boutons et le tissu de tapisserie confiés par M. Leibowitz pour les capitons de canapé.

— Ce n'est pas tellement le cauchemar, dit-elle, mais je suis si superstitieuse.

— Ce n'est pas raisonnable. Ça ne rime à rien, la superstition.

Mme Rosenthal connaissait la fragilité de Virginie. Il suffisait d'un rien pour éclairer ou éteindre sa journée. Aux couteaux en croix, au sel renversé ou au pain à l'envers répondaient heureusement le trèfle à quatre feuilles, le mot de Cambronne ou le pompon du marin. Côté bénéfique aussi, la bosse de Lulu l'aveugle, mais dès qu'on l'effleurait, il s'écriait : « C'est cent sous! Vous me devez cent sous! » et ne vous lâchait plus qu'on ne l'eût payé.

— Vous êtes si facile à vivre, Virginie. Vous riez, vous chantez. Vous n'êtes pas faite pour les larmes.

L'insouciance reprenait la mère d'Olivier. Elle papotait. Mme Rosenthal souriait quand Virginie, lectrice de magazines, s'émerveillait des deux cent cinquante paires de chaussures de Gloria Swanson ou quand elle s'émouvait aux souvenirs de Marcelle Chantal.

— Vous avez là un joli bouquet de violettes, Virginie. Comme elles sentent bon ! C'est votre galant ?

— Non, ce n'est pas lui.

— Vous ne manquez pas d'admirateurs, jolie comme vous êtes.

— Vous savez comment sont les hommes : ils ne pensent qu'à... Non, là c'est plus gentil. C'est M. Zober, le père du petit David, pour me remercier de m'occuper de son fils. Avec Olivier, ils ne se quittent plus et j'en suis bien contente. Ce gosse est avancé pour son âge et il a une bonne influence sur mon dégourdi sans malice.

— Il ne serait pas un tout petit peu amoureux, M. Zober ?

— Non, pas lui, dit Virginie en riant, ce n'est pas le genre, mais quel homme charmant !

— Je l'ai rencontré la semaine dernière. Il ne me l'a pas vraiment dit, mais j'ai compris qu'il revenait de chez « ma tante » où il avait engagé son argenterie. Je sais qu'ils ont des difficultés.

— Mme Zober est assez distante.

— Il faut se mettre à sa place. Moi je suis catholique, mais mon mari est juif alors je connais un peu le milieu. Ces nouveaux venus en France, il faut qu'ils s'habituent. Ils ont des difficultés à s'exprimer, mais il suffit de quelques années ou d'une génération pour qu'ils s'adaptent. Regardez David : il est le deuxième de sa classe.

— C'est qu'ils ont des habitudes qu'ils ne veulent pas perdre. Ils ont leurs commerçants, ils ne mangent pas comme tout le monde...

— Dites-moi, Virginie, où achetez-vous votre charcuterie ?

— Rue Ramey, chez Castanier, ce sont des salaisons d'Auvergne qui viennent directement de Saint-Chély-d'Apcher.

— Eh bien, pour eux comme pour vous, c'est la même chose.

— C'est vrai ça, reconnut Virginie.

Des coups frappés à la vitre interrompirent leur conversation. Virginie se leva.

— C'est ouvert, monsieur Bougras, entrez donc !

— Je dérange ?

Bougras entra, tout embarrassé, dansant d'un pied sur l'autre comme un gros ours. Il toussa et tenta de s'éclaircir la voix.

— J'arrive pas à enfiler ce bon Dieu de fil à coudre dans cette garce d'aiguille, dit-il en sortant une bobine de sa poche.

Virginie dit qu'elle allait arranger ça. Du premier coup, elle enfila le fil dans le chas et lui tendit aiguille et bobine.

— J'ai pas des doigts de fée, grommela Bougras, merci bien, madame Chateauneuf.

— Si vous avez quelque chose à coudre..., proposa Mme Rosenthal.

— Je sais faire. Merci quand même.

Quand elle le vit retraverser la rue de sa démarche lourde, Virginie dit :

— Il est ficelé comme l'as de pique.

— Quel type, ce Bougras, remarqua Mme Rosenthal. Il paraît qu'il élève des lapins chez lui.

— Ça doit sentir bon! On dit que c'est un anarchiste.

— Lui? Il ne ferait pas de mal à une mouche, mais il a ses idées. Quand il chante *Le Temps des cerises*, c'est beau à pleurer.

Parfois une cliente entrait. Virginie la servait, puis faisait l'article en présentant un canevas de broderie, des épingles à chapeau, des boucles en strass ou des chats de velours contenant un nécessaire à coudre, ou bien elle vantait une laine, montrait un point de tricot.

— Vous ne songez pas à vous remarier, Virginie?

— Ça m'étonnerait, dit la mercière.

Virginie avait confié à Mme Rosenthal sa fréquentation d'un « monsieur ». Habitant Vichy, il avait des affaires à Paris où il venait régulièrement. Son affection pour Virginie était sans exigence. Ils passaient de temps en temps une soirée ensemble et tentaient de lutter contre la morosité des jours. Ainsi, la veille, dans la nuit fardée de Paris, parmi les éclairs multicolores des enseignes électriques, ils avaient visité des boîtes de nuit, les *Vikings*, le *Jockey*, le *College Inn* et le *Placido Domingo* pour boire des cocktails et danser le boston ou la biguine avant d'aller souper de boulettes au paprika au restaurant russe *Pékar*.

La lecture de *La Mode française* offrait à Virginie des patrons de robes qu'elle confectionnait, pas trop décolletées pour ne pas être prise pour une « petite femme » et très chics dans leur simplicité. Ainsi, celle en lamé serrant le buste pour s'évaser à la taille avec des empiècements en triangle accordés au dessin du tissu.

— Votre Olivier, ça va l'école ?

— Il y a un progrès. Il court trop les rues. Je ne peux pas le tenir enfermé.

— Il faut bien que les enfants se dépensent.

— S'il est sage, je l'emmènerai à Luna-Park ou au *Trianon Lyrique*.

— Je crois qu'il préférera Luna-Park.

Virginie enferma les boutons de M. Leibowitz dans un papier blanc replié en pochette. Mme Rosenthal s'attarda pour échanger des propos attendus avec sa douceur habituelle. Lorsqu'elle quitta la mercerie, Virginie apaisée, ayant oublié son cauchemar, fredonnait *Vous, qu'avez-vous fait de mon amour ?*

Avec son havresac, Olivier se donnait des allures d'explorateur. David portait une drôle de culotte : elle descendait sous les genoux ; des bandes de tissu vert acide juraient sur le bleu roi ; d'anciennes bretelles de son père mises à sa taille la retenaient aux épaules. Olivier, lui, avait serré une ceinture tressée sur la culotte trop courte d'un ancien ensemble marin, blanche à l'origine et que Virginie avait teinte en marron.

Pour éviter les présences hostiles de la rue Bachelet, ils firent un détour par la rue Lambert. Du commissariat partaient des rires cassés. Le gardien en pèlerine rentrait pour tirer sur un mégot qu'il dissimulait durant sa faction. Plus loin, *Au bon Picolo*, Gastounet, serrant un verre à deux mains comme s'il craignait d'être volé, discutait avec des terrassiers ceinturés de flanelle. Olivier fit les cornes dans sa direction et dit avec dédain :

— I bave et i dit qu'i pleut.

Ils traversèrent la rue en se tenant par la main comme on le leur avait appris dès la maternelle, chacun ayant l'impression de diriger l'autre. L'ascension des escaliers Becquerel donna à Olivier l'occasion d'enseigner à son ami l'art de la glissade sur le ciment lisse du bas-côté, sur les talons pour ne pas salir le fond de culotte.

— Je te montrerai le Père Noël. Je sais où il habite.

Ils grimpèrent hardiment, s'élevant sur les hauteurs de Paris. Olivier cherchait dans les yeux de David le reflet de son plaisir. La géographie leur avait appris que la France, pays tempéré, à égale distance du pôle et de l'équateur, prenant la forme d'un hexagone, était le jardin de la terre qui a quarante mille kilomètres de tour, le pays le plus admirable par la nature du sol et le plus grand dans l'histoire depuis nos ancêtres les Gaulois. De ce paradis, Paris était la capitale et comme Montmartre le dominait, rien ne pouvait se comparer à ce territoire, la preuve en étant que le monde entier se déplaçait pour admirer la place du Tertre et cette colline magnifiée par les peintres et les écrivains.

Ses habitants aimaient Montmartre d'un amour immodéré et chauvin. Ils restaient persuadés qu'on ne saurait vivre ailleurs que sur la Butte où l'air est le plus pur et le plus léger, où l'on jouit d'une santé morale permettant la gouaille du gavroche, du titi ou du poulbot comme en témoigne cette langue où les tournures populaires, rurales, urbaines, l'argot se mêlent dans un festival inimitable.

Olivier était marqué par cette empreinte, David commençait à l'être. Ils s'imitaient réciproquement mais à l'école des rues, Olivier étant dans une plus haute classe, il enseignait son ami.

Ils suivirent un raidillon bordé d'orties, un dédale de ruelles où ils croisaient des villageois et une marmaille errante. Ils rejoignirent en haut de la rue des Saules une maison de campagne bordée d'une barrière de bois avec une pancarte portant ces mots : *Le Lapin Agile.* Devant la porte, un homme barbu fumait sa pipe. Parfois, il riait tout seul ou chantonnait, paraissant dans l'attente de visiteurs.

— C'est lui, dit Olivier, le Père Noël...

— Ah ? fit David d'un air de doute.

— Même que son vrai nom, c'est Frédé. Ma mère me l'a dit. Les artistes viennent chez lui, ils chantent et ils paient pas leur verre.

— On dirait un rabbi.

— Tu crois ? demanda Olivier qui ne connaissait pas la signification de ce mot.

Ils parcoururent le flanc de la colline. Des restes de maquis semés de cabanes de guingois où subsistaient des chiffonniers, des artistes et des malandrins avoisinaient de coquettes villas aux jardins semés d'iris. Les enfants longèrent d'antiques immeubles étayés d'arcs-boutants goudronnés, des monticules herbeux, des pavements défoncés, des escaliers ne conduisant nulle part. Se suivaient échoppes, bric-à-brac, boutiques d'objets religieux, bistrots enfumés et sonores. Aux entrées des immeubles ou sur les perrons se tenaient des familles. Le calme campagnard avalait le vacarme pour le renvoyer au loin parmi les toits de la ville.

Un marmot juché en haut d'un bec de gaz jetait des lazzis aux passants.

— On grimpe avec lui ? proposa Olivier.

Ils entreprirent l'ascension, mais l'occupant, juché sur la barre horizontale défendit sa position. Pour éviter un jet de pipi, ils durent descendre rapidement. Olivier, jugeant que le mioche avait épuisé ses munitions, encouragea David à repartir à l'assaut, mais un flot de menaces les submergea : l'autre annonça qu'il pouvait faire pipi tant qu'il le voulait, qu'il allait appeler ses copains à la rescousse. Impressionnés, les assaillants affirmèrent qu'ils se fichaient de ce réverbère, et qu'il était moche, le plus moche des becs de gaz à la noix de coco.

Plus loin, un rémouleur pédalait sur sa voiturette porteuse d'une meule d'où partaient des jets d'étincelles. Ils regardèrent travailler le bonhomme qui leur proposa d'aiguiser leur couteau. Olivier sortit de sa poche un canif réclame en forme d'automobile. Le rémouleur passa son pouce sur le fil de la lame et déclara qu'il coupait comme le genou de sa grand-mère. Olivier avoua qu'il n'avait « pas un rotin », mais le travail était proposé gratis. Après des remerciements, ils poursuivirent leur chemin.

— Tu vas voir, promit Olivier, on va se fendre la pêche !

Personne ne le savait, mais il était propriétaire d'un terrain vague sur la Butte. Tous les enfants se voulaient ainsi maîtres de lieux éphémères où pousseraient bientôt des immeubles et que l'on désignait de noms imagés : terrains dits « de la vieille Maison, de la Dame seule, de la Terre glaise, des Colombins, des Tuyaux, des Macchabées, des Souterrains, de la Mauve ou des Escalades ». Olivier fixa son choix sur le terrain des Souterrains.

— On va là, dit-il en écartant les planches d'une palissade.

Il constata désappointé que le bas du terrain était occupé par des scouts. Il guida son ami vers la partie haute où deux clochards dormaient. Ils s'installèrent sur un tas de gravats et de pierres.

— Au boulot !

La résidence fut aménagée, une ligne de cailloux marquant ses limites. Une branche à laquelle David noua son mouchoir servit de drapeau. Dans le ciel, des nuages blancs, bien formés, faisaient des farces au soleil, le cachant et le dévoilant tour à tour.

— C'est bath ! affirma Olivier.

— On est les rois, ajouta David.

Olivier étala sur le sol le contenu de son havresac : quatre pommes de terre, une fourchette ébréchée, le bois coupé menu d'un cageot de légumes, trois tartines de gelée de groseille, deux tablettes de chocolat « *des Gourmets* », du papier journal, une boîte d'allumettes tisons.

Le feu fut long à prendre. Il fallut le rallumer par deux fois et partir à la recherche de combustible. La peau des patates noircit sans que l'intérieur voulût cuire. Ils regardaient en contrebas le feu clair des scouts, observant à la dérobée les foulards de satinette verte posés en triangle et serrés sous le cou par un anneau de cuir, les chemises kaki à poches, les chapeaux de feutre à bord plat, les bas de laine bleue avec revers à bande verte où flottait un ruban passé sous l'élastique, les culottes de drap, et surtout les accessoires accrochés aux mousquetons de la ceinture : gourde, gobelet, couteau dans sa gaine, sifflet, et ces sacs disposés en rond, cette tente, ce feu... Et voilà qu'ils entonnaient d'une voix mâle :

> *Mon chapeau, il a quatre bosses.*
> *Y'a quatre bosses à mon chapeau.*
> *S'il n'avait pas quatre bosses,*
> *Il ne serait pas mon chapeau.*

A chaque couplet de cette scie, le chapeau gagnait une bosse : cinq, six, sept, huit bosses. Cela n'en finissait pas.

David se montrait admiratif. Il s'approcha du campement. Les scouts, enfermés dans leur cercle, ne firent pas attention à lui. Olivier haussa des épaules agacées. Il chercha à ridiculiser les occupants de son terrain.

— David, vise celui-là avec ses guibolles tordues, on dirait Croquignol. Ça doit pas être des vrais scouts.

— Tu crois ?

— Des schnoques, voilà ce que c'est ! des tartignolles à la mords-moi-le-doigt...

Le jeu les reprit. Leur absence d'équipement les porta à tout magnifier, à développer leur sens du système D. L'imagination transforma ce coin de terrain souillé d'ordures en palais, jungles, savanes, déserts. Ils mordirent les légumes âcres de leur défaut de cuisson et firent semblant de les trouver délectables. Ils se rabattirent avec plaisir sur les tartines et le chocolat dont les traces s'étalèrent autour de leurs lèvres.

— Les louveteaux, expliqua Olivier, c'est plus à la coule que les boy-scouts, même que Loulou il l'a été une fois. On les a emmenés à la mer.

— La mer, il la connaît Loulou ?

— Il a même attrapé des crabes et des crevettes.

— Et des baleines, il en a vu ?

— Pour sûr, tu penses bien, mentit Olivier, et même des pingouins et des phoques...

Pour ne pas parer Loulou de trop de prestige, Olivier se lança dans des phrases commençant par « Si je voulais... » pour former un tremplin à toutes les aventures, bien que, comme disait Mme Haque, « Avec des si on mettrait Paris en bouteille ! »

— Si je voulais, j'irais en Afrique chasser les lions et les panthères... Si je voulais, j'irais chez les Indiens... Si je voulais, je monterais en avion...

— Mon père, confia David, il dit qu'on ira en Amérique, mais il parle pas pour de vrai et ma mère ça la fait rouscailler.

— L'Amérique, c'est pas mal..., apprécia Olivier qui se souvenait de cet épisode où Zig et Puce avec le pingouin Alfred découvrent les gratte-ciel en compagnie de leur amie Dolly et de son oncle le millionnaire Harry Cover.

— Il parle qu'on y resterait toujours, papa !

Comme dans la rue chacun avait ses rêves, Olivier fit la politesse d'y croire. Il dit même que c'était une bonne idée.

— Ma sœur Giselle trouve ça bien parce que là-bas, elle ferait du cinéma.

— Moi je serais un aviateur. Et pis non, un gangster, ou un cow-boy, ou...

Dès lors, le campement des scouts leur parut dérisoire. Quand ils quittèrent leur terrain en se promettant d'y revenir, le couplet des garçons en uniforme abordait la trente-cinquième bosse du chapeau.

— Tu parles d'une rengaine à la flan, jeta Olivier, et il entonna *Les Gars de la marine* que reprit David.

Par des détours, ils descendirent vers le square de la place Constantin-Pecqueur où David grimpa sur les épaules d'Olivier pour atteindre le gobelet de la fontaine Wallace. Les immeubles de la rue Caulaincourt leur apparurent comme des géants, les façades, les restaurants, les boutiques peintes aussi différents que des visages, les automobiles, les autobus, les voitures de livraison somptueux. Et ces bocaux de bonbons versicolores, ces rangées de gâteaux crémeux ou fruités, ces vitrines de jouets, on pourrait rester des heures, le nez collé à la vitrine, le doigt tendu pour désigner ses préférences !

— C'est là qu'il habite, mon oncle Samuel, au cinquième étage.

Le regard d'Olivier parcourut le bel immeuble, s'arrêtant à l'étage désigné et demanda :

— C'est quelle fenêtre ?

— C'est toutes les fenêtres, les cinq.

— Il a cinq fenêtres !

— Et même un ascenseur pour trois personnes.

— Ça, je connais, affirma Olivier qui se souvenait d'une visite chez le Dr Lehmann en compagnie de sa mère.

Ce David, il n'avait l'air de rien et il vous apprenait que son oncle habitait un aussi bel immeuble. Pour ne pas être en reste, Olivier parla de son oncle Henri et de sa tante Victoria qu'il ne connaissait guère.

— Eux aussi, ils ont un ascenseur, mais ils s'en servent pas : ils ont deux escaliers...

Olivier ne vit pas l'absurdité de son affirmation tandis que David se demandait comment on fait pour grimper deux escaliers à la fois.

Une rencontre fit oublier cette interrogation : au coin de la rue Francœur, à califourchon sur un banc public en bois peint, face à face, Loulou et Capdeverre jouaient aux osselets. David et Olivier traversèrent la rue en poussant des cris.

— Salut les poteaux, dit Capdeverre, d'où vous débarquez ?

— C'est un secret, répondit David.

— Si on vous le demande, vous direz que vous ne le savez pas, ajouta Olivier.

— Si vous voulez pas le dire, mettez-vous-le où je pense !

— Ces deux-là, c'est comme Ric et Rac, dit Loulou méprisant.

— De quoi de quoi des crosses ? jeta Olivier.

— Fais gaffe à ta poire !

Ils se bousculèrent pour le principe avant de s'installer tous les quatre sur le banc en laissant balancer leurs jambes de plus en plus vite, puis

Olivier grimpa sur la barre de bois formant dossier pour faire l'équilibriste. Quatre hommes-sandwiches en blouses vertes déambulaient à la queue leu leu en distribuant des prospectus. Les enfants en réclamèrent mais ils n'en reçurent qu'un pour chacun. David et Olivier plièrent les leurs en forme de bateau. Loulou confectionna un avion dont il mouilla la pointe avant de le lancer. Capdeverre fit une cocotte et la déchira.

— On fait quoi, les gars? demanda Olivier.

Deux chevaux tiraient un chariot. Ils coururent pour grimper sur la plate-forme en s'aidant les uns les autres.

— On voyage à l'œil, dit Loulou et ils imitèrent des trompettes et des klaxons à grand renfort de dring-dring et de tut-tut.

Ils descendirent au coin de la rue Lambert où Élie et Saint-Paul se promenaient les mains dans les poches suivis de Riri qui leur demanda s'ils avaient des bonbons.

— Si on avait des bonbecs, on les aurait mangés, Riri, affirma Olivier.

Capdeverre trouva là une idée de jeu. A une marchande des quatre-saisons qui poussait sa voiture vers la rue Ramey, il demanda :

— M'dame, vous auriez pas un bonbon par hasard ?

— Un quoi ?

— Un bonbon.

— Et pis quoi encore ? Ils ont un de ces culots les mômes aujourd'hui !

Par émulation, Loulou et Olivier rivalisèrent de toupet. Ils pénétraient chez les commerçants, posaient la question et repartaient sans attendre la réponse. David comprit qu'il devait faire quelque chose. Il s'approcha d'un ancien au chef branlant pour lui poser la question. Comme le bonhomme était sourd, sa réponse fut surprenante :

— Je crois que c'est du côté de la gare du Nord. Demande au marchand de journaux.

Le jeu commençait à lasser quand Capdeverre aperçut la belle Mado qui remontait la rue.

— Elle est gironde, dit-il.

— Chef-lieu Bordeaux, récita David.

En tenue légère, jupe tailleur et chemisier en crêpe marocain champagne, casquée de blond platine, la belle avançait d'une démarche libre.

— On dirait une princesse, dit David.

Olivier affecta l'indifférence. Capdeverre sifflota. Dès qu'elle fut à leur hauteur, Loulou lui adressa un sourire et demanda :

— Bonjour, mademoiselle, vous auriez pas l'heure ?

— Bonjour, les enfants. Mais si, j'ai l'heure... Elle consulta une montre portée en sautoir : Il est six heures et demie.

— Merci, mademoiselle, reprit Loulou, c'est bientôt l'heure de la soupe, n'est-ce pas ? Je voudrais aussi vous demander quelque chose... Vous auriez pas un bonbon s'il vous plaît merci ?

Ils se préparaient à s'enfuir quand la voix de Mado les retint :

— Mais si, ça tombe bien : j'en ai dans mon sac.

Elle tendit un paquet de bonbons à la menthe fondante. Intimidés, ils reculèrent. Elle puisa elle-même et leur tendit les bonbons enveloppés :

— Deux pour Olivier, deux pour Loulou, deux pour... tu t'appelles comment? David? deux pour David...

« Elle connaît mon prénom! » pensa Olivier. D'un coup, Mado avait conquis les enfants. Quand elle rentra au 77, ils la gratifièrent des épithètes les plus flatteuses.

— C'est quand même moi qui lui ai demandé! dit Loulou.

— Elle est bien gentille, observa David.

— Ouais, ouais, fit Olivier, c'est pas la mauvaise fille.

Comme Chéti et P'tit Louis se dirigeaient vers la rue Bachelet, Capdeverre et Loulou firent signe aux autres de les suivre. Olivier engagea la conversation avec ces garçons de vingt ans sur la boxe. Ainsi escortés, ils passèrent devant les « Gougnafiers de la rue Bachelet » au grand complet sans être inquiétés. Ils en profitèrent pour leur dédier des pieds de nez et leur tirer la langue.

C'était la journée des exploits. Parce que les jours allongeaient, les gens, avant le dîner, s'attardaient dans la rue. Des fenêtres ouvertes s'échappaient des bruits de vaisselle. Un poste de T.S.F. diffusait l'accordéon de Frédo Gardoni. Des femmes, de fenêtre à fenêtre, faisaient la conversation. On se souhaitait bon appétit. Les mères tentaient de rassembler leurs enfants avec des menaces de fessée.

Olivier et David prolongèrent leur plaisir. Unis et complices, ils n'avaient plus besoin de parler, ils se signalaient les faits intéressants par des mouvements de tête. La grande Giselle, sortant du 73, mit fin à cet état heureux en criant :

— Tu traînes encore, voyou de David. On t'attend pour le manger. Je dirai que tu es à la rue.

— Si tu le dis pas, je te file un bonbon à la menthe.

— Tu rentres et on verra après.

— Bon, je mets les bouts de bois. Salut David, à la revoyure! dit Olivier.

— Peut-être tout à l'heure quand je viderai les ordures, promit David.

Et Olivier appuya sur le bec-de-cane de la mercerie où flottait un parfum de vanille.

A la nuit tombante, une douce nuit de mai laissant augurer l'été, David eut le désagrément d'entendre Giselle annoncer qu'elle descendrait la poubelle. Il protesta : c'était son travail. Pour les mettre d'accord, par un jugement de Salomon, M. Zober annonça qu'il s'en chargerait. Il en profiterait pour fumer au grand air. Mme Zober, les mains sur les hanches, observa :

— Tous qu'il ira à l'ordure : la fille, le garçon, le mari qu'il est sans rien faire...

— La courte paille, il en faudra tirer, dit finement M. Zober.

— C'est toujours moi! geignit David.

— Normal, tu y vas, trancha M. Zober.

— David, je vais avec lui, dit Giselle, il a peur dans le noir tout seul.

— J'ai pas peur. Peur de quoi?

— Il le dit pas, mais il a peur des chats et des souris.

— S'il y a des chats où qu'elles sont les souris ?
demanda M. Zober.

Il entendit les chamailleries de ses enfants dans
l'escalier avec attendrissement. Il s'assit à la table
qu'Esther débarrassait et parcourut sans le lire un
journal en yiddish vieux de plusieurs semaines.

— Si tu veux y sortir, reste pas là, dit Mme Zober.

— Peut-être j'y sortira, peut-être pas.

Pour tuer le temps, Isaac promena l'aimant sur le
plancher pour attirer les épingles et les aiguilles. Se
relevant, il s'arrêta devant la glace pour ajuster sa
cravate et lisser ses cheveux. Esther le regarda de
côté. Depuis quelque temps, non seulement il mettait
le beau costume en semaine pour attirer des clients
qui ne venaient pas pour autant, mais aussi se coiffait
à la mode, la chevelure séparée en deux parties égales
par une raie et aplatis grâce à cette gomina rosâtre
qu'il y étalait.

— T'as la tête qu'elle me fait rire ! dit Esther.

— Samuel, c'est tout pareil qu'il met ses tifs, et
qu'il est élégant et beau comme un cédratier et tout,
répliqua Isaac.

— Samuel, il peut lui d'être ici depuis longtemps
tout comme Français.

— Je suis français comme lui que je vote si je veux
et que s'il fait la guerre j'y vas, s'indigna Isaac en
ajoutant : Cette femme toujours mauvais dans la
bouche !

— Mais ta tête elle me fait rire !

M. Zober fixa le plafond. Il s'installa sur une
chaise devant la fenêtre, son fume-cigarette vide
entre les dents. Il pensa au prospectus dont il gardait
plusieurs brouillons dans sa poche. Et si David

deuxième de sa classe l'aidait à le rédiger. Ou Samuel ? Oui, Samuel, il s'y connaissait pour ces choses-là.

— Samuel, faut que j'y aille qu'il veut qu'on joue aux échecs le soir, dit-il.

— Il viendrait pas ici lui par hasard ?

— Il le porterait le jeu des échecs lourd comme tout peut-être ?

M. Zober mijotait un projet secret. Esther ignorait qu'un billet de cent francs plié en quatre était dissimulé dans une poche secrète du portefeuille. Elle qui devinait tout ne savait rien des rêveries qui passaient dans sa tête. Et non plus que, lorsqu'il lisait le livre saint, il s'arrêtait au *Shir hashshirim* ou *Cantique du roi Salomon* que le rabbi Akiba avait déclaré le plus sacré de tous les livres. Lisant le poème lyrique et fleuri d'images, il voyait la bergère sulamite et devenait Salomon le bien-aimé. Il baisait les joues au milieu des chaînettes et le cou dans les colliers de perles. Les yeux de la belle étaient des colombes et ses cheveux des troupeaux de chèvres. Il recevait d'exquis murmures : « Ah ! baise-moi des baisers de ta bouche ! Car tes amours sont plus délicieuses que le vin ! » et il répondait : « Tu es belle, ô mon amie, tu es belle, gracieuse comme Jérusalem... » Celle qui prenait la figure de la Sulamite, loin d'être brunie par le soleil, était blonde, elle se nommait Virginie.

Après avoir résisté à son penchant, Isaac avait dû s'en convaincre : il était amoureux, c'est-à-dire prêt à toutes les absurdités, aux soupirs, à ces offrandes de fleurs que la mère d'Olivier, ravie au début, recevait maintenant avec quelque froideur, du moins le croyait-il, compensée bientôt par l'insouciance de la

bien-aimée qui finissait toujours en respirant les
bouquets et en déconseillant de faire de telles folies.

— Ils rentrent pas ces deux-là, dit M. Zober en
prenant sa casquette, je vas voir ce qu'ils font.

Esther soupira. Qu'avaient-ils tous à déserter le
foyer pour cette rue ? Que faire pour les retenir ?
Changer le papier peint, mettre de la moquette,
déplacer les lits-cages ? Elle ouvrit le placard pour
inventorier les provisions que le prêt de Samuel avait
permis d'acheter : un sac de farine, des bocaux de
cornichons, de rollmops, de légumes au vinaigre, du
miel, six bouteilles de vin Richon-le-Sion, des condi-
ments, et cette vue lui apporta du bien-être.

De toutes ses forces, elle repoussa son envie de
pleurer. Elle se rebella, s'accusa de devenir une de
ces *schlogerin,* pleureuses professionnelles. Elle
regarda la lanterne de Thora. Tout reposait sur elle.
Sans les lois sabbatiques, ce serait le chaos. Elle
devait préparer la pâte, faire la vaisselle. Elle y pensa
avec une joie nouvelle, ces humbles tâches prenant le
rang de *mitsvoth,* transformant les travaux domesti-
ques en actes religieux.

Et puisque tout le monde sortait, elle sortirait
aussi. Elle enfilerait la robe riche de couleurs et
rendrait visite à cette Mme Rosenthal qui ne cessait
de l'inviter. Certes, cette dame qui parlait si bien le
français l'intimidait, mais elle portait la bonté sur son
visage. Ce n'est pas elle qui, comme certains de la rue
des Écouffes, dirait *Polack* à son propos.

Tout en lavant soigneusement verres et assiettes
dans l'eau chaude aux cristaux de soude, Esther
fredonna une chanson en hébreu qu'elle avait apprise
dans son enfance.

Dans la courette aux pavés tachés de moisissure, David et Giselle s'étaient débarrassés de la corvée d'ordures pour sortir dans la rue.

— Tu l'attends, ton amoureux ? questionna David.

— Tu fermes ton bec, vilain canard !

— Si mama elle savait qu'il est comme un marchand de tapis...

— C'est pas vrai, sale menteur, c'est des meubles qu'il vend.

— Il serait pas un sidi par hasard, tout noir qu'il est ?

— Non, monsieur, il est plus juif que toi. Il s'appelle Léon Benhaïm et il vient de Marrakech dans le Maroc. Tu connais même pas !

— Je m'en fiche bien, dit David, il va venir ?

— Ça te regarde pas. Il est en voyage pour son travail.

— Alors, pourquoi tu sors ?

Elle haussa les épaules. Elle sortait parce qu'elle désirait être seule. Les bras croisés, elle monta la rue sans plus s'occuper de son frère. Elle s'assit sur les marches de la rue Bachelet et regarda le ciel à la recherche d'une lune toute ronde et de rares étoiles visibles : si elle en comptait sept et que Léon qui se trouvait en Touraine en fît autant, la communion dans la félicité était assurée. Ce Léon, elle l'aimait bien, mais pas plus que Daniel qui l'avait précédé dans ses pensées. Il fallait bien avoir un flirt, ne serait-ce que pour imiter ses amies Jacqueline et

Yvonne si fières d'êtres attendues par des garçons à la sortie du cours Pigier.

Les volets de la mercerie étant tirés, David entra par le couloir du 75 pour regarder à la fenêtre donnant sur la cour. A travers les rideaux de macramé, il aperçut la mercière qui lisait. Près d'elle, Olivier comptait ses billes. N'osant frapper à la vitre, il gesticula un bon moment avant que son ami s'aperçût de sa présence.

— Maman, c'est David dans la cour.

— Eh bien! fais-le entrer. Que fait-il dehors à une heure pareille?

— Il descend pour vider les ordures.

— Je vois, dit Virginie en souriant.

Elle posa le *Nouveau Livre de cuisine* de Mme Blanche Caramel pour aller ouvrir la porte du couloir.

— Entre, David, dit-elle en caressant l'enfant.

— T'as fait tes devoirs? demanda David à Olivier.

— Ben, oui.

— Je voulais te donner un coup de main.

Il fallait bien un prétexte. Virginie sortit du buffet un plat rond contenant la moitié d'un gâteau de riz au lait recouvert de caramel, deux assiettes et deux petites cuillères.

— Je suis sûre que tu aimes le riz au lait, David. J'ai mis deux assiettes pour le cas où ce gourmand d'Olivier...

Les recommandations de sa mère de ne rien accepter affleurèrent l'esprit de David, mais comment résister à ce parfum de vanille, à cette chemise de caramel onctueux? Virginie le servit largement et offrit une part plus modeste à Olivier qui en avait déjà mangé.

— Merci beaucoup, madame, dit David.

— Ne mangez pas trop vite. Vous allez vous étouffer !

Face à face, Olivier et David se régalaient. Le riz, à la bonne cuisson, bien crémeux, agrémenté de raisins de Smyrne, ravissait le palais d'un goût de sucre, de vanille, de lait, de caramel. On en fermait les yeux de plaisir.

— Ta maman ne va pas s'inquiéter, David ?

— Pas encore. Giselle est descendue avec moi.

— Il ne faut pas la laisser dehors...

— Oh si ! Elle aime ça, la Giselle d'être seule. Elle met la main sur son cœur comme ça et elle regarde le ciel pour penser à son amoureux.

— Alors, il faut la laisser à ses rêves, dit Virginie amusée par les mimiques de David.

Les enfants burent de la limonade. Jugeant bon de parler de l'école, David dit qu'il aurait une « compote de géo » et Olivier que ce serait le jour de la « rédac », matière où il se débrouillait assez bien.

— Il paraît que tu es le deuxième de ta classe, David. Olivier, tu devrais en prendre de la graine.

— Peut-être qu'un jour j'aurai la médaille, m'man.

On entendit frapper à la porte des coups discrets. Virginie alla ouvrir et les enfants entendirent :

— ... Ah ! c'est vous, monsieur Zober. Vous venez chercher David ?

David repoussa son assiette. Olivier manifesta son inquiétude :

— Ton père, il va râler ?

— Non, il dit jamais rien.

A la porte, Virginie prononçait des paroles d'accueil :

— Mais non, vous ne me dérangez pas, monsieur Zober, finissez d'entrer, David est là avec son inséparable...

— J'allais partir, papa, dit David.

M. Zober tournait sa casquette entre ses mains. Il ne connaissait que la boutique. Il regarda la pièce où vivait la belle mercière et offrit son compliment :

— Tout joli-joli que c'est, et moderne et super-luxe de meubles...

— C'est gentil, sans plus. Prenez le fauteuil qui vous tend les bras.

Elle dévissa le couvercle du bocal de cerises à l'eau-de-vie et prépara deux verres à liqueur. David s'étonna de l'acceptation de son père. Il le regarda cueillir la première cerise du bout de la cuillère tandis que Virginie attrapait la sienne par la queue. Elle tendit une soucoupe pour les noyaux.

— Mmm, très bon, très bon, affirma M. Zober.

— Je les fais moi-même.

Un silence suivit. Olivier montra à David comment il dépliait le fauteuil-lit et M. Zober affirma que c'était bien pratique.

Il ôta ses lunettes et les plaça dans sa casquette tenue sur ses genoux. Il baissa les yeux, puis les leva lentement pour dédier à Virginie un regard d'adoration. Elle lut un mélange d'imploration et de passion dans les yeux tendres.

« Aïe ! Aïe ! pensa-t-elle, il ne faudrait pas qu'il se monte le bourrichon ! » Elle se fit réservée et demanda :

— Et comment se porte Mme Zober?

— Pas mal, pas mal du tout.

— Elle s'habitue au quartier? Et votre jeune fille? Vous savez qu'elle devient très jolie.

Virginie débarrassa la table. M. Zober n'en finissait pas de manger ses cerises. Elle orienta la conversation vers des sujets quotidiens. Les affaires restaient calmes, les gens n'avaient pas de sous, mais on bénéficiait d'un beau temps de saison, en mai fais ce qu'il te plaît, n'est-ce pas? Le commerce, c'était bien, mais que d'obligations...

M. Zober approuvait de la tête, répondait par monosyllabes, à moins qu'il ne reprît ce que Virginie venait de dire. Elle regarda vers la pendule. M. Zober finit de boire son alcool et, bien que son verre fût vide, recommença le même geste. Il finit par se lever. Dès lors, il précipita ses mouvements. Au moment de partir, il prit la main de Virginie, s'inclina à angle droit et y posa ses lèvres. Elle retira sa main et il baissa les yeux.

Lorsqu'elle se retrouva seule avec Olivier, Virginie soupira et murmura : « Ah là là, les hommes, tous pareils ! »

Dehors, M. Zober posa sa main sur l'épaule de David. La famille Machillot qui revenait du *Moulin de la Chanson* adressa des souhaits de bonne nuit et M. Machillot affirma :

— Ce Mauricet, c' qu'on a ri, c' qu'on a ri !

M. Zober appela la grande Giselle qui rêvait aux étoiles, puis il dit rapidement à David :

— La mama, c'est pas la peine qu'on lui dit pour l'invitation, les cerises, et tout.

— Oui, papa, j'y dirai rien.

Cinq

L E dimanche matin, alors qu'Olivier dormait encore, Virginie, en peignoir bleu ciel, procédait à sa toilette. Devant le miroir accroché au robinet de la pierre à évier, elle frisait sa longue chevelure au moyen de deux fers qu'elle exposait alternativement à la flamme. Pour juger de la bonne chaleur du métal, elle pinçait du papier journal qui prenait une teinte brune. Ses mains voletaient et, à égale distance, des vagues animaient sa blondeur.

Elle avait lavé son corps au savon de Marseille et son visage à la savonnette avant de velouter sa peau d'une crème au suc de laitue. Avançant, reculant, se penchant d'un côté, de l'autre, attentive, critique, elle se faisait belle pour elle-même et aussi parce qu'une certaine idée du dimanche le lui recommandait. Coiffée et vaporisée d'une eau de toilette, elle rejoignit sa chambre et se dénuda devant la glace de l'armoire. Lorsqu'elle contemplait sa beauté, un sentiment d'angoisse la rejoignait et elle portait la main à son cœur. Elle enfila ses sous-vêtements, la culotte, le soutien-gorge, la chemise, le jupon, la combinaison, avant de revêtir une robe de satin blanc lui moulant les hanches et portant pour ornements des rubans bleus.

Éveillé, Olivier simulait le sommeil, un sourire malicieux sur sa bouche. Elle se pencha pour l'embrasser. Elle sentait la savonnette et le parfum. Il ouvrit les yeux, les referma et se leva en protestant pour la forme. De la cour vint un bruit de parasites et on entendit Charpini, le chanteur à la voix de femme à qui Brancato donnait la réplique.

La bassine d'eau chaude destinée à la toilette d'Olivier ronronnait sur le réchaud à gaz. Vint le moment redouté : Virginie tira du buffet une bouteille plate à étiquette jaune. Olivier dit : « Oh ! non... » et elle répondit : « Il faut. » Il s'agissait de cette maudite huile de foie de morue dont il devait avaler une cuillerée à soupe chaque matin. Après une grimace, Olivier, à table, s'attarda à tremper ses tartines beurrées dans le café au lait pour voir les taches jaunes à la surface du liquide. Un rai de soleil traversait les rideaux. Sa mère se déplaçait avec grâce, le bas de sa robe tournant autour de ses jambes. Elle grignota une biscotte. Désirant lui faire un compliment, il chercha des mots appropriés :

— M'man, t'es drôlement belle, le dimanche.

— Seulement le dimanche ?

— Euh... les autres jours aussi, mais le dimanche...

Elle rit, tourna sur elle-même, l'embrassa et ajouta :

— Comme il est galant mon fils !

Les vêtements du dimanche d'Olivier étaient disposés sur une chaise : un costume marin à col bleu garni d'une soutache blanche, des sandales vernies, ce jean-bart qu'il n'aimait pas porter.

Virginie ajouta de l'eau froide dans la bassine, y fit glisser le gant de toilette et le posa sur le carré de linoléum.

— Tu te laveras bien, en savonnant dans les coins, surtout les oreilles et le cou. Attention aux yeux : le savon, ça pique. Je vais faire mon lit. Après, je te frotterai le dos et je te rincerai.

Si Olivier n'aimait guère les ablutions, il y sacrifia sans rechigner. Il restait le plaisir de se savonner les mains et de faire voler des bulles en soufflant dans l'arrondi formé entre le pouce et l'index. Assis dans la bassine, il joua ainsi. Drôle de jour, le dimanche ! On est content qu'il arrive et en même temps on se demande ce qu'on va faire. La veille, il est si bon de dire : « Demain, pas d'école ! », mais le jour arrivé, on pense que le lendemain il faudra y retourner. Enfin, c'est la vie.

— Oh ! tu as mis de l'eau partout... Tourne-toi.

— C'est froid, m'man !

— Tu es un douillet. Sors, je vais t'essuyer.

Elle le faisait avec soin, à la serviette-éponge, puis à la serviette nid d'abeilles. Elle le coiffait, ajoutait du sent-bon. Les vêtements, eux aussi, avaient une bonne odeur de lavande.

Pour se rendre utile, il entreprit de faire briller les chaussures de sa mère.

— Mais, Olivier, tu craches sur mes chaussures !

— C'est pour économiser le cirage, mais tu verras, ça va briller !

Il ouvrit quand même la boîte de cirage crème *Éclipse* avec sur le couvercle deux astres, l'un blanc, l'autre noir. M. Tardy lui disait toujours qu'il était dans la lune.

Quelqu'un frappa à la porte donnant sur le couloir. Virginie dit :

— C'est Comaco. Ouvre-lui... Bonjour, monsieur Comaco.

Comaco le clochard avait ses habitudes. Il répandait une odeur nauséabonde à laquelle il était convenu de ne pas prêter attention. Tous les dimanches, il faisait sa tournée, entassant dans sa musette les dons les plus variés.

— Voici vos vingt sous, Comaco, dit Virginie, et j'ai mis de côté ce camembert pour vous...

— Merci, madame, graillonna Comaco, le bon Dieu vous le rendra.

— Bon dimanche, monsieur Comaco. Attention à la marche.

Habillés, parés, prêts comme pour une sortie, la mère et l'enfant, assis sur les chaises, paraissaient en visite. Ils étaient propres, élégants, parfumés, et se demandaient pour quoi faire. La mercière ne pouvait sortir car, même le dimanche, elle ne refusait pas de servir une cliente qui frappait à la porte de la boutique.

Olivier avait une punition à faire. Elle consistait à écrire cinquante fois : « Je ne bavarderai plus pendant la leçon de sciences. » Il écrirait verticalement tous les « Je », puis les « ne », puis les « bavarderai » pour aller plus vite. Tandis que sa mère réparait la queue d'une casserole avec du fil de fer, il jugea le moment opportun. Il disposa son matériel devant lui : cahier de brouillon, papier buvard, encrier carré à rainure sur le côté pour poser le porte-plume. Il mordilla le bout de ce dernier en retirant de sa bouche des éclats de peinture verte. Il décida de changer de plume. Une boîte de métal à glissière contenait un assortiment de ces pointes à bec fendu nommées plumes lances, plumes baïonnettes, plumes X, plumes de ronde, plumes sergent-major, enfin plumes canard. Il choisit une de ces dernières à col d'oiseau, parce que plus amusante. Il l'ajusta, la suça, la trempa dans l'encre et commença son pensum.

— Tu fais tes devoirs, Olivier?

— J'écris plusieurs fois un truc pour pas l'oublier.

— Ce n'est pas une punition au moins?

— Tu penses bien que non.

Pourquoi sa mère souriait-elle? Après avoir tracé un délié, il appuyait sur un plein mais parfois les deux parties du bec se séparant dessinaient deux lignes parallèles qu'il fallait emplir d'encre. Arrivé au terme de sa corvée, il compta et s'aperçut qu'il avait écrit cinquante et une lignes. Règle en main, il raya celle qui se trouvait en surnombre, puis il indiqua son nom en lettres droites : Olivier Chateauneuf. Il restait le problème d'arithmétique avec ses deux parties : *Solution, Opérations,* séparées par un trait. Il décida de le garder pour le soir, ce qui lui permettrait de veiller.

Après avoir croqué un sucre, il regarda une photographie dans son cadre de verre. Elle représentait son père en tenue militaire. Il portait une moustache relevée en crocs aux extrémités. Une série représentait Virginie petite fille avec des nattes, jeune fille posant dans une attitude comique, jeune mariée tout en blanc. Un portrait de famille, avec l'indica-

tion *Saugues 1914* montrait un groupe de six personnes : le grand-père et la grand-mère d'Olivier et
leurs quatre enfants. La mémé, en robe de toile noire
et en coiffe blanche, avait adopté un regard farouche.
Le pépé portait un chapeau d'Auvergnat à large
bord, sa vareuse s'ouvrait sur un gilet traversé par
une chaîne de montre, il avait mis la cravate. Sa main
était posée sur l'épaule de Victoria, l'aînée, dont
Olivier ignorait le rôle qu'elle jouerait dans sa vie.

Plus tard, Olivier lirait sur cette simple photographie due à un tireur de portraits ambulant toute
l'histoire des siens. Il distinguerait sur chaque visage
son intime vérité. Il verrait la fierté de l'artisan
posant avec sa famille bien habillée, sa sérénité, sa
droiture d'ouvrier sans reproche. La tante Victoria,
en tailleur, accédait déjà à la bourgeoisie. Le père
d'Olivier portait dans son regard sombre de la
révolte comme s'il savait déjà ce que la guerre ferait
de lui. Il y avait une tante Maria morte à vingt ans et
le tonton Victor, encore enfant, en blouse paysanne,
offrant un sourire amusé.

— M'man, on ira un jour à Saugues ?
— Peut-être, mais pas cette année.

Il rangea ses livres et ses cahiers en soupirant.
Virginie qui était venue à bout de sa réparation de
casserole lui tendit un torchon :

— Puisque tu ne sais pas quoi faire, va donc chez
le boulanger chercher mon plat. Tu le tiendras bien
droit. Je paierai plus tard. Mme Klein inscrira.

Olivier trouva là une heureuse occasion de promenade. Il jeta un regard dans la glace avant de sortir
en sifflotant. Il faisait beau. Du côté de la rue
Bachelet, retentit ce cri bien connu : « Chand d'ha-

bits, chiffons, ferraille à vendre!» Olivier alla regarder le vieux poussant sa voiture de bois et levant les yeux vers les fenêtres. Il répéta le cri en essayant de prendre une voix de nez. Mme Haque qui se tenait à sa croisée lui dit :

— Tu fais encore le mariole, toi!

— Faut bien s' marrer, madame Haque, bon dimanche!

Il passa bien vite pour éviter une invitation. Il voulait savourer la rue, regarder, écouter, faire des rencontres. Lili, la petite Italienne, sortait du couloir, un baigneur en celluloïd sous le bras. Vêtue d'une marinière, bien pomponnée, ses cheveux noirs coiffés à la Jeanne d'Arc brillaient. Coquette, avec un sourire de femme, elle s'adressa à Olivier :

— Tu joues avec moi?

— J' joue pas à la poupée. J'ai des trucs plus importants.

— Une fois, on a joué à la mariée.

Le voile de la mariée, c'était un linge à beurre. Loulou, le marié, avait mis une fleur de papier rouge à sa boutonnière. Suivaient Olivier, Capdeverre, tous les autres deux par deux formant cortège.

— J'étais môme..., dit Olivier.

— T'es mignon, tu sais? dit la fillette.

Cela rendit Olivier furieux. Pour qui se prenaitelle? Et cette façon de le regarder, ce sourire enjôleur qu'il refusait parce qu'il le troublait. Franchement désagréable, il affirma que la poupée était moche. Elle s'éloigna avec un sourire supérieur.

— Elle est moche sa poupée! répéta Olivier à l'intention de Mme Ramélie qui montait la rue.

Comme elle branlait du chef, il crut qu'elle l'approuvait.

Peu pressé de se charger du plat chez le boulanger, il posa le torchon sur son bras gauche et joua au garçon de café.

Le dimanche matin sentait la brioche. Comme il fallait ménager les beaux habits, cela entraînait une prudence de gestes qui rendait gauche, emprunté. Jusqu'au plaisir qui portait de la solennité. Les actes de la vie courante s'effectuaient au ralenti. Certains ne cessaient d'arranger leur cravate, d'autres caressaient les revers de leur veston. On retrouvait des manières d'être oubliées depuis le dimanche précédent. Sur les visages des hommes rasés de frais, on distinguait parfois une estafilade de rasoir ou des traces de talc. Les enfants poussant vite, leurs vêtements étaient trop petits ou trop grands quand ils finissaient d'user ceux du frère aîné.

Les fenêtres restées ouvertes, on entendait les gens chanter ou se chamailler. Olivier qui montait et descendait la rue ne cessait de dire bonjour. Dans le commerce, n'est-ce pas ? on connaît tout le monde. Et puis, dans la rue on ne se sentait pas vraiment dehors : cet espace appartenait à chacun, le prolongement du chez-soi comme un jardin. Il y avait du sourire dans l'air.

Devant sa fenêtre, Bougras, des clous à la bouche, ressemelait ses chaussures au moyen d'un morceau de pneu. Il tirait ses clous un à un, comme s'il s'arrachait un poil de barbe, et, résolu, tapait du marteau avec une sorte de rugissement.

Les potées de plantes vertes de Mme Grosmalard encombraient le trottoir. Les blanchisseuses travail-

laient le dimanche matin. Les bruits de fer appartenaient à la symphonie de la rue, et aussi les rires et les
chansons comme si ce métier pénible du lavage et du
repassage portait à la gaieté. Le menuisier Loriot, la
trogne rubiconde, les cheveux pleins de sciure,
balayait ses copeaux dans un parfum de bois et de
résine. Rue Lambert, dans une échoppe, un Russe
raccommodait toutes sortes d'ustensiles avec une
étonnante dextérité. Une ardoise donnait cette indication : « Ici, on fait du neuf avec du vieux ! » Son voisin
était Lucien, le bricoleur de postes de T.S.F. qui
dévorait des revues comme *Je sais tout* et *Système D.* Il se
disait l'inventeur d'une nouvelle ampoule électrique
présentée au concours Lépine, mais, comme toujours,
quelqu'un avait déposé un brevet avant lui. Il parlait
de machinations, puis reprenait sa recherche.

Aux bonjours d'Olivier, les adultes répondaient
toujours, l'appelant « mon p'tit gars » ou « mon
lapin ». Il aperçut Capdeverre qui gravait ses initiales
sur le mur au-dessus du soupirail du boulanger.
L'espace libre se raréfiait car il portait les œuvres
gravées et les inscriptions de plusieurs générations,
témoignant ainsi de la vie affective de la rue : cœurs
traversés de flèches, proclamations amoureuses, dessins obscènes faisant beaucoup pour l'éducation des
enfants, insultes adressées à tel ou tel ou bien à tous
comme ce mot de Cambronne offert à « celui qui le
lira ».

— Salut ! dit Olivier.

— Salut ! répondit Capdeverre qui s'appliquait à
entourer ses initiales d'un rectangle, t'es pas avec le
môme Zober ? Tous les deux, c'est Doublepatte et
Patachon !

— Et toi, avec Loulou, c'est Ribouldingue et Filochard.

— Et si je t'en filais un sur le pif ?

— Tu pourrais numéroter tes abattis !

— T'occupe pas du chapeau de la gamine, pousse la voiture, l'Olive !

L'arrivée d'un groupe composé d'Élie, Jack Schlack, Tricot, Toudjourian et Riri mit fin à la dispute. Toudjourian apportait des informations :

— Les types de la rue Bachelet s'attaquent à la rue Lambert. Grain de Sel a mis une torniole à Riri. Il lui a dit qu'avec son père ils débarquaient de Pétaouchnoque...

— On les scalpera ! promit Olivier.

Par souci de justice, Toudjourian précisa que Grain de Sel avait surpris Riri occupé à faire pipi sur son vélo.

— A la récré, dit Capdeverre, j'ai dérouillé Mauginot. Il a cafté au pion de service qui m'a filé cent lignes.

— Moi, dit Toudjourian, j'ai fait faire la course à l'échalote à Lopez.

— Et moi, j'arrête pas de me fiche de leur poire, ajouta Olivier.

Ils reculèrent pour laisser passer Mado qui promenait son loulou de Poméranie. Le basset de la mère Murer vint le renifler. Mado prit le chien de luxe dans ses bras pour le protéger. La concierge qui balayait donna des coups de paille de riz dans le vide en répétant : « Je t'en foutrais, moi, des clébards de salon ! » Alors, Capdeverre s'approcha du basset et dit :

— Un su-sucre pour le chien-chien à sa mémère...

— Toi, je dirai deux mots à ton père, menaça la femme, il te secouera les puces.

Tous les enfants se mirent à aboyer, puis à miauler, avant d'imiter toutes sortes d'animaux. Le beau Mac, devant le 77, caressait le loulou de Mado pour plaire à sa maîtresse.

— Il fait du gringue à toutes les femmes, cet emplâtre, dit Olivier.

— Il fait croire qu'il est boxeur, dit Tricot, boxeur comme ma grand-mère, oui !

Ils s'amusèrent à jeter gauches et uppercuts dans le vide. Puis ils s'ennuyèrent et cherchèrent des idées.

— On pourrait faire une niche à la mère Grosmalard, proposa Jack Schlack.

— Et si on tirait des sonnettes ? dit Élie.

— C'est pas tout ça, les gars, dit Olivier en brandissant son torchon, je vais à la boulange...

Comme il descendait la rue, Olivier aperçut Mme Zober qui sortait de chez le marchand de couleurs encombrée de rouleaux de papier peint et d'un filet à provisions empli de légumes, choux, betteraves rouges, salade, navets et pommes de terre. Les bras écartés, il s'envola vers elle.

— Un coup de main, madame Zober ?

— Oïlle ! Lourd comme la plomb pour toi.

Pour s'attirer les bonnes grâces de la mère de David, Olivier aurait soulevé des poids et haltères comme Rigoulot le champion. Élégant dans son costume marin, il désirait faire bonne impression. Il prit le filet et le porta par-dessus son épaule.

— Je suis costaud, madame Zober. Et David aussi. On est costauds tous les deux. Il fait beau, hein, madame Zober ?

— Très beau qu'il fait, avec du soleil qu'il y en a partout.

Olivier traversa le couloir, la cour, grimpa l'escalier. D'un endroit à l'autre, les odeurs de cuisine changeaient. Arrivé le premier en haut, il tira la sonnette et la grande Giselle ouvrit. En chemise, elle portait des bigoudis. Elle recula en jetant :

— Me regarde pas, surtout, me regarde pas !

Olivier eut le sourire indulgent de ceux qui en ont vu d'autres. Il s'effaça pour laisser passer Mme Zober. Elle posa les rouleaux sur la table de couture et revint vers lui pour le débarrasser du sac. Elle lui tendit la main pour le remercier, se reprit et esquissa un sourire. Olivier ignorait qu'un enfant peut intimider une grande personne.

— Ben, m'ma, dis-lui d'entrer...

Giselle revenait coiffée d'une serviette nouée en turban. Mme Zober lui fit observer qu'Olivier n'avait peut-être pas envie d'entrer.

— Et si qu'il veut entrer, je le connais bien ! Il est comme David, curieux comme tout !

Ainsi, Olivier se trouva pour la deuxième fois chez son ami, mais David était parti en promenade avec son père. Il resta planté, les mains derrière le dos, gêné de paraître attendre quelque chose et se préparant à dire : « Non merci ! » Il n'en eut pas le temps car Giselle lui fourra un caramel dans la bouche, le tira vers sa chambrette, s'assit sur le lit et le prit sur ses genoux. Il tenta de résister. Elle s'amusa à le câliner, à le caresser comme s'il était un chat en s'écriant :

— Mama, ça y est, j'ai un amoureux je te dis, c'est lui mon amoureux...

— C'est pas vrai ! protesta Olivier.

— C'est vrai que c'est pas vrai, mais t'es mon amoureux quand même, mon amoureux pour de rire !

— Je suis l'amoureux de personne ! jeta Olivier en se dégageant.

Le torchon glissé sous son bras tomba par terre. Pour tenter d'éviter le ridicule, il noua ce linge à vaisselle autour de son cou comme un foulard. Cette Giselle exagérait. Il murmura : « Qu'est-ce qu'elles ont les quilles aujourd'hui ! » Mme Zober coupait les légumes pour le bortsch. Il la regarda avec intérêt, en se retournant pour voir ce que faisait Giselle. Elle l'avait oublié, elle ôtait ses bigoudis en chantant *J'ai deux amours*.

— Eh bien voilà, madame Zober, je vais partir...

Imitant M. Zober quand il saluait Virginie, les bras collés au corps, il s'inclina en disant :

— Au revoir, madame Zober, très heureux !

Elle lui sourit. Quand elle souriait, le visage de Mme Zober se transformait, toute sa personne s'éclairait, elle paraissait jeune. Il décida que cette dame, si sévère d'aspect, devait être bien gentille.

— J'ai une Giselle qu'il est fou comme tout !

— Elle s'amuse, dit Olivier.

— Et toi, pour y venir jouer avec le David ici, tu peux.

— Merci bien, madame Zober, merci beaucoup...

La porte ouverte, il se retourna en faisant jouer ses biceps pour ajouter :

— Des fois que vous auriez d'autres paquets à porter, vous gênez pas !

Dans la cour, Silvikrine parlait à Mme Papa qui se tenait à sa fenêtre. Il portait un canotier en paille à dents ceint d'un large ruban noir. Olivier entendit :

— Vous savez, madame Papa, on ne peut rien contre la nature.

Il se demanda ce que cela signifiait. Les grandes personnes prononçaient parfois des phrases étranges et quand on leur en demandait l'explication, elles répondaient en faisant les mystérieuses. Aux questions, elles opposaient des « Parce que » ou des « Tu veux tout savoir et rien payer ». Au regret d'Olivier, sa mère, si attentive pourtant, affirmait : « Ce n'est pas pour les enfants. Tu le sauras bien assez tôt... » L'idée avait effleuré Olivier que les adultes ignoraient les réponses, mais cela lui avait paru impossible.

Dehors, les « Apaches de la rue Labat », frétillants, insolents, bavards, emplissaient la rue de leur turbulence. Oublieux des habits du dimanche, ils chahutaient, allaient de galipettes en pieds au mur, se renversaient à grand renfort de croche-pieds. Si l'un tournait le dos, l'autre lui faisait « une frite », ce coup rapide donné du bout des doigts sur le derrière, à moins que ce ne fût une douloureuse pichenette derrière l'oreille.

Capdeverre et Toudjourian, l'un avec Riri, l'autre avec Élie sur les épaules, tentaient de se renverser comme au tournoi. Tricot et Jack Schlack, accroupis face à face, sautaient à la manière des grenouilles en essayant de se pousser à terre du plat de la main. Olivier et Saint-Paul, les coudes au bord du trottoir, se livrèrent à un bras de fer indécis.

— Oh! la vache, la vache..., répéta Riri.

La vache, c'était un pigeon qui venait de lâcher sa fiente sur la tête du garçon. Les jeux s'arrêtèrent. Cela dégoulinait tout blanc sur le front de l'infortuné. Tricot se mit à rigoler bientôt suivi par tous. Ils regardèrent en l'air comme s'ils allaient subir d'autres bombardements. Les pigeons étaient-ils les alliés des « Gougnafiers de la rue Bachelet »? Mme Haque appela de sa fenêtre :

— Viens dans ma loge, chenapan, gibier de potence, je vais te nettoyer.

Riri en ressortit bientôt lavé et sentant l'eau de Cologne. Il avança, les mains derrière le dos, toisant les rieurs, puis il brandit le poing vers le ciel en s'écriant :

— Mort aux pigeons!

Le cri de guerre fut repris. Surgirent des lance-pierres, des pistolets, des sarbacanes. Saint-Paul tendit à Riri le pistolet à patates tout chargé. Un pigeon se posa sur la barre de fenêtre du premier étage au 77. Riri s'approcha à pas de loup, regarda l'oiseau, un ramier gris ardoise au cou bleu avec des taches roses et vertes. Le tireur replia le bras gauche pour en faire le point d'appui de son arme. Il ferma un œil, visa, tira. On entendit plop! et le pigeon s'envola sans hâte sur le toit de l'immeuble d'en face.

— Je l'ai eu, les gars!

Si Riri se déclara vengé, Olivier observa que le volatile n'avait pas eu grand mal. De plus, cette arme qui avait provoqué un enthousiasme bien hâtif restait quasi silencieuse. Ce plop! ridicule, il aurait fallu l'accompagner de tah! tah! pour que ce fût impressionnant. Si un pigeon s'en tirait aussi bien, qu'en serait-il des solides garçons de la rue Bachelet?

— Vaudrait mieux le pistolet à flèches! dit Toudjourian.

— Ou même à bouchons, ajouta Tricot.

C'est ainsi que l'arme envisagée fut rejetée sans appel. Pourvu que Loulou n'ait pas acheté l'arsenal!

— On le voit plus, Loulou...

En effet, le jeune danseur de claquettes se faisait rare. Comment expliquer aux copains sans être accusé d'escroquerie qu'une partie du budget de guerre avait été transformée en caramels fondants, en réglisse, en boîtes de coco et en ces énormes dragées changeant de couleur au fur et à mesure qu'elles fondent dans la bouche?

Les trois notes du carillon de la mercerie résonnèrent. Virginie, faussement sévère, demanda :

— Olivier, tu n'aurais pas oublié ma course?

— Non, m'man, j'y vais! dit Olivier en ôtant le torchon de son cou.

Les copains se dispersèrent. Il s'attarda. Il espérait voir arriver David et son père. Il regarda vers le bas de la rue. Des hommes, leur journal de courses sous le bras, *La Veine* ou *Paris-Sports,* revenaient du P.M.U. au café *L'Oriental.* L'un d'eux répétait : « Dans la quatrième, c'est dans la poche! » Le môme Tartine, à distance prudente, les mains en porte-voix traita Olivier de « sale Auverpin » et il reçut en réponse le nom gracieux de « triple terrine de gelée de peau de fesse! » Cela n'en aurait jamais fini si Mme Rosenthal n'était apparue. Il la salua poliment et recom-

mença pour Mme Vildé qui revenait du square
Saint-Pierre son pliant sous le bras et son ombrelle à
la main.

« Va falloir que j'y aille... », se répétait Olivier. Et
David ne paraissait toujours pas ! Il leva la tête. A
toutes les fenêtres des immeubles, il se passait
quelque chose : un rouquin en maillot de corps se
rasait avec son coupe-chou, une femme s'étirait, une
autre faisait sécher ses cheveux au soleil, Bougras
dormait à sa croisée, la tête entre les bras. Des cages
à serins étaient accrochées un peu partout. Du linge
séchait en dépit des interdictions. Le père Poileau,
des tickets d'autobus repliés en accordéon sous son
alliance, revenait du cimetière, impatient de retrouver son chien. Des agents entraient par le couloir du
Transatlantique pour boire un verre défendu pendant
leur service.

Olivier, devant la vitrine de chez Klein, convoitait
des gâteaux en forme de pyramide recouverts de
sucre glacé quand apparurent les copains du cousin
Jean dont on venait de recevoir une carte postale de
Verdun : Amar, Chéti, Paulo et P'tit Louis. Ils
portaient leur maillot de bain enveloppé dans la
serviette encore humide. « Les veinards ! » murmura
Olivier. Il adorait la piscine et ses rites : les initiales
marquées à la craie sur le carré d'ardoise à l'intérieur
de la cabine, la douche avant le bain, les premiers pas
sur les marches mouillées, ce bruissement des gens
s'interpellant dans ce lieu favorable aux échos, ces
floc des plongeurs, le plaisir de patauger dans le petit
bain et de se risquer vers le grand. En sortant, on
avait faim. On quittait la rue des Amiraux pour
gagner la rue du Baigneur bien nommée et manger

des croissants au café Pierroz en regardant jouer sur les machines à sous où l'on perdait tout le temps.

Olivier imita la démarche des jeunes gens et leur tendit la main :

— Salut Chéti, salut P'tit Louis, salut Paulo, salut Amar... Elle était bonne, la flotte ?

— Un peu mon n'veu !

— Tu voudrais bien venir, hein p'tite tête ? Jean t'amènera quand il sera rentré.

— On a reçu une carte de lui. Il va bien, mais il en a marre de l'armée et il a les copeaux de pas retrouver son boulot à l'imprimerie.

Les garçons montrèrent leur souci. Ils ne tarderaient pas à partir eux aussi pour le service militaire et cela dérangeait tous leurs projets. P'tit Louis dit : « Quel chiendent ! » et Olivier affirma :

— Je serais bien venu à la piscine, mais ma mère arrête pas de me faire marner...

Se sentant de mauvaise foi, il entra dans la boulangerie pour demander le plat de Mme Chateauneuf. Il tendit le torchon et Mme Klein descendit au fournil pour le nouer autour du plat ovale contenant ce frichti qui avait mijoté toute la nuit. Olivier aimait regarder tous ces pains à la croûte dorée dont il connaissait les noms : polka, saucisson, fantaisie, couronne, baguette, miche, pain fendu, pain de quatre livres, boulot, disposés sur de belles étagères en métal aux montants de cuivre bien astiqués. Derrière le comptoir de marbre blanc se dressait une glace enjolivée de dorures représentant des guirlandes et des gerbes de blé sous l'inscription *Pain viennois*. La boulangère enveloppait les croissants et les brioches dans du papier léger dont elle papillonnait les coins d'un habile tour de main, et ce papier pouvait servir à fabriquer des mirlitons ou des parachutes en nouant un fil à chaque coin et en les reliant à un bouchon.

— Voici, Olivier, dit Mme Klein, tiens-le bien droit par le haut et fais bien attention...

— Pas de danger ! affirma Olivier.

Il sortit sur un au revoir sonore. Dans la rue déserte, il resta interdit. Il entendait des bruits de vaisselle. Tout le monde était à table. Il passa devant la fenêtre de Mme Haque et lui dit « Bon appétit ! » Elle répondit : « Toi de même ! » Et soudain retentit l'*ut* grave de la Savoyarde, le grand bourdon du Sacré-Cœur dont la voix de bronze tombait du ciel. Olivier entra dans la mercerie en émettant cette évidence :

— Maman, c'est midi.

— Je m'en serais doutée, dit Virginie.

M. Zober s'était rendu chez Samuel pour lui demander de traduire une lettre reçue des États-Unis. Il en revint chargé d'un phonographe, d'une douzaine de disques et d'un manuel.

— Chic ! dit la grande Giselle, on va entendre des chansons.

— Des chansons, pffft ! fit M. Zober. Autre chose c'est que des chansons : des disques de *Linguaphone* pour en apprendre l'anglais avec le livre tout pareil.

Le doigt dressé, dans l'attitude d'un responsable guidant la tribu, il décréta :

— Toute la famille, il va en apprendre l'anglais.

Toi, Esther, ma chère madame Zober. Toi, Giselle, que c'est bon à la secrétaire. Toi David toujours ailleurs pour jouer...

Pour mieux protester contre cette décision, Esther ronchonna dans ce bon vieux yiddish. Déjà parler en français n'était pas facile, avec ces commerçants qui ne comprennent rien, et encore il faudrait apprendre une autre langue ! Depuis quelque temps, cet Isaac Zober, le nez en l'air, tout désœuvré, en quête de chimères, ne savait plus quoi inventer.

— Pourquoi que j'en apprendrais l'anglais ?

— Tu voiras bien le jour que ça te sert, tu es contente dans ta tête d'en savoir pour en entendre et en parler.

— Encore, tu voudrais pas aller à l'Amérique peut-être ?

— Oïlle oïlle oïlle ! fit M. Zober.

Il ouvrit le coffret du phonographe, posa le disque numéro un sur le plateau rond, tourna la manivelle, fit descendre le bras et l'aiguille égratigna le sillon. Giselle s'approcha. On entendit cette voix d'un inconnu qui serait bientôt un familier. Il prononçait des mots anglais et les répétait en français sur un ton aimable qui vous mettait en confiance.

— C'est formidable ! dit Giselle.

— Du progrès moderne, affirma M. Zober en caressant la tête de sa fille, l'homme il parle tant que tu veux et toi Giselle, tu apprends toute seule comme un rien dans ta tête.

Jetant un regard vers la cuisine, il ajouta :

— Ta mère, il comprend rien.

Le père et la fille se regardaient puis posaient les yeux sur le disque. Ils s'émerveillaient comme on le faisait encore en écoutant la T.S.F., en téléphonant, en voyant voler un aéroplane.

— On pourrait mettre aussi des chansons, dit Giselle.

— On verra, dit son père, mais l'anglais d'abord.

Quand David rentra, M. Zober reprit pour lui la démonstration. L'enfant fut le plus enthousiaste. Ses lèvres remuèrent : il prononçait déjà les mots anglais. Isaac pensa qu'intelligent comme il l'était puisque deuxième de sa classe, il parlerait bientôt l'anglais aussi bien que son oncle Samuel.

— Et Olivier, on pourra lui montrer ?

— Tant qu'il en voudra, promit M. Zober.

Si Mme Zober se sentit isolée, elle rangea sa désapprobation dans un recoin secret et décida de montrer de la bonne volonté, mais l'ironie perça dans ses paroles :

— Chez la famille Zober, même français comme ils sont paraît-il, ils vont parler l'anglais, et toi, Esther, tu comprends pas ? Ça fait rien...

— *No my dear !* dit Giselle qui se voyait déjà à Hollywood.

— Mama, dit David, on parlera français, je te le promets.

Sa mère l'embrassa. Jusqu'au déjeuner composé de soupe aux navets et de harengs frais, l'atelier du tailleur fut le lieu de la cacophonie, chacun répétant les mots anglais en comparant leur prononciation. David remontait la manivelle, son père plaçait un nouveau disque, Giselle rangeait dans la pochette celui qu'on venait d'enlever. Mme Zober se bouchait les oreilles. Cependant, cela lui plaisait de voir tous les membres de la famille réunis autour d'un même sujet d'intérêt, et puis peut-être sortiraient-ils un peu moins.

A la fin du repas, M. Zober reçut la visite d'un jeune facteur qui avait commandé un costume trois-pièces en vue de son prochain mariage. Pour le deuxième essayage, le tailleur, en gilet, la pelote à épingles à son bras, conseilla à son client de se tenir droit, et il prépara les retouches en conversant avec son client :

— Très strict pour la cérémonie, je dis, puis après pour porter le dimanche, aller à la fête, supra élégant comme gentleman...

David admirait son père. Un personnage important comme un facteur paraissait emprunté tandis que M. Zober s'affairait autour de lui avec art et précision. Le seul ennui était que le client avait fourni l'étoffe, ce qui réduisait le bénéfice.

— A tous les facteurs que vous leur disez : Zober, il fait des prix à tous pas cher, la poste il aime ça...

On prit rendez-vous pour l'ultime essayage. David imaginait des bataillons de facteurs se pressant dans l'escalier pour commander des costumes. Après le départ du futur marié, M. Zober dit à David :

— Et c'est pas tout. A quatre heures, David où qu'il va ? Chez Samuel qu'il est son oncle. Et il rapporte quoi ? Le paquet des prospectus Zober tailleur pour la réclame...

— Oui, p'pa. J'emmènerai Olivier ?

— Tous les deux vous y allez, et il t'aide pour porter.

— Moi, je me barre à mon cours, dit Giselle.

Elle raconterait aux copines qu'elle apprenait

l'anglais, et, plus tard, elle épaterait son amoureux avec des phrases d'outre-Manche bien apprises.

— Quand tu retournes de la *choule*, dit Esther à David, tu y reviens ici avant chez Samuel pour lui porter la surprise que j'en ai dans l'idée.

M. Zober s'assit près de la fenêtre pour coudre. De se découvrir homme de décision l'emplissait de confiance. Si Virginie se montrait distante, il l'attribua à un de ces paradoxes qui sont l'apanage des dames. Cette lettre de New York concrétisant une idée de Samuel le ravissait et l'effrayait à la fois. L'Amérique lui paraissait comme un substitut de la Terre promise et un lieu redoutable. Selon l'inflexion de ses méditations, il se sentait l'âme d'un pionnier ou bien il jugeait absurde cette idée d'un départ. En dépit des difficultés de la vie, il aimait la France, Paris, Montmartre, et plus précisément la rue Labat.

Il pensa aux paroles de Samuel, si cultivé, connaissant tout de la religion, de l'histoire, de la société, et ses paroles, il aurait pu les répéter mot par mot comme des proverbes :

« Nous ne cessons, nous autres juifs, d'être ballottés par la tempête, poussés par le vent du désert d'Égypte en Palestine, traqués par les nomades d'Arabie et du Moab, mais nous sommes toujours là; Isaac ! »

Et les termes de leur conversation revenaient :

— La gloire de Moïse, la lyre de David, le verbe d'Isaïe, le sang des Macchabées, nous gardons tout cela, Isaac !

— Samuel, c'est bien que tu en dis ces choses, mais ils font pas marcher la commerce et manger les enfants.

— Tu auras la consolation des Écritures, et si les affaires ne vont pas ici, tu te déplaces.

— Esther, il est fatigué de toujours partir.

— Tes affaires vont mal ? Et si c'était le signe que tu dois aller plus loin ?

Il parlait comme un prophète, ce Samuel. Mais il n'imaginait pas que des liens retenaient Isaac dans cette rue, même si son penchant était sans espoir. Tout en cousant, il pensait à Virginie si gaie, si agréable à fréquenter, il la sublimait, il s'exaltait, il imaginait des tactiques amoureuses ou, au contraire, il désespérait, se sentait condamné à une admiration muette.

Comment cela était-il possible ? Lui, si raisonnable et mûr, il se conduisait comme un adolescent. Ainsi, ni le temps qui passe, ni les épreuves ne vous transforment, ne détruisent la petite fleur bleue qui reste dans les cœurs. Dans sa ferveur, il lui parla, lui fit des aveux, ce qui le conduisit à remuer les lèvres, à chuchoter des mots brûlants.

— Qu'il parle tout seul dans sa bouche pour lui maintenant cet Anglais-là ! dit Mme Zober.

Le logis sentait la cannelle. Elle préparait des *strudels*, ces savoureux feuilletés de pomme. David en porterait à Samuel. Déjà M. Zober s'adressait à son fils :

— David, à l'oncle Samuel, les gâteaux que Mama elle a faits, tu lui portes pour dire merci des prospectus de la réclame du tailleur ton père. Content il dit Samuel de voir son David deuxième de la classe qu'il aime comme le *sandik* le bébé au baptême...

Il ne répondrait pas tout de suite à Apelbaum, le

cousin d'Amérique. Il attendrait de mieux connaître l'anglais. Il écrirait qu'il devait réfléchir. Il se sentit pris entre deux aimants : celui d'une aventure qui pourrait le conduire à la réussite, celui de la rue et de son amour. Tandis que Mme Zober faisait chauffer son four, il poussa un soupir exprimant ses espoirs, ses indécisions et ses craintes.

Derrière son comptoir, en blouse grise serrée à la taille, Virginie recopiait au crayon-encre sur un carnet manifold sa commande de mercerie : baleines de Norvège, rouleaux à patrons, gros-grain de vingt-cinq, entre-deux, guipure, ciseaux à cranter, étuis d'aiguilles assorties... En glissant les feuillets dans une enveloppe, elle chanta *Ramona*, cette chanson qui ne parvenait pas à vieillir. Elle déroula le centimètre et le passa autour de ses hanches, de sa taille, de sa poitrine. Elle mangea alors une bouchée-rocher en se répétant : « Ce que je suis gourmande ! »

Pour sortir avec son ami, le soir, elle mettrait sa robe paille, des chaussures blanches, un béret jaune, son collier en cristal rehaussé d'émail. S'il faisait frais, sur ses épaules elle poserait le sept-huitièmes de demi-saison. Elle avait plaisir à sortir, mais si elle ne sortait pas elle n'en était pas triste pour autant.

Olivier venait de partir avec ce gentil David chez un certain M. Samuel qui habitait rue Caulaincourt, selon Olivier, un appartement avec cinq fenêtres. Elle aurait pu habiter un immeuble comme son ami le lui avait proposé, mais non ! cela ferait femme entretenue. Il lui fallait ce magasin, cette ouverture sur la rue, ce mouvement, cette clientèle, cette liberté. Et que ferait son Olivier enfermé entre quatre murs ?

M. Zober entra dans la mercerie en regardant le carillon comme s'il était gêné de provoquer ce bruit.

— Bonjour, monsieur Zober, si vous cherchez David, il est parti avec mon Olivier chez un M. Samuel. Mais entrez donc. Je peux quelque chose pour vous ?

Il écarta le pan de son veston et fit surgir un bouquet de fleurs des champs qu'il présenta en s'inclinant.

— Des fleurs pour vous, dit-il.

Il mit dans ce « vous » une telle ferveur que Virginie chercha par quelle méthode elle pourrait le refroidir sans trop le peiner. Elle entama un petit discours :

— Les fleurs font toujours plaisir, monsieur Zober. On n'ose pas les refuser. Je pense que Mme Zober doit être bien heureuse. Vous devez lui en offrir souvent, n'est-ce pas ?

Tandis qu'elle prenait le bouquet, M. Zober rougit. Virginie ajouta sur un ton aimable, mais avec fermeté :

— Je dois vous gronder, monsieur Zober. Ce n'est pas raisonnable. Que pourrait-on croire ? Je garde David avec plaisir. Cela ne mérite pas toutes ces attentions...

— C'est pas pour garder ce David, l'interrompit Isaac, c'est une autre chose, c'est pour, c'est parce que...

— Je ne vous autorise pas à le dire, monsieur Zober.

Il noua ses doigts et regarda le plancher. Il ramassa une épingle qu'il posa sur le comptoir. « Oh là là ! pensait Virginie, c'est pas seulement un petit béguin, il paraît mordu, oh là là ! » En allant chercher un vase dans l'arrière-boutique, elle fredonna :

Ce sont d'humbles fleurs, presque fleurs des champs,
Mais ce sont des fleurs simples et sincères...

Elle réfléchit. Troublée malgré tout, elle refusait son trouble. Il était si charmant, ce M. Zober, jusque dans ses maladresses. Ce devait être le charme slave. Qu'il lui fît un brin de cour, passe encore, mais de là aux grandes déclarations, il y avait une marge. Elle disposa les fleurs, ouvrit la fenêtre sur cour en espérant que les chats n'en profiteraient pas pour entrer.

Quand elle revint au magasin, M. Zober, appuyé sur le comptoir, lisait les inscriptions sur les tiroirs.

— Je ne trouvais pas de vase, dit Virginie.

Elle n'osait plus le regarder. S'il poursuivait sa folie, que répondrait-elle ? A son air penaud, elle comprit que M. Zober amorçait un recul. Il émit un rire, secoua la tête en signe de dénégation, parut prêt à se moquer de lui-même.

— Toujours qu'il parle, cet Isaac Zober, que sa langue vite vite elle court toute seule ! Oïlle oïlle oïlle ! et pia pia pia qu'il fait comme la poule...

— Les paroles vont parfois plus vite que la pensée, monsieur Zober.

— De la respect, que j'ai ai plein pour vous, madame Chateauneuf, plein les bras comme ça...

Sans transition, il l'entretint de la chaleur ora-
geuse, de la réclame qu'il allait faire, de la qualité de
la talonnette et du fil, du travail solide et des boutons
bien cousus. Il parla du phonographe et des disques
pour apprendre l'anglais. Olivier pourrait venir et
étudier avec David.

— La Giselle, ma fille, pour la chanson qu'elle dit
au phono. Moi, j'y fais non et je cède plus tard...

Étant jeune homme, il appréciait la musique, pas
seulement les vieux airs folkloriques, mais aussi celle
qu'on appelle « grande » et il cita des noms, Haydn,
Bach, Mendelssohn, et ces références flattèrent Virginie. Parfois, dans la vie, comprenez-vous, on se sent
solitaire, abandonné, on ne sait à qui se confier, et
puis on écoute de la musique et cela vous apporte du
bonheur.

— Quand vous parlez ainsi, monsieur Zober, ça
me plaît bien.

Encouragé, il eut l'impression que les mots lui
venaient tout seuls, que les phrases se formaient sans
effort, qu'il était brillant et séduisant. De nouveau, il
s'enhardit. Il se souvint du billet de cent francs caché
dans son portefeuille.

— Madame Chateauneuf, je me dis, toute seule
qu'elle est veuve, avec son garçon Olivier c'est sûr, et
qu'elle travaille tout le temps sans sortir, quel bien ça
ferait sans aucun doute de la distraction, le concert
pour la musique, le théâtre sur le boulevard plein du
monde, et après le restaurant très bon des huîtres aux
Halles...

Virginie regardait vers la rue, jouant les indiffé-
rentes et n'écoutant guère.

— Un soir par exemple, madame Chateauneuf,

elle sortirait avec cet ami tout plein de la respect et d'amitié, content d'être avec elle sans plus... et qu'il serait moi.

— Ce serait charmant, monsieur Zober, je n'en doute pas. Mais il m'arrive très souvent de sortir, je dois même le faire ce soir avec un ami.

— Ah! Ah! fit M. Zober interloqué, pas tout de suite sortir que je dis, mais plus tard, un soir pour en effacer du cafard.

— Tiens, Mme Zober qui passe, dit Virginie.

Isaac se pencha brusquement sous le prétexte de nouer un lacet. Il mit longtemps à le faire, puis se redressa gêné en regardant vers la rue.

— Vous voyez bien, monsieur Zober, que ce n'est pas possible.

— Toujours tu le fais le rêve, Isaac, et tu te réveilles, c'est fini.

— Ne soyez pas déçu. Cela ne nous empêche pas de rester bons amis.

Comme M. Zober regardait de nouveau vers la rue, elle ajouta :

— Soyez sans crainte, votre femme ne vous a pas vu. D'ailleurs, je me suis trompée. Ce n'était pas elle qui passait.

M. Zober découvrit là de la perfidie. Cela ne détruisit pas son émoi. Ainsi, Virginie sortait avec un ami. Ce devait être un mensonge dicté par la pudeur, l'honnêteté. Il suffirait d'attendre un moment favorable pour renouveler l'invitation. Comme il serait agréable de sortir avec cette belle femme, d'entrer dans une salle de spectacle, un restaurant.

Elle restait silencieuse. Il crut y distinguer un signe d'attente. Il procéda alors de manière absurde. Ce qu'il n'osait lui dire en français parce que les mots lui semblaient trop précis, il le murmura en anglais :

— *I love you... I love you...*

— Monsieur Zober, dit fermement Virginie, je ne comprends pas l'anglais, et même si je savais ce que cela veut dire, je voudrais ne pas l'avoir entendu.

M. Zober baissa la tête. *I love you !* Il se le répétait. Il l'avait dit. Il avait osé le dire. Virginie posa sa main sur son bras et murmura :

— Cela me flatte, monsieur Zober, mais tout nous sépare. Il n'y a pas d'avenir entre nous. Vous le savez bien... Allons ! ne soyez pas triste. Tout passe et cela passera aussi.

— Jamais ! Jamais ! s'écria Isaac.

Il ouvrit la porte et s'échappa en courant. Il marcherait sans but jusqu'à la tombée de la nuit, de rue en rue, sans savoir où il se trouverait. Il voyagerait dans ses pensées et finirait, tout au bout de sa désespérance, en se rattachant à un moment de douceur, à une intonation, à un sourire, par glaner un brin d'espoir qui grandirait.

Après avoir longuement frotté leurs semelles sur le paillasson comme une plaque en émail le recommandait, David et Olivier, n'osant se servir de l'ascenseur, avaient grimpé le bel escalier recouvert d'un tapis rouge retenu par des barres de cuivre. Arrivés sur le palier, ils lurent des initiales sur un tapis de sol. Après une attente durant laquelle ils se regardèrent, David se haussa sur la pointe des pieds pour atteindre le bouton de la sonnette. L'oncle Samuel

leur ouvrit en poussant une exclamation de bienve-
nue.

— *Shalom,* oncle Samuel.

— *Shalom Aleichem,* David, mon grand garçon
David !

— Lui, c'est Olivier, mon copain.

— *Shalom,* Olivier.

— *Shalom,* ça veut dire bonjour, précisa David à
l'intention de son ami.

— Bonjour, monsieur, dit Olivier.

— Bonjour, répondit l'oncle Samuel en riant.

Ils pénétrèrent dans une antichambre qui parut
immense à Olivier. Même chez le Dr Lehmann, celui
qui avait une montre à musique, c'était plus petit. Et
comme ces meubles, ces grands vases, ces miroirs
brillaient ! Sur le sol s'étalaient de si beaux tapis
qu'on hésitait à y poser les pieds. Et ces appliques
éclairant en plein jour des tableaux riches de couleurs, ces portes vitrées avec des rideaux plissés, quel
luxe !

David tendit les *strudels* à son oncle qui ouvrit le
paquet noué par un bolduc.

— Hmm ! Si Esther les fait toujours aussi bons,
nous allons nous régaler, les amis. Vous préférez du
thé ou du chocolat ?

— Euh, non merci, murmura Olivier.

— Du chocolat, oncle Samuel ! dit joyeusement
David.

— Je m'en doutais.

Dans le bureau-bibliothèque, Olivier contempla
les rangées de livres sur les rayonnages et dans les
vitrines. Reliés, ils portaient des titres dorés. Il se
demanda si M. Samuel les avait tous lus, puis jugea

la chose impossible. Le sous-main, le plumier, le tampon-buvard, le porte-ciseaux, tous les accessoires de bureau étaient gainés du même cuir vert bordé d'un liseré argent. On voyait un appareil téléphonique. M. Samuel appuya sur une sonnette et une servante en tablier blanc, un nœud dans ses cheveux gris, apparut aussitôt. C'était comme dans un film.

— Mélanie, prenez ce paquet, dit l'oncle Samuel, vous nous servirez les gâteaux avec du chocolat bien chaud au salon.

Il invita les enfants à s'asseoir sur un canapé de cuir brun. Il devait terminer un travail. Une loupe vissée à l'œil, il examina des pierres précieuses qu'il enferma dans des sachets de papier en ajoutant une inscription au stylographe.

— Je fais un bien curieux métier, confia-t-il.

Sans bien comprendre, Olivier fit un signe d'approbation. Plus que les diamants, les livres le fascinaient. Derrière les rideaux cramoisis retenus par des embrasses à glands, des vitrages filtraient le soleil. Les enfants échangèrent de rapides regards. Si Olivier avait guidé David dans Montmartre, ce dernier l'introduisait dans un univers aussi riche en merveilles.

L'oncle Samuel portait un veston d'appartement bordeaux orné de brandebourgs bruns. Sa tête était coiffée d'une calotte. Sa moustache noire en accent circonflexe le faisait ressembler à l'acteur William Powell. Ses yeux pétillaient d'intelligence. Il maniait les pierres de ses longs doigts avec précision, s'interrompant pour sourire à ses invités ou pour faire une plaisanterie les mettant en confiance.

— Alors, Olivier, c'est ton ami, David? Vous devez en faire tous les deux!

— Pas trop, murmura Olivier.

— On s'amuse bien, dit David.

— Tu habites aussi rue Labat, Olivier, que font tes parents?

— J'ai que ma mère. Elle est mercière dans la rue.

— Au 75 rue Labat, précisa David.

— Le fils du tailleur et le fils de la mercière, ça va bien ensemble, observa l'oncle Samuel.

Il réfléchit, se souvint et ajouta :

— Ah! mais oui, la belle mercière, c'est ta mère.

Isaac lui avait parlé d'elle. Olivier ne s'en doutant pas se sentit fier d'avoir une mère aussi célèbre. Un parfum de chocolat se répandit. L'oncle Samuel rangea les pierres sur un plateau dans un coffre-fort mural dissimulé par un tableau. Puis il tapota avec ses index sur le rebord du bureau en fredonnant un air de jazz.

— Le chocolat est servi, annonça la servante.

— Ne le faisons pas attendre, dit l'oncle Samuel.

Le salon baignait dans une lumière douce. Il y avait un piano à queue, des meubles en bois de rose avec des marqueteries, des bergères recouvertes de soierie à ramages. Dès qu'on ouvrait une porte, les lamelles de verre d'un lustre de Venise chantaient. Olivier regarda sur le mur des tableaux qui ne ressemblaient pas à ceux qu'il connaissait. L'oncle Samuel les montra aux enfants en donnant le nom des peintres : Epstein, Altman, Pascin, en ajoutant qu'ils étaient ses amis.

Sur une table basse en laque, la chocolatière en argent veillait sur des tasses de porcelaine, des assiettes octogonales avec sur chacune une serviette de la taille d'une pochette et une fourchette à moka. Au parfum du chocolat se mêlait celui de la cannelle des *strudels* tiédis. Les sièges étant trop hauts pour les enfants, l'oncle Samuel s'assit sur le tapis et invita David et Olivier à l'imiter.

— Le chocolat est sucré, monsieur, dit la servante.

Le liquide onctueux coula dans les tasses. Pour manger le gâteau avec une fourchette, Olivier craignait de mal s'y prendre, mais l'oncle Samuel en saisit un et y mordit en disant : « Moi je les mange ainsi ! » en prenant un air gourmand.

— Qu'est-ce que c'est bon ! dit David.

— Vachement, commença Olivier, puis il se reprit : C'est drôlement bon !

— Tu remercieras Esther, David.

Les lèvres brunes de chocolat, les enfants n'osaient utiliser les serviettes, de crainte de les salir. Alors, ils se pourléchaient comme des chats. Olivier aurait aimé poser des questions sur l'Amérique, ses gratte-ciel et ses cow-boys, mais ne sachant comment les formuler, il resta muet.

— Quand vous reviendrez me voir, je vous passerai des films sur mon Pathé-Baby. J'ai des Charlot...

L'admiration d'Olivier se reportait déjà sur David. Il pensait : « Quel type, ce David ! » Il n'avait l'air de rien, restait toujours calme, il s'amusait de tout avec ses yeux, il était le deuxième de sa classe et il avait un oncle extraordinaire !

Lorsque l'enchantement prit fin, ils se retrouvèrent dans l'entrée où se trouvait une pile de paquets entourés de papier kraft : les prospectus de la réclame Zober.

— Prenez-en deux chacun, dit l'oncle Samuel, et je ferai porter le reste. J'espère que cela servira à quelque chose.

Il ficela deux colis auxquels il ajouta une poignée de fil métallique protégée par un tube de carton. Sur chaque paquet était collé un des prospectus que les enfants regardèrent. Entre deux dessins, l'un représentant un élégant en costume chic, pantalon rayé et veston noir, l'autre une dame en costume tailleur avec un bibi à voilette, le nom de *I. ZOBER* s'étalait en lettres anglaises, suivi de l'indication *Tailor,* mais on avait ajouté « Tailleur » pour ceux qui ne comprendraient pas. Olivier lut : « Une seule adresse : 73, rue Labat, Paris XVIIIᵉ », puis, dans un dégradé, sur trois lignes : *Les meilleurs tissus. Les coupes les plus modernes. Les prix les plus bas.*

— David, tu diras à Isaac qu'il n'y a rien à payer. L'imprimeur qui est un ami les a tirés gratis sur des chutes de papier. Il y en a de diverses couleurs.

Il embrassa David et serra la main d'Olivier.

— Je vous appelle l'ascenseur ou vous préférez descendre à pied ?

— Oh oui, l'ascenseur, demanda David.

— Vous appuierez sur le bouton marqué R.C. qui veut dire rez-de-chaussée, ensuite vous ne toucherez à rien.

Tout en remerciant, ils pénétrèrent dans la cabine. L'oncle Samuel leva un levier extérieur pour actionner la machine hydraulique et leur fit un signe amical derrière la porte vitrée.

Rue Caulaincourt, les paquets à la main, David et Olivier restèrent muets, chacun cherchant sur le visage de l'autre le reflet de ses pensées. Ils osèrent prendre la rue Bachelet comme si leur charge les protégeait. Ils passèrent ensuite devant Capdeverre, Loulou et Ernest fils d'Ernest, mais ne s'arrêtèrent pas pour jouer avec eux.

Ils se séparèrent devant le 73. David prit le deuxième colis. Ils avaient plein de choses à se dire mais préféraient réserver leurs commentaires.

— Je tâcherai de descendre la poubelle, dit David.

— Viens par la fenêtre de la cour. On la laisse ouverte quand il fait beau.

— Salut Olivier, dit David.

— A tout à l'heure, répondit Olivier qui ajouta : bon ap' en pensant que, après les *strudels* et le chocolat, il n'avait vraiment plus faim.

Six

Les garçons de la rue Labat prenaient plus de plaisir à préparer la bataille qu'ils n'en auraient eu à la livrer. Il suffisait d'un rien pour en retarder l'action. La bande, sollicitée par les billes, les osselets, la toupie actionnée à coups de fouet, la culture des haricots et des lentilles dans de la ouate humide, le cerceau, le ballon ou la course à pied en agitant les coudes comme un canard ses ailes pour imiter les sportifs du *Bol d'Or de la Marche,* la bande toujours prête pour cache-cache ou cache-tampon passait sur quelques escarmouches et différait ses représailles.

Ils découvrirent la chasse aux barbus. Cela consistait à parcourir les rues et à être le premier à signaler un passant portant barbe, bouc ou barbichette. Le plus hardi prononçait : « Quinze ! » ou criait : « Qui est-ce qui pue ? » pour qu'un autre répondît : « C'est le bouc ! »

Ce jeu malséant serait suivi de la quête des chapeaux ridicules ou jugés tels. Ceux qui portaient une abondance de fruits, de fleurs, d'aigrettes, de plumes, d'oiseaux artificiels suscitaient des quolibets rejaillissant sur la malheureuse qui en était coiffée.

L'un d'eux déclarait : « Quel beau chapeau vous avez, madame ! » tandis que les copains gloussaient. Si la personne souriait, on s'en tenait là. Si elle protestait, elle entendait des expressions comme « A beau papeau, la dame ! » ou « Vise un peu le bitos ! » ou « Tu parles d'un bloum ! »

Un autre jeu consistait à déambuler en file indienne, chacun refaisant les gestes absurdes du premier. Pour jouer, il n'y avait que l'embarras du choix : un morceau de craie et l'on devenait cet artiste qui traçait des marelles et de longs couloirs où l'on faisait courir des plumes ; une boîte de conserve oubliée provoquait une contribution à l'art du football ; le possesseur d'un quelconque bâton devenait mousquetaire ; si l'on tenait par-derrière le pan du tablier d'un copain, il se métamorphosait en cheval. Cependant, chacun restait toujours à la recherche de la nouveauté : « Qu'est-ce qu'on fait, les potes ? »

Quand Loulou, Capdeverre, Jack Schlack, Saint-Paul, Toudjourian, Tricot, Élie, Riri, enfin tous, et même Lili, Myriam, la fille Chamignon, s'aperçurent que David et Olivier les délaissaient pour la diffusion des prospectus Zober, ils se déclarèrent volontaires pour les aider, non que la prospérité du tailleur les intéressât, mais parce qu'ils trouvaient une occasion de flânerie.

Dès lors, les cartables furent emplis de papiers colorés. On disait aux autres écoliers : « Tu le fileras à ton père ! » Il fut procédé à une répartition des portions de territoire à exploiter. Ainsi, les passants des boulevards Barbès et Ornano et ceux des rues les plus larges, Caulaincourt, Ramey, Custine, Damrémont, Clignancourt, Marcadet, Ordener, Francœur,

Doudeauville furent assaillis par les distributeurs improvisés.

Olivier et David ne se séparèrent pas. En tendant les prospectus, ils disaient : « Prenez-le, c'est gratuit ! » ou « Pour vous, c'est à l'œil ! » Si quelqu'un jetait le papier, David le récupérait, le défroissait et le remettait dans sa pile. Il conseillait aussi : « Faut bien lire, surtout, c'est important ce qui est écrit dessus ! »

Le môme Riri aurait voulu porter un panneau comme les hommes-sandwiches. Tricot qui avait vu un automate fardé faire la publicité d'une chapellerie, imitait les mouvements saccadés de l'homme mécanique. Capdeverre remarqua qu'un clochard lisait avec attention la réclame ; il en déduisit que, riche d'un magot caché, le bonhomme se ferait faire un costume par M. Zober.

Le tailleur glissait ses prospectus dans les boîtes aux lettres, les posait en piles économes au bas des escaliers d'immeuble, en glissait dans le cabas des ménagères, en proposait aux commerçants pour leur comptoir. Muni d'un pot de colle de farine, il en décora les portes cochères, les murs, les becs de gaz, les tuyauteries entre les annonces des voyantes et des écoles de danse.

De retour à son atelier, il questionnait Esther ou la grande Giselle :

— Des clients, combien y'en a qui sont venus ?

Si les réponses étaient décevantes, M. Zober gardait l'espoir : l'idée de commander un costume Zober demandait du temps pour faire son chemin.

— Madame Haque, des clients après moi ils en ont demandé ?

— Il y a bien un richard qui est venu, mais quand il a vu la cour, il a pris peur...

L'aspect de la cour, avec son humidité, ses chats, n'était guère engageant. M. Zober demanda à la concierge de la nettoyer. Elle prétexta d'un lumbago et il dut le faire lui-même, dissimuler tant bien que mal les poubelles malodorantes. Il plaça deux plantes vertes pour faire riche.

Quand il ne resta plus qu'un paquet de prospectus, il acheta des enveloppes jaunes pour les expédier à des noms recopiés à la poste sur l'annuaire des téléphones. Puis il attendit, accoudé à la croisée, surveillant la cour, prêt à se précipiter pour accueillir le client. Les voisins questionnaient :

— Alors, elle vient la clientèle ?

— Oïlle oïlle oïlle ! Ça va bien. Ça va très très bien. Du travail que j'en ai plus qu'il faut pour mes bras. Et c'est pas fini, vous voirez !

Il ne mentait pas, il anticipait. Des prospectus, Olivier en avait mis plein la vitrine de sa mère. M. Zober, au passage, jetait un œil ému : comment la belle mercière ne penserait-elle pas à lui ? Il la voyait servir ses clientes, ouvrant ses tiroirs, mesurant du ruban. Il n'osait entrer. Quand elle l'apercevait derrière la vitre, il s'inclinait avec dignité et tristesse.

Il interrogeait Olivier sur n'importe quel sujet touchant à sa mère : la santé, le moral, le commerce, les relations. Ne pouvant séduire la mère, il se multipliait pour plaire à Olivier, l'imaginant comme un intercesseur. Un soir, il la vit sortir parée et maquillée. Qui allait-elle rejoindre ? Il revint chez lui dans un état désastreux.

Ainsi, le tailleur attendait, espérait. Des clients ? Un sourire de Virginie ? Il ne savait plus très bien. Combien d'heures, de jours, de semaines s'écouleraient-ils avant la naissance d'un rayon de soleil ? S'il s'efforçait de garder son calme, de faire taire ses déceptions, de montrer un visage serein, il ne cessait pas de jeter des défis à la réalité, de se perdre dans ses rêves, de nourrir ses espoirs. N'était-il pas l'héritier d'une vertu ancestrale, cette sagesse venue de loin qui se nomme la patience ?

M. Gineste, le directeur de l'école primaire communale de la rue de Clignancourt, plus communément appelé « le dirlo », ne manquait jamais la sortie de quatre heures. Immobile et droit, toujours à la même place, il écartait et refermait les branches de ses lunettes. S'efforçant à la bienveillance, il paraissait sévère. Chaque écolier l'envisageait comme ce juge suprême, omniprésent, connaissant tout de lui : en témoignait ce regard passant de l'un à l'autre qui en disait long.

Avant la sortie de l'école, dans le préau, les enfants se répartissaient en trois groupes : les petits que les parents venaient chercher, ceux qui traversaient la rue, ceux qui longeaient le mur du bâtiment. Le directeur passait devant les troupes, échangeait quelques mots avec les instituteurs qui répétaient ses instructions. La lourde porte ouverte, on apercevait, de chaque côté, les visages penchés des mères. Des coups de sifflet brefs et cadencés réglaient une ordonnance relative avant la joyeuse échappée.

Olivier sortit, la tête habitée d'une litanie : « *Nord chef-lieu Lille, Pas-de-Calais chef-lieu Arras, Somme chef-lieu Amiens...* » Il avait beau la chantonner, arrivait toujours un moment où sa mémoire lui refusait le voyage et il restait dans le nord de la France. Et dire que du temps où Jean, le cousin cuirassier, fréquentait cette école, on apprenait aussi les sous-préfectures !

David rejoignait Olivier quand M. Gineste l'arrêta.

— C'est bien toi, Zober, le fils du tailleur ?

— Oui, m'sieur !

— Celui des prospectus ?

David se troubla. Dans la distribution, on n'avait oublié ni les pupitres des maîtres d'école ni la boîte aux lettres du directeur. Qu'allait-il arriver au deuxième de sa classe ? Une punition ? une retenue ? pire peut-être.

— C'est moi, m'sieur le directeur ! s'écria Olivier.

— C'est toi quoi ? Chateauneuf le bavard. Je parle à David Zober. David, tu diras à ton père que je viendrai le voir. J'ai besoin d'un costume neuf. D'autant que la distribution des prix approche. Va, mon garçon. Et toi, Chateauneuf, attention à l'arithmétique !

« Il sait tout ! » pensa Olivier. Au coin de la rue Custine, David esquissa un pas de danse en faisant tralala. Capdeverre les rejoignit. Ils furent dépassés par Doudou, Grain de Sel et Mauginot. Si en classe on observait une trêve relative, à l'approche des rues rivales les hostilités pouvaient reprendre.

— Les trois cloches de la rue Labat ! dit Grain de Sel en faisant tourner sa serviette.

— Ferme ta boîte à sucre, les mouches vont rentrer dedans ! riposta Olivier.

— Du calme, les enfants, dit M. Fringant l'institu-teur qui allait prendre son autobus.

On s'en tint là. David continua de jubiler. Capde-verre demanda :

— Il vous a dit quoi, le dirlo ?

— Des trucs, dit Olivier.

— Qu'il va voir mon père, précisa David conci-liant.

— Qu'est-ce que tu vas prendre ! Tu vas te faire appeler Arthur...

— Non, monsieur, dit noblement David. C'est pour des affaires personnelles.

Il avait hâte de rentrer pour annoncer la bonne nouvelle. Qu'un personnage aussi considérable que M. Gineste vînt voir son père représentait en soi un événement, mais que, de plus, il lui commandât un costume... Il s'engouffra dans le couloir du 73.

— Tu irais pas me chercher un cornet de prise, l'artiste ? demanda Mme Haque à Olivier. J'ai mon lumbago...

— On y va, dit Olivier, mais avant je pose mon cartable.

Il entra dans la mercerie où Mme Rosenthal regardait Virginie découper du tissu sur un patron. Elle dit :

— Déjà quatre heures ! Il faut que je rentre. Tu vas bien, Olivier ?

— Ça boume, madame Rosenthal. M'man, j'ai une course à faire pour la mère Haque. Elle a son bago...

— Son quoi? Ah! son lumbago, dit Virginie en riant.

Olivier parti, la conversation reprit entre les deux femmes.

— Il n'est pas revenu, dit Virginie, mais il se place devant le magasin et il me regarde à travers la vitrine avec de ces yeux!

— Vous ne l'auriez pas un tout petit peu encouragé, Virginie? Vous êtes si coquette...

— J'aurais jamais cru. C'est le printemps!

— Et même l'été.

— S'il recommence à faire le joli cœur, je le lui enverrai pas dire.

— Pauvre M. Zober, conclut Mme Rosenthal. Quand il verra que vous l'ignorez, ça lui passera.

Au tabac *L'Oriental,* Olivier retrouva le beau Loulou qui achetait des cigarettes *Naja.*

— Un cornet de prise, un! commanda Olivier.

— C'est pour ta mère? demanda Loulou.

— Tu rigoles! C'est pour la mère Haque.

Ils sortirent en faisant semblant de priser et en éternuant. Loulou se trouvait dans une situation difficile. Au moment d'acheter l'armement, il avait parlé d'une poche de culotte trouée par laquelle la monnaie s'était échappée. Il avait montré le trou sans dissiper les soupçons. Saint-Paul l'avait traité de voleur et ils s'étaient bousculés. Finalement, Loulou avait tendu un billet de cinq francs qui restait en promettant de trouver des fonds. Le reste du trésor eut alors une autre utilisation : il fut convenu d'une orgie collective de pains au chocolat et de chaussons aux pommes.

Pour la guerre, en attendant mieux, les rivaux s'en

tenaient aux joutes oratoires par l'emploi de mots injurieux comme : bas-duc, cave, tordu, gueule d'empeigne, mocheté, tête de lard, face de rat, peau d'hareng et peau de fesse, cracra, cradock, conneau... et d'autres empruntés au vocabulaire des chauffeurs de taxi comme « cuisse de moule » et « fesse d'huître » sans oublier les variations autour du mot de Cambronne. Telle particularité physique, tel surnom venait à la rescousse, la rime y aidant comme pour Anatole Pot à Colle ou Loulou Tête à Poux. Mais pourquoi « Grain de Sel » ? On l'avait oublié. Le petit Riri ignorait qu'il serait le grand Riton, Olivier qu'après l'Olive il deviendrait Chateauneuf-du-Pape et Toudjourian que son nom serait raccourci en Toudjou.

M. Zober avait remis des échantillons de tissu, des indications de prix avec promesse de crédit à des clients potentiels qui ne se manifestaient plus. Aussi reçut-il le message de David dans le ravissement. Et voilà que le directeur de l'école en personne allait l'honorer de sa visite ! Il embrassa David. S'il avait un fils aussi merveilleux, c'est parce que, avec Esther, ils avaient beaucoup prié durant le temps de la grossesse. Le tailleur baisa sa femme sur les deux joues, différa des reproches préparés pour Giselle toujours dehors. David profita de la bonne humeur pour demander la permission de rejoindre Olivier.

— Et les devoirs que t'as ?

— Demain, c'est jeudi, papa.

— Alors tu y vas et tu rentres pas tard !

Olivier l'attendait à la sortie du couloir. Il paraissait surexcité. Ils rejoignirent, en face du *Transatlantique,* tous les gosses des différentes rues réunis autour d'un spectacle qui, selon l'expression d'Olivier, « valait le jus ». Ce bonhomme assis le dos au mur, en haillons et coiffé d'un gibus laissant passer de longues mèches blanches, débarquait de temps en temps à Montmartre. Il habitait sur une autre colline, à Belleville ou à Ménilmontant. On l'appelait « l'aveugle aux souris blanches ».

Olivier écarta sans ménagement les spectateurs pour faire place à David en annonçant : « Lui, il l'a jamais vu ! » L'homme jouait de la flûte de Pan. Devant lui, une boîte de sardines vide attendait la monnaie. De ses poches s'échappaient des souris blanches à queue et à pattes roses qui se promenaient sur tout son corps et jusque sur son chapeau. Parfois, il en attrapait une et la déplaçait. Les enfants posaient des questions auxquelles il répondait comme un professeur d'histoire naturelle.

Les plus petits, dès qu'une souris les regardait, reculaient. David, les yeux ronds, paraissait fasciné. Il avala sa salive et demanda :

— Elles mangent quoi, les souris ?

— Du caca, dit finement le môme Tartine.

— Mes petites chéries, elles mangent n'importe quoi : les chats, les enfants pas sages, elles arrêtent pas de manger, les gourmandes !

Il puisa dans un sac de cuir une pincée de grains de blé qu'il mit dans sa paume. De tous les points de leur territoire, les souris accoururent pour manger dans sa main.

— C'est cher à nourrir, les p'tits gars, dit l'aveugle. Si vos parents avaient un peu de sous pour un pauvre homme...

Comme des adultes s'étaient approchés : le bou

cher Aaron, Léopold, La Cuistance, M. Schlack et
Mme Vildé, quelques pièces tombèrent dans la boîte
de métal.

— Y'en a une qui fait sa crotte, observa David.

— C'est cradingue! dit Élie.

— Les crottes de souris, c'est pas sale, dit l'aveugle.

— Et le pipi? demanda Capdeverre.

— On s'habitue.

L'homme attrapa une à une ses souris. Sa main
devinait où chacune d'elles se trouvait. Il les glissait
dans son sac refermé au moyen de pinces à linge. Une
seule resta sur son épaule. Il la prit, l'embrassa et la
plaça au sommet de son gibus.

— Celle-là, dit-il, c'est Marguerite, ma meilleure
copine.

Il vida la boîte de sardines dans sa main, passa son
pouce sur chaque pièce et affirma :

— Y'a pas gras! Z'auriez pas encore une petite
pièce?

Ernest fils d'Ernest s'envola et revint du bar de son
père avec une pièce de deux francs. Quelques sous
enveloppés tombèrent d'une fenêtre. L'aveugle
ramassa la dernière souris blanche. Les enfants
tentèrent de le faire rester en disant : « Encore,
m'sieur, encore! » mais l'aveugle répondit qu'il
n'était pas d'ici et qu'un long chemin l'attendait. Il
fut accompagné jusqu'à la rue Custine par la troupe
gambadante.

— C'était chouette, hein? dit Olivier.

— Un peu! dit Loulou, un peu que c'était
chouette!

— Oui, mais y'a le pipi. Il coince, l'aveugle!

— La souris, la souris..., dit Élie en faisant courir ses doigts dans le dos et sur la nuque de David.

Cela leur donna l'idée de jouer à la chatouille. Ils se poursuivirent en chahutant, se faisant traiter de voyous ou de sales gosses par les passants bousculés.

— Moi, dit Olivier, on peut me chatouiller tant qu'on veut, ça me fait rien.

David et Élie s'en mêlèrent et il ne résista pas longtemps sans rire. A l'angle des rues Ramey et Nicolet, ils s'arrêtèrent devant l'attelage d'un livreur de vin. L'homme ajustait son picotin au museau du cheval qui portait un drôle de chapeau rouge troué pour les oreilles et de grosses œillères noires et bombées. Avec le sac d'avoine, il paraissait déguisé.

— Comment qu'il s'appelle? demanda David.

— Mon bourrin? C'est Brutus.

— Ça va Brutus? demanda Loulou, et l'animal secouant la tête pour mieux manger sa pitance sembla répondre.

— Il dit qu'il va bien, souligna David.

— C'est juste, Auguste, dit Élie.

— M'sieur, il secoue la tête, ça veut dire oui? demanda Tricot.

— Des fois, il dit non aussi, dit le livreur, quand il fait sa tête de mule.

Les enfants regardèrent les crins blonds qui retombaient sur le front du cheval, le gris pommelé de sa robe, sa queue qui se soulevait pour laisser tomber du crottin. De côté, ils surprirent les grands yeux noirs derrière la protection de cuir. Parfois la

peau frémissait. Brutus levait une patte, puis l'autre.
Olivier questionna :

— Ceux de la rue Bachelet, ils sont tartes, hein
Brutus, hein ?

Le cheval répondant par l'affirmative, les questions fusèrent jusqu'à épuisement. La bande remonta
la rue Nicolet pour prendre la rue Lambert à droite.
Le père Poileau promenait son chien, mais on n'osa
pas demander une fois de plus le numéro de la
casquette. Ils crièrent en chœur :

— Bonjour, m'sieur Poileau.

— Salut, les enfants !

Capdeverre observa que lorsqu'ils regardaient les
souris blanches, ceux de la rue Bachelet n'avaient pas
osé « la ramener ».

— Ils ont la trouille ! dit Olivier.

— Les grelots, oui ! ajouta Loulou.

Au milieu de la rue, le charpentier Boissard qui
avait touché sa paie était pompette. En bourgeron,
pantalon de velours à côtes noir, casquette posée à
l'envers, cravate rouge à pompons, ceinture de
flanelle, bituré au gros rouge, il avait ramené devant
lui la boîte à outils en zinc arrimée à son épaule et,
s'en servant comme d'un tambour, il chantait à tue-
tête *Le Drapeau rouge*. Des fenêtres, on criait : « Ta
gueule, Boissard ! » et « Ferme-la, ivrogne ! » mais lui
riait, tirait la langue, faisait des pieds de nez et
montrait le poing.

Les enfants le suivirent, imitant ses gestes, titubant
et braillant. David restait en arrière et Olivier
l'attendait.

— Rentre tout de suite à la maison ! cria Mme
Saint-Paul à son fils.

— Élie, viens ici ! jeta son père, le tapissier. Et il ajouta : Bel exemple pour les enfants !

— M'en parlez pas ! dit Mme Saint-Paul, se mettre dans des états pareils !

Comme cela arrivait chaque fois, deux sergents de ville sortirent du commissariat, empoignèrent Boissard et l'entraînèrent vers le poste.

— Ils vont jouer au punching-ball avec lui ! prédit M. Klein le boulanger.

— Mais non, dit Mme Hauser, ils vont le dessoûler et ils le relâcheront !

— Dommage qu'il picole, c'est pas un mauvais cheval !

Rue Labat, Olivier reconnut un taxi rouge et noir qui montait la rue en cahotant sur les gros pavés. Il annonça qu'il se carapatait. Ils furent unanimes à déclarer qu'ils s'étaient bien marrés. Le chauffeur de taxi en blouse grise, une casquette à visière de cuir sur la tête, sortit de son véhicule. Il entra à la mercerie.

— Faut que je me tire, dit Olivier à David, on a un invité. Tu raconteras chez toi les souris blanches ?

— Et le cheval. Et le soûlot. Je raconterai tout.

— Avec un invité, on va s'en mettre plein la lampe. Tu l'as dit à ton père pour le dirlo ?

— Il est drôlement content.

— Salut, David.

— Salut, Olivier, bon ap' !

— Toi aussi...

Ils ne parvenaient jamais à se séparer.

**
***

Olivier admira l'intérieur du taxi. Les sièges recouverts de moleskine grenat, les deux strapontins fixés au dos de ceux de devant permettaient de loger une bonne demi-douzaine de clients. Au plafond, un filet portait des cartes routières et des magazines. Sur le côté droit s'accrochait une lanterne et à gauche un vase conique contenant du muguet fané. Olivier chercha la signification des cadrans du tableau de bord. Au-dessus du cendrier, saint Christophe portait le petit Jésus. Olivier s'arrêta aux fétiches pendus devant le pare-brise : le pingouin Alfred, Nénette et Rintintin, Ric et Rac, une paire de petits sabots. Le compteur de course avec son drapeau se trouvait à l'extérieur.

Olivier se sentit plein de considération pour le cousin Baptiste, mari d'Angéla la cousine germaine de son père. De sa fenêtre, Jack Schlack regarda aussi le véhicule. Olivier, accoudé au capot, prit la pose comme pour un concours d'élégance automobile et son copain l'appela crâneur. La porte de la mercerie s'ouvrit.

— Olivier, dit Virginie, au lieu de faire le Jacques, viens dire bonjour au cousin Baptiste.

Avant son travail de nuit, le cousin Baptiste venait parfois en visite. Virginie le retenait à dîner. Il faisait des manières, affirmait son manque d'appétit, se laissait convaincre à condition que ce fût « sans façon », à quoi Virginie répondait : « Tout simplement, à la bonne franquette ! » Ensuite, il dévorait comme un ogre.

— Bonjour, cousin.

— Bonjour, Olivier, je te fais un poutou.

Le cousin avait les joues rouges et piquantes, une

bonne tête ronde, des yeux rieurs, une bouche gourmande.

— Je vous sers un banyuls, cousin.

— A peine, dit Baptiste en levant le doigt, merci cousine !

— Olivier, tu vas me faire une course. Tu iras aux « Salaisons d'Auvergne ». Je t'ai fait une liste. Et tu prendras un pain polka.

— Ne vous dérangez pas pour moi, dit Baptiste.

— Prends le filet, et fais attention en traversant.

Olivier descendit la rue en courant, coupa le carrefour en diagonale et pénétra en trombe chez le commerçant à qui il tendit la liste en déclarant :

— Bien servi, c'est pour un malade.

Tandis que le charcutier aiguisait son couteau à jambon, Olivier regarda sur les crochets les saucissons de toutes tailles, les quartiers de lard, les andouilles, les chapelets de saucisses et, sur le marbre blanc veiné, les plats rectangulaires de jambonneau, les terrines, le fromage de tête, la galantine dans sa gelée, les serpents de boudin, le dos rond des fricandeaux, les tripes, les andouillettes, les côtes de porc. Un instant, il s'imagina charcutier avec un grand tablier attaché à une épaule. La commerçante, derrière sa caisse, regardait dans le lointain. Les paquets prêts, elle tira un crayon de sa coiffure et fit les comptes. Olivier laissa tomber une pièce exprès pour entendre : « Ça ne pousse pas ! » Comme la phrase attendue ne venait pas, il la prononça lui-même. Le charcutier se dérangea pour lui ouvrir la porte.

A son retour, Virginie écrasait des pois cassés avec un pilon-tamiseur. Le cousin Baptiste avait ôté sa blouse. En gilet, les manches de chemise retroussées, il fumait une pipe à tête de bœuf avec deux petites cornes en os. Il répéta plusieurs fois :

— J'ai pas confiance en Tardieu !

Virginie hochait la tête en signe d'intérêt. L'odeur des pois faisait venir l'eau à la bouche.

— Maman, y'avait plus de pain polka, j'ai pris une couronne.

— Ça fera l'affaire.

Olivier s'assit sur une chaise et balança ses jambes en observant de côté le cousin Baptiste. Il tirait à petits coups sur sa pipe. A chaque plop-plop s'échappait un jet de fumée qu'Olivier, dans l'espoir de voir un rond, regardait s'échapper et se dissoudre. Il se souvint de son père : il s'asseyait de la même manière, à la même place dans ce fauteuil de rotin où il s'assoupissait parfois, mais lui fumait des cigarettes jaunes qu'il rallumait avec un briquet à essence qui lui noircissait le visage.

— Olivier, tu te laveras les mains.

— M'man, dans la rue, y'avait l'aveugle aux souris blanches.

— Raison de plus !

Olivier se demanda ce que cela voulait dire. Il aida sa mère à disposer les belles assiettes sur lesquelles étaient représentés des oiseaux différents pour chacune, le beau verre à pied en cristal pour le cousin et les verres à moutarde pour sa mère et pour lui, les couverts, couteau à droite, fourchette à gauche, mais le cousin sortit son laguiole.

Tandis que cuisaient les côtelettes, Virginie échangeait des propos de convenance avec le cousin, prenait des nouvelles de parents et Olivier entendait des prénoms comme Aline, Angéla, Finou, et aussi ceux de ses petites-cousines, Jeannette, Pierrette, Ginette dont il serait plus tard amoureux tour à tour.

Le cousin Baptiste déboucha la bouteille de *Postillon Monopole*. Virginie posa le grand plat ovale sur la table. Tout repas auvergnat commençant par la charcuterie, il contenait des tranches de jambon cru, de la saucisse sèche, du saucisson, de la terrine, du fricandeau, des tranches d'andouille, le tout semé de cornichons, de petits oignons blancs et de morceaux de beurre frais.

— Le pain, j'oubliais le pain.

Au début du repas, à part quelques considérations sur la qualité de la chère et l'excellence du vin, ils restèrent silencieux : manger était une chose sérieuse. Virginie qui, d'ordinaire, grignotait, dévorait cette charcuterie avec entrain comme si le cousin Baptiste, par sa présence, lui rappelait les traditions du pays où l'air de la montagne met en appétit.

— Le charcutier est de Saint-Chély. Il reçoit les colis directement de là-bas.

— C'est quand même autre chose ! dit Baptiste.

— Finissez le jambon, cousin, vous devez tenir toute la nuit.

Le cousin ne se fit pas prier. Il raconta des anecdotes sur son métier, ses randonnées dans Paris, ses clients. Il connaissait toutes les rues, tous les itinéraires et se serait senti déshonoré s'il les avait oubliés.

— C'est un métier où il faut avoir de la mémoire. Un dimanche, je vous emmènerai tous les deux faire un tour en taxi avec Angéla et Jeannette, à Corbeil ou à Fontainebleau.

Virginie servit les côtelettes de porc poêlées dans leur lit de purée de pois cassés à la sauce tomate avec des câpres. Elle choisit la plus épaisse pour son invité et partagea l'autre avec Olivier.

— Oui, on en voit de drôles, surtout la nuit, dit le cousin Baptiste. Et ce n'est pas toujours joli-joli. C'est pas la crise pour tout le monde, allez ! Il y en a des bambocheurs, des noceurs, des richards et des petites poules pour les plumer.

Olivier ne comprenait pas tout. Ainsi ces poules qui plumaient. Il croyait que, au contraire, c'étaient elles qu'on plumait avant de les mettre au four.

— Tenez, l'autre jour, un pigeon me tend un gros billet. Je m'apprête à lui rendre la monnaie quand la cocotte me dit en tirant le gros lard : « Garde tout, son pognon il sait pas quoi en faire ! »

Mais que faisait ce pigeon avec une cocotte ? Olivier, perplexe, traça des lignes sur la purée avec les dents de sa fourchette. Il réfléchit et découvrit qu'il s'agissait de comparaisons argotiques comme pour le beau Mac qu'on disait barbeau ou maquereau indifféremment.

Comme toujours, sa mère et le cousin en venaient à parler du pays, c'est-à-dire de Saugues, berceau de la famille, qui représentait le paradis perdu. Ils nommaient des gens, parlaient de décès, de mariages, de naissances, du dîner annuel suivi d'un bal où l'on dansait la bourrée au son de la cabrette et de l'accordéon, organisé par l'amicale « Lis Esclops ».

— Si vous rentriez au pays, suggéra le cousin, vous ouvririez un petit commerce comme ici...

— Oh non ! J'aime trop cette rue. Je me suis habituée, j'ai des amis.

— Mais Olivier serait mieux à la campagne. Il aurait le grand air de nos montagnes.

— L'air est bon à Montmartre, cousin, nous sommes sur la hauteur.

— Et toi, Olivier, tu n'aimerais pas être à Saugues ?

— Je connais pas. Et puis mes copains...

— On ne revient pas en arrière, conclut Virginie.

Elle expliqua : elle avait ses relations ici, Mme Rosenthal, ses filles, d'autres personnes qu'elle aimait bien. Olivier aussi appréciait ses copains et surtout David qui avait une bonne influence sur lui. Elle dit que les Zober étaient israélites parce qu'elle croyait le mot juif péjoratif, que dans la rue, en général, les gens s'entendaient bien, que c'était un village.

Olivier posa une question longtemps retenue :

— Cousin, avec le taxi, vous faites du cent à l'heure ?

— Ça m'est arrivé, mais pas à Paris, sur une nationale. Ça t'intéresse, les bagnoles ?

— Drôlement même !

— Alors, je vais te faire un cadeau.

Le cousin Baptiste, sans retirer la serviette de table enfoncée par un coin dans son col, sortit et revint de son taxi. Il tendit à l'enfant une pochette sur laquelle on lisait : *Les plus belles automobiles.*

— Tu peux ouvrir. C'est pour toi.

Olivier trouva une série de cartes en couleurs, chacune représentant une splendide automobile.

— C'est pour moi ? Je peux les garder ?

— Oui, c'est mon cadeau.

— Olivier, remercie le cousin Baptiste.

Il y alla de trois baisers et demanda la permission

de quitter la table. Installé sur le fauteuil-lit, il admira ces cabriolets, limousines, torpédos aux noms extraordinaires : *Hispano-Suiza, Packard, Chrysler, Bugatti, Amilcar, Graham Paige, Rolls Royce, Pierce-Arrow, Duesenberg...* Il répéta son remerciement et Virginie dit que le cousin avait fait un heureux. Durant plusieurs jours, Olivier admirerait les lignes harmonieuses des carrosseries, des capots interminables, des marchepieds et des pare-chocs, des bouchons de radiateur, des roues de secours, des coffres, des accessoires brillant comme des bijoux, et décréterait qu'il serait un jour chauffeur d'autos.

Dans son fauteuil, les mains posées sur un volant imaginaire et roulant à une vitesse folle, il faillit en oublier la crème *Franco-Russe* du dessert. Après le café, Virginie servit deux verres de *Verveine du Velay*.

— Et ça ne vous fait rien de vivre seule, cousine ? Une maison sans homme...

— J'ai Olivier.

— Je sais : avec le pauvre Pierre la vie n'a pas toujours été facile. Il avait ses excuses : la guerre l'avait blessé au physique comme au moral.

Une fois de plus, Olivier revit son père. Il portait une chaussure orthopédique et marchait en s'aidant d'une canne. Il faisait sauter l'enfant sur ses genoux en scandant : « A dada sur mon bidet... » et cela se terminait par des mots sans signification : « ...prout, prout cadet ! »

La conversation s'alanguit. Le cousin Baptiste répéta : « Il va falloir y aller ! » puis, d'un mouvement résolu, il s'arracha à son siège, quitta la serviette et remit sa blouse et sa casquette

— Vous m'avez régalé, cousine !

— Oh ! Baptiste, c'était improvisé. Vous embras-serez bien la famille. Dites bien des choses à Angéla.

— Je n'y manquerai pas, vous pensez bien.

Des paroles sans surprise rendaient l'existence lisse, facile. Olivier embrassa de nouveau le cousin dont les joues râpaient de plus en plus. Il eut droit à une petite claque dans le dos et à une recommanda-tion d'être sage parce que sa mère était veuve.

Tandis qu'Olivier revenait à ses cartes merveil-leuses, Virginie débarrassa la table et frotta la vaisselle avec une lavette à manche. Elle chantonna et dit :

— Il est bien brave, le cousin Baptiste, et si calme, si tranquille...

Elle ajouta, comme chaque fois que le cousin venait : « Tranquille comme Baptiste ! » et elle se mit à rire. Plus tard, évoquant sa condition de veuve, elle pensa à *La Veuve joyeuse,* prit Olivier par la taille et valsa avec lui en chantant *Heure exquise...*

L'éclat d'un soleil de juin blanchissait les façades. Ernest père d'Ernest avait sorti deux tables et des chaises qui encombraient le coin de la rue. Des fenêtres restées ouvertes, les rideaux de raphia lais-saient passer des sons familiers, des chansons à la mode. Tout paraissait lent, paresseux. Une journée de soleil, c'était comme un dimanche égaré dans la semaine.

En fin d'après-midi, les enfants de la rue, en tenue légère, tenaient conseil devant la blanchisserie. En face, Loriot rabotait ses planches. Le père Poileau, assis sur un trépied, lui faisait la conversation, son chien couché sur les copeaux de bois. Mme Haque cousait à sa fenêtre.

Loulou avait chipé deux « cibiches » à sa mère Les enfants les fumaient en se dissimulant. Ils étaient tous là, le dos contre le mur ou la vitrine chargée de linge, assis en tailleur sur la chaussée ou étalés de tout leur long. La conversation roulait sur des projets lointains. Olivier avait commencé par : « Quand je serai grand, je serai pilote de course ! » et chacun rêvait à voix haute.

— Moi, je serai capitaine, dit Loulou.

— Et moi général, surenchérit Saint-Paul.

— Ben moi, tapissier comme mon père, affirma plus modestement Élie.

On connut Tricot haltérophile, Jack Schlack tailleur, Riri cow-boy, Capdeverre boxeur, Toudjourian ténor, Ernest marin. David hésita entre instituteur et médecin. Olivier revint sur sa décision et les autres l'imitèrent si bien que l'on eut des aviateurs, des coureurs cyclistes, des chanteurs de charme, des acrobates, et même un montreur de puces savantes.

Un bruit de roulement sur le trottoir d'en face les mit en émoi. Agenouillé sur un traîneau de bois, les mains dirigeant la planche mobile du devant, Grain de Sel dévalait la rue en poussant des cris d'Indien. Plus que les trottinettes, un traîneau artisanal était apprécié de tous. Pour le construire, quatre roulements à billes étaient nécessaires, deux encastrés à l'arrière du plateau, deux autres répartis aux extrémités de l'arbre de direction. Au bas de la pente, il fallait de l'habileté pour tourner : le plus souvent, l'engin dérapait et le conducteur se retrouvait les quatre fers en l'air. Ce bolide sans frein répandait la terreur chez les passants.

— Ah ! il est gonflé, celui-là ! s'exclama Riri.

Grain de Sel négocia le tournant et remonta la rue, son traîneau sous le bras, en faisant le malin. Les huées retentirent. L'ennemi de la rue Bachelet fut traité de pocheté, cornichon, betterave et bec d'ombrelle. Il ricana. Ses copains prêts à intervenir l'attendaient en haut de la rue.

Il fallut subir l'humiliation. Ils virent le territoire traversé en traîneau par Anatole Pot à Colle, Doudou, Mauginot, Lopez, le môme Tartine qui dérapa une fois de plus. Au fond, les « Apaches de la rue Labat » ne détestaient pas Tartine : il n'avait contre lui que d'habiter l'espace étranger. Ils admirèrent même qu'il se redressât, un genou saignant, sans se plaindre et sans pleurer. Ils le laissèrent monter la rue sans l'insulter.

Capdeverre, conscient de son rôle de chef, déclara :

— A partir de demain, on leur z'interdit la rue !

— Tout de suite ! réclama Tricot.

— On n'est pas armés..., dit Olivier.

— Demain, des fenêtres, on leur flanquera de la flotte sur la poire !

Plus tard, David reçut en pleine figure un projectile qui rebondit sur le trottoir. Il s'agissait d'une boulette de papier mâché. Or ce tir ne venait pas des ennemis remontés en haut des marches de la rue Bachelet, mais d'une fenêtre proche. Tandis qu'ils se posaient des questions, plusieurs boulettes les atteignirent. A sa fenêtre, Bougras rigolait. Un instant, ils le soupçonnèrent. Le passage du traîneau ennemi, puis cette attaque insidieuse, cela faisait beaucoup.

Les gosses courbaient les épaules. Tout à coup, Jack Schlack s'exclama :

— C'est pas possible ! c'est ma frangine, les gars !

Il s'engouffra dans l'immeuble et grimpa au premier étage. On entendit un bruit de porte, des cris, et il revint en montrant un tuyau de cuivre.

— Visez ! c'est avec ça qu'elle tire. Je l'ai confisqué.

Cependant le tir continuait. Il venait d'en face. Ils repérèrent les fenêtres d'où il partait. Loulou dit d'un ton navré :

— Vous me croirez pas ! C'est les filles qui nous attaquent !

— Les quilles ? T'es louftingue.

Elles ne se cachaient même plus. Il fallut se rendre à l'évidence. Lili, la petite Chamignon, la sœur de Capdeverre, Zouzou, Myriam, elles possédaient toutes des sarbacanes.

— Va chercher ta sœur, ordonna Capdeverre à Jack Schlack.

Bientôt, il revint tirant la fillette par la main. Elle n'avait pas plus de cinq ans. Elle protestait et riait en même temps.

— Et elle se marre ! constata David.

La fillette s'assit sur le bord du trottoir et réclama son arme. Ils la fouillèrent. Les poches de son tablier rose étaient garnies de munitions. Si les garçons possédaient tous des tubes fabriqués avec des couvertures de cahiers trop molles, ce métal s'avérait autrement efficace. La petite Schlack en fit la démonstration en visant Machillot qui dévalait la rue sur le traîneau. Toutes les filles avaient les mêmes armes.

— Où que vous les avez dégotées?

— Chez Boissier. C'est des chutes de tuyaux. Les ouvriers nous les passent.

Çà alors! Aucun des garçons n'y avait pensé. L'interrogatoire se poursuivit avec menace de tirer les cheveux. Était-ce le début d'une guerre des sexes? Devant une telle éventualité, les garçons restaient désemparés.

— Pourquoi que vous tirez sur nous? demanda Olivier.

— Y'a personne d'autre.

— Et pourquoi?

— Pour se marrer, tiens!

Loulou, la tête haute, les mains en porte-voix, cria vers les fenêtres :

— Les filles, on fait la paix, venez avec nous!

— Des clous! cria Lili.

— Des queues Marie! ajouta Myriam.

— On vous fera pas de mal! dit Loulou.

— On n'a pas peur de vous.

Cependant, Lili se pencha et discuta avec ses copines, d'une fenêtre à l'autre. Elles décidèrent de descendre. Pour se faire prier, elles affectèrent l'indifférence, mais elles pouffaient de rire, la main devant la bouche. Si Zouzou était rondelette, les autres étaient juchées sur de longues jambes maigres. Les garçons prirent des allures rassurantes, affichèrent des sourires.

— Venez, dit David, on va pas vous manger.

— Allez, venez, quoi! ajouta Loulou.

Méfiantes, elles traversèrent lentement la rue. Chacune tenait sa sarbacane. Elles se tinrent un peu à l'écart. Capdeverre prit la parole :

— Les gougnagnas de la rue Bachelet commencent à nous casser les bonbons mais eux on leur pisse à la raie avec une paille. Et alors, vous, les copines, vous nous attaquez aussi...

— Faudrait vous allier avec nous ! suggéra Toudjourian.

— Ils vous tirent les tifs tout le temps, dit Tricot.

— Ils vous appellent « les quilles », ajouta Élie.

— On veut vous protéger, compléta Olivier.

— Çà alors ! dit Myriam, ils en ont un toupet, ces morveux ! Ah ! quel culot ! Peut-être que vous, vous nous les tirez pas les tifs ?

— Si, mais c'est pas la même chose, expliqua Olivier, c'est seulement pour rire, parce que, parce que...

— Parce que quoi ?

— Parce que nous, dans le fond, on vous aime bien. Quoi ! on est tous de la rue Labat.

— Quel faux jeton, cet Olivier ! dit Lili.

— On vous défendra, promit Capdeverre.

— On n'a pas besoin de vous !

Après cette passe d'armes, le froid s'étendit. Olivier affectait d'être mortifié. Tricot sifflotait. Les autres réfléchissaient. Des ouvriers en cotte bleue passèrent. Virginie jeta un coup d'œil dans la rue. Mme Murer vida un seau dans le ruisseau. Une cliente de Mlle Marthe sortit du 77, un carton à chapeau à la main. M. Aaron balayait la sciure de sa boucherie. Au coin de la rue, le beau Mac parlait à la grande Giselle.

— Pourquoi il parle à ta sœur, ce gommeux ? demanda Olivier à David.

— J'en sais rien.

Le beau Loulou adressa un sourire enjôleur aux filles. Elles faisaient les distantes, mais restaient étonnées. Jamais les garçons ne s'étaient conduits ainsi. Loulou expliqua d'une voix charmeuse qu'il se reconnaissait quelques torts, mais quel bonheur si ses amies s'incorporaient à la bande de la rue Labat !

— Je veux bien ! dit Lili séduite.

Toutes acceptèrent. Elles se rapprochèrent des garçons, tout en restant groupées.

— Vous mâcherez plein de boulettes tout le temps, indiqua Tricot, et nous, les garçons, on leur enverra sur la bobine, à ces enflés.

— Si on les mâche, on les tire nous-mêmes, dit Myriam, vous avez qu'à mâcher les vôtres.

— Vous fâchez pas, dit Capdeverre.

Par miracle, du fond des poches de culotte, surgirent des caramels écrasés, des bonbons gluants, de la pâte à ballons qu'on offrit aux nouvelles alliées. Elles commencèrent à mastiquer et à se sucer les doigts.

— J'en trouverai des sarbacanes, promit Ernest fils d'Ernest. Quand les ouvriers de chez Boissier viennent prendre leur *Cap Corse* chez mon père, je demanderai des bouts de tuyaux.

— Pas la peine, dit la petite Chamignon, on vous en donnera. On en a plein.

Et les demoiselles s'éloignèrent pour reprendre leurs propres jeux. Les garçons les regardèrent quelque peu étonnés. Ils se consultèrent à voix basse. Olivier avoua qu'il aimait bien Myriam. Loulou dit sa préférence pour Lili. La conclusion fut que dans cette grave affaire, toutes avaient été chouettes.

*
**

Comme le traîneau ennemi atteignait la rue Lambert, le môme Tartine le redressa à temps, se leva et se pencha pour le prendre sous son bras. Tandis qu'il se retournait, il sentit deux doigts posés contre son dos. C'était le petit Riri qui lui jeta cet ordre :

— Haut les mains !

Pour respecter une convention, Tartine lui obéit. Il ajouta même un large sourire car il cherchait par quelle ruse échapper à la menace.

— Prends ton traîneau à la manque et avance !

— Il est fortiche, ce Riri ! observa David.

Les regards se tournèrent vers la rue Bachelet. Heureusement, les amis de Tartine avaient disparu.

— Les potes, j'ai fait un prisonnier ! s'exclama Riri.

— On va le fusiller ! dit Tricot.

— Si on lui fauchait son traîneau ? proposa Toudjourian.

Ce projet parut trop dangereux. Le môme Tartine dut se placer face au mur, les mains sur la tête. Il tenta de s'échapper, mais fut maîtrisé. Il entendit des chuchotements, puis la voix de Capdeverre :

— Retourne-toi. Garde les pognes sur ta cabèche. Ouvre tes esgourdes. Jacte, Olivier !

— Voilà, dit Olivier, tu diras aux chnoques de ta rue à la gomme qu'à partir de maintenant il est interdit de passer rue Labat en traîneau.

— Y'a qu'elle qui descend ! pleurnicha Tartine.

— On s'en bat l'œil ! Le premier qui passe, on lui fait la peau.

— Et même sans traîneau ! précisa Tricot.

— Vous recevrez des pots de chambre sur la fiole, des bombes à eau et tout.

— Vous allez en baver des ronds de chapeau ! conclut Élie.

Tricot décida que l'infortuné Tartine devait retirer ses sandales et partir pieds nus. Avec impudence, car aucun n'était sûr de son hygiène, ils affirmèrent que les panards de Tartine étaient crados et tous les Gougnafiers des cradingues. Le môme Tartine rougit de colère : il s'était rendu à Riri par jeu et voilà qu'on l'humiliait.

— Ça va se payer chérot ! dit-il.

— Ferme ta cocotte, ça sent le ragoût ! rétorqua Olivier.

— Allez, caltez volaille ! dit Capdeverre.

Le môme Tartine partit en courant, ses chaussures à la main. En haut de la rue, il se retourna et baissa sa culotte pour montrer son derrière en signe de mépris.

Dans la bande, certains regrettaient que le destin eût choisi Tartine pour victime. Loulou le trouvait marrant et David gentil. Quant au triomphateur, Riri, de la même taille que son prisonnier, il affirma que ce dernier était « haut comme trois pommes ».

Pour éviter des représailles, Capdeverre ordonna la dispersion. Élie, Saint-Paul et Riri regagnèrent la rue Lambert. Toudjourian, Tricot et Jack Schlack décidèrent de jouer aux cartes dans une cour d'immeuble. Lili cria à Olivier : « Tu m'attraperas pas ! » en courant autour de lui. Toujours vexé, il lui dit :

— Je cours pas après toi parce qu'il paraît que je suis un faux jeton.

— Quand je dis ça, ça compte pour du beurre, hé !
— Tu l'as dit ou tu l'as pas dit ?

Loulou et Capdeverre s'éloignèrent en se tenant
par les épaules. Les filles jouèrent à faire une vaisselle
de poupée dans le ruisseau. David et Olivier accom-
pagnèrent Ernest fils d'Ernest jusqu'au *Transatlantique*. A la terrasse, une femme vêtue de noir allaitait
un bébé tout blanc. En maillot de corps, le père
d'Ernest lavait ses verres. Poileau et Gastounet
discutaient devant un rince-cochon. Le boucher
Aaron raclait son billot. Léopold empilait des chaises
sur une voiture à bras. La Grosmalard arrosait ses
plantes vertes avec une seringue. Mlle Marthe
essayait ses chapeaux devant une glace. Plus loin,
Anatole Pot à Colle trempait une chambre à air dans
un seau d'eau.

— Toujours dans mes pattes, cet acrobate ! dit La
Cuistance à Olivier.

— Le trottoir est à tout le monde, répondit ce
dernier.

Avec David, ils s'attardèrent à flâner. Maintenant,
David connaissait tout le monde. A l'aise, il s'enhar-
dissait dans son langage et dans ses initiatives de
jeux.

— On va chez moi ? proposa Olivier, j'ai des trucs
à te montrer. Rien qu'à toi. Pas aux autres.

— Quelle heure qu'il est ? Je veux pas me faire
secouer les puces.

— On a le temps. Chez Boissier, ils bossent
encore. Tu vas voir...

Il s'agissait des cartes offertes par le cousin Baptiste. Tandis que Virginie pleurerait en épluchant des
oignons, ils contempleraient les belles autos. Au

moment de se séparer, Olivier, dans un élan de
générosité, dirait :

— Tiens ! Je t'offre la *Rolls Royce*.

Puis il en ajouterait deux autres. Ils se diraient
« Au revoir ! » comme s'ils devaient se quitter pour
longtemps tout en sachant bien qu'après le repas, ils
se retrouveraient.

Sept

LES habitants de ces rues n'oublieraient jamais les longs soirs d'été où ils veillaient devant les pas de porte et les devantures, bien installés, par groupes correspondant à l'habitat de chaque immeuble, jusqu'à la nuit et parfois même fort avant dans la pénombre caressée par la lueur jaune d'un bec de gaz.

Cette coutume les ravissait. Ils n'imaginaient pas qu'elle pût se perdre. La rue devenait une scène de théâtre où se jouait une comédie dont chacun était l'acteur et le spectateur. Le dîner expédié, on se munissait d'une chaise, d'un pliant ou de tout autre siège, les femmes d'un sac à ouvrage, et l'on s'installait pour prendre le frais après une journée chaude.

La plupart retrouvaient les coutumes rurales d'une province française ou d'un pays étranger. La rue musicale devenait le jardin de tous. Pour les enfants, ces veillées représentaient des instants appréciés. Ils étaient autorisés à veiller. Dans ce concert, ils figuraient les notes les plus gracieuses et les voir jouer, évoluer, courir d'un groupe à l'autre restait le meilleur de la représentation.

— Olivier ! Olivier ! Mon père m'a laissé sortir...

— David ! Viens, on va rejoindre la bande.

En ce soir de juillet, ceux qui n'étaient pas dans la rue se tenaient aux fenêtres. Devant le 76, la famille Schlack réunie partageait l'espace avec Mme Boissier, le père Poileau et son chien et Silvikrine en gilet noir sur sa peau nue. A l'écart, un trio de conspirateurs se composait de Bougras, Lulu l'aveugle et un dénommé Biribi de la rue Hermel, copain de Bougras. Plus bas, les trois blanchisseuses en blouse blanche, appuyées à leur devanture, fumaient des cigarettes égyptiennes. Au *Transatlantique,* les consommateurs débordaient sur les pavés pour écluser de la bière et des panachés. Ils touchaient à un autre ensemble, devant le 78, composé des concierges Grosmalard mari et femme, de Mmes Vildé, Chamignon, Adrienne, deux demoiselles Rosenthal. Devant la boucherie juive, M. Aaron jouait aux dames avec M. Kupalski. Répartis sur les marches de la rue Bachelet, Amar, P'tit Louis, Chéti et Paulo tapaient le carton. Plus haut, les enfants désignés par leurs ennemis comme les « Gougnafiers de la rue Bachelet » se tenaient assis au long des cabanes.

Au 73, Mme Haque s'était installée sur une chaise longue qui barrait le trottoir. Près d'elle, Mme Papa ajourait un drap, La Cuistance mangeait sa soupe dans un bol immense. A côté, devant la mercerie, Mme Capdeverre qui lisait *Paris-Midi,* la mère Murer et son chien, Mme Rosenthal et sa fille Fernande, Virginie en robe blanche attendaient d'autres invités : trois chaises étaient libres. Les enfants de la rue Labat se tenaient devant le mur de la boulangerie.

Au bâtiment sur cour du 73, dans l'atelier du tailleur, la chaleur était insoutenable, comme dans une serre. M. Zober tentait de vaincre la résistance de sa femme qui hésitait à sortir :

— Il en est des choses qu'elle se fait ici. Qu'il fait chaud, tu y vas dans la rue, Esther. Et tous qu'ils te parlent, je te promets, aimables et tout, et très bon pour la clientèle aussi.

— Ils sont plein qu'ils me connaissent pas, qu'ils parlent pas et qu'ils rient ha ! ha ! ha ! quand je parle.

— Oïlle oïlle oïlle ! tout le monde qu'il connaît la famille Zober sympathique vraiment.

Elle finit par céder, mais fit de longs préparatifs tandis que son mari, deux chaises à la main, s'impatientait. Mmes Haque, Papa et La Cuistance s'empressèrent de leur faire de la place. Mme Haque proposa même sa chaise longue à Esther qui préféra son siège où elle se tint droite, les mains croisées sur le ventre. Des considérations sur le temps furent échangées. M. Zober jeta un regard vers la mercerie et se leva pour s'incliner devant les dames. Il ajusta une Gauloise dans son fume-cigarette et fit craquer une allumette tandis que Mme Haque proposait sa tabatière à La Cuistance sous l'œil dégoûté de Mme Papa. Plus tard, le menuisier Loriot et les parents de Lili les rejoindraient.

— Regarde là-bas, Esther, le David bien sage qu'il s'amuse !

— Sacrés gosses ! dit La Cuistance.

— Il y en a de plus en plus, observa Mme Papa. Dans cette rue, les gens sont de vrais lapins.

— Tu vois qu'on y est bien, madame Zober, dit Isaac, et elle acquiesça avec dignité.

Les adultes ignoraient que les enfants préparaient une action d'éclat. Tous réunis, garçons et filles, leur calme était trompeur. Ils s'amusaient à des jeux transmis d'une génération à l'autre. Pour Olivier et David, c'était à « Je te tiens par la barbichette » où la comptine récitée, il fallait garder son sérieux avant l'éclatement d'un rire chez l'un ou chez l'autre, parfois chez les deux en même temps, provoquant ce gage de la « tapette », caresse plus que gifle. Après, ce serait « Pigeon vole » avec cette délicieuse absurdité engageant à l'envol des objets ou des êtres démunis d'ailes.

— Les gars, c'est pas tout ça, mais..., commença Capdeverre, mais il fut distrait par Zouzou qui lui tapa dans le dos en criant : Chat !

L'arrivée des filles dans la bande multipliait les jeux. Elles épuisaient les amstramgram et ces scies farcies d'illogismes où une souris verte court dans l'herbe pour finir en escargot tout chaud, où une poule sur un mur picote du pain dur, où une négresse boit du lait pour blanchir son visage.

Riri actionnait un lapin en peluche au moyen d'une poire en caoutchouc reliée à l'animal par un tuyau et il faisait des bonds que chacun imitait. Tricot jouait aux billes avec Toudjourian. Jack Schlack rangeait des timbres dans un carnet. Saint-Paul tentait d'attraper une mouche pour sa cage où un sucre l'attendait.

Et pourtant ils étaient prêts pour l'assaut. Tous les revolvers et pistolets, les carabines à flèches *Eurêka*, les lance-pierres, les sarbacanes de chez Boissier étaient dissimulés dans une voiture de poupée. Élie et Saint-Paul portaient ce qu'ils appelaient des

« galures en papelard », autrement dit des bonnets phrygiens en papier rouge ornés d'une cocarde tricolore distribués l'année précédente pour la Fête des Poulbots du 14 juillet. Capdeverre avait chipé le sifflet d'agent de police de son père.

L'opération bombes à eau en papier et cuvettes jetées à la volée des fenêtres du 73 et du 75 rue Labat avait été une réussite. Le traîneau des ennemis n'empruntait plus la rue, ce que les Anatole, Grain de Sel, Tartine, Lopez, Machillot et autres ne pardonnaient pas. Des coups de main avaient fait des ravages et l'on comptait des bleus, des poche-œil, des genoux couronnés et des nez en sang.

Les Gougnafiers se tenaient sur les hauteurs comme des oiseaux de proie, mais on donnait le change, par exemple en jouant aux noms de métiers qu'il fallait deviner à partir de la première et de la dernière lettre.

— C....R, proposa Olivier.

— Charcutier ! jeta Tricot.

— Coiffeur ! dit Lili.

— Non, c'est charpentier !

— Quel tricheur !

Devant chez *Achille Hauser,* la dénommée Mme Hauser était assise devant sa boutique en compagnie de Coquarelle, le teinturier de la rue Lambert, de Mme Saint-Paul, de la patronne de l'*Hôtel de l'Allier,* des Leibowitz et de M. Pompon. Derrière le grillage de son soupirail, en contrebas, le boulanger Klein, courbé sur son pétrin, brassait la lourde pâte entre ses avant-bras puissants en poussant des Han ! et des Rrrran !

— C'est pas tout ça..., répéta le capitaine Capdeverre.

D'un groupe à l'autre, les gens conversaient, les
femmes en travaillant à leur ouvrage, les hommes
inactifs. Tout se disait à voix basse pour ne pas
éveiller la nuit.

Le trio le plus loquace se composait de Bougras,
Lulu et Biribi dont le surnom en disait long. Ils
évoquaient des jours disparus, d'avant la guerre de
14, et se répétaient que la rue avait changé. Biribi
rappelait des réunions houleuses au temps de l'affaire
Dreyfus, décrivait le transfert des cendres d'Émile
Zola où l'on avait joué de la canne. Enfant, son père
l'avait conduit rue de la Bonne où il avait glissé ses
petits doigts dans les trous faits par les balles qui
avaient tué des généraux du temps de la Commune.
Bougras parlait d'un nommé Libertad qui criait « A
bas la guerre ! » dans les premiers cinématographes,
de ses démêlés avec la police, de ses bagarres au
moyen de ses béquilles d'infirme.

Lulu l'aveugle répétait les noms de ceux qui
s'étaient succédé dans les loges, les logements et les
boutiques. Il se sentait la mémoire de la rue sans
savoir à qui la transmettre. Et Olivier, près d'eux,
écoutait des noms inconnus : Mme Chaffard
l'ancienne blanchisseuse, Clérigo des « Produits
d'Italie », Mme Dorange la boulangère avant les
Klein, Yvonne Boucharnin qui posait avec Oriol
pour des cartes postales destinées aux amoureux,
Mme Bourgeois qui pintait dur...

Les trois hommes parlèrent politique, syndica-
lisme, anarchie puis la conversation dériva vers des
sujets légers. Biribi disait à Lulu qu'il l'emmènerait
au « claque » et Olivier croyait qu'on lui promettait des claques, au pauvre Lulu, un si brave type.

En haut de la rue Labat, les gens qui veillaient
virent apparaître un inconnu. En pantalon brun et
chemise blanche, les manches retroussées, il avançait, les mains dans les poches, en souriant. Il
passa devant la mercerie et regarda Virginie avec
malice. Mme Rosenthal questionna des yeux la
mercière qui lui signifia par une moue son ignorance.

David se précipita vers lui. Il le souleva et
l'embrassa et il en fit autant pour Olivier. Alors
Virginie comprit de qui il s'agissait et chuchota le
nom à ses voisines.

— Isaac, dit Mme Esther Zober, tu retournes ta
tête et tu voiras qui ? Devine !

— Samuel ! s'exclama M. Zober. La surprise il
sait la faire, tiens !

Les deux hommes se congratulèrent. Samuel
baisa la main d'Esther. Des présentations furent
faites. Impressionnée, Mme Haque proposa d'aller
chercher une chaise, mais le nouveau venu déclina
poliment cette offre et prit Isaac par le bras :

— Et si on allait faire un tour ?

— C'est nickel, dit M. Zober, j'ai la fourmi plein
la jambe.

En bas de la rue, l'oncle Samuel se retourna et
regarda les groupes avec sympathie. Ils descendirent jusqu'à la rue Custine en se tenant par le bras.
Samuel fit un clin d'œil à Isaac et lui demanda :

— La dame de tes pensées, ce ne serait pas la belle blonde devant la mercerie ?

— Oïlle oïlle oïlle ! dit M. Zober, d'amour que j'en rêve d'elle et qu'elle me parle plus...

— C'est vrai qu'elle est belle, ta *schikza-goya,* mais qu'attends-tu d'elle ?

— D'amour..., commença M. Zober.

— Il y a aussi le *yetser-hara,* le penchant vers le péché, tu ne crois pas ? Et ton Esther...

— Je sais. La femme c'est pas comme la chemise qu'on y change, mais elle, tout le temps j'y pense. Qu'est-ce que je peux moi ?

— Et Esther qui t'a suivi partout...

— Esther, c'est pas pareil, pas pareil du tout. Esther, c'est Esther qu'on en parle pas. Et madame Virginie au début charmante avec monsieur Zober par-ci, monsieur Zober par-là, et que j'apporte des fleurs, et que j'y déclare l'amour. Alors, quand je parle, elle regarde les mouches au plafond et toujours pressée du travail pour que je parte.

— Et si elle était tombée dans tes bras, quel gâchis. Allez, fais ta *mitsva,* occupe-toi d'Esther et des enfants.

— Comme un rabbi tu parles maintenant !

— Et les prospectus, ils t'ont apporté des commandes ?

M. Zober expliqua son échec. Il se dit bon à rien, se traita de malchanceux. Certes, il y avait eu le directeur de l'école. Pour le recevoir, on avait changé le papier peint, mis des fleurs partout. Et M. Zober lui avait confectionné un costume bleu marine trois essayages. Il restait de petits travaux rapportant tout juste de quoi se nourrir.

— Des habits que j'en retourne tout le temps, et la chance que je la retourne jamais !

Rue Caulaincourt, peu de gens veillaient devant les hauts immeubles, mais de nombreux promeneurs se dirigeaient vers la place Clichy. Les deux amis surprirent les enfants de la rue Labat au coin de la rue Hermel. Leur troupe s'était enrichie de gosses rencontrés en chemin qui voyaient dans ce rassemblement une occasion de se distraire.

— David, dit M. Zober, tu y reviens dans la rue !

— Tout de suite, papa.

Et Samuel reparla de l'Amérique. Ils s'arrêtèrent devant la vitrine d'un fleuriste. M. Zober pensa que Virginie était belle comme un lis. Une ambulance sortit de son garage. Un autobus vide passa en emportant son bruit. Dans un silence ouaté, les voix des passants prenaient une curieuse résonance. Et M. Zober pensait à ce qui le retenait en France : David deuxième de sa classe, Virginie, la rue...

— La casquette tout le temps je l'enlève pour gratter la tête qu'elle a pas de poux, sans trouver rien pour répondre.

Il songea qu'il ne se préoccupait que de ses problèmes personnels, qu'il devait s'intéresser à son cousin Samuel devenu un ami si proche. Pour exprimer ses sentiments, comme s'il devait rattraper un retard, il s'exprima avec fougue :

— Samuel, quel homme instruit tu es, et tu as du *sehel* qu'intelligence on appelle ici, et la vie parisienne, tu la connais, oïlle oïlle oïlle !

— Tu crois cela ? dit Samuel en souriant.

— Et beau dans le visage qu'on te croit Gentil comme tous les Français d'ici même...

Il poursuivit son cantique d'admiration. Samuel représentait tout ce qu'il aurait voulu être. Lui aussi aurait aidé ses amis en difficulté comme la Thora le recommande. Il offrit une cigarette à son cousin qui l'accepta parce que c'était un geste amical entre eux.

— Merci, Isaac, dit Samuel.

Il regarda la fumée que sa bouche rejetait se dissoudre dans l'air du soir, puis il parla d'une voix mélodieuse, avec des accents de nostalgie :

— Je suis comme toi, Isaac. Tout ce que tu ressens, je le ressens. J'ai un visage de goy mais un cœur de juif. Je me dis : tu ne frises pas, tu as la tête ronde, tu ne parles pas avec les mains, on peut ignorer tes origines...

— Et comment qu'on le peut !

— Parfois je suis invité. Je suis dans un salon, il y a de jolies femmes, des messieurs importants : la vie parisienne comme tu dis, et voilà que je suis assailli par une inquiétude absurde, je me tiens à l'écart, je m'isole, j'ai envie de fuir, je me demande ce que je fais en ce monde...

M. Zober écoutait ces paroles en tremblant, mais voilà que Samuel riait, plaisantait, maniait l'humour :

— Isaac, nous sommes des gens impossibles ! Nous voudrions ressembler aux autres et, en même temps, rester différents.

Soudain, M. Zober lui serra le bras. Sur le trottoir d'en face passait la grande Giselle, non avec ce sépharade bien poli qu'il avait aperçu, mais en compagnie de cet homme de la rue Labat appelé Mac, de si mauvaise réputation. Ils marchaient lentement. La grande Giselle tournait la tête vers son compagnon pour écouter ses propos. Les mains derrière le dos caressant l'extrémité de sa longue natte rousse, sa démarche était dansante, ses épaules en constant mouvement. Mac, la veste sur le bras, quand il ne passait pas sa main sur la plaque gominée de ses cheveux, tentait de la saisir par la taille, mais elle se dérobait d'un rapide retrait.

— Ce qu'elle fait, dis-moi Samuel, avec ce *mamzer* bâtard, ce *hazer* cochon, ce *cheïguetz* qu'on dit maquereau dans toute la rue? s'écria M. Zober rouge de colère.

— Garde ton calme, Isaac.

— Mon calme? Mon pied dans la fesse au cul qu'il va le recevoir, celui-là. Attends un peu!

Si Samuel n'avait rattrapé son cousin par le bras, il se serait engagé dans un mauvais combat. Giselle qui avait vu son père hâtait le pas.

— Écoute, Isaac, ce n'est sans doute pas bien grave. Tu laisses passer la nuit. Et demain, Esther parle à sa fille...

— Oïlle oïlle oïlle! j'ai un David qu'il m'ouvre les portes du paradis et une fille qu'elle me met dans l'enfer!

— Ta fille écoutait cet homme-là, c'est tout.

— Dans ma tisane, tu mets toujours la fleur de l'oranger, Samuel.

— Pauvre Isaac! Tu ne peux pas séduire ta blonde, tes affaires ne vont pas, tu te fais du souci pour ta fille... et tu es là, bien vivant, plein d'espoir. Dieu te laisse couler mais il t'empêchera de te noyer. Tu verras, si tu perds ici, tu gagneras ailleurs.

— Ah! Samuel...

Parce qu'il n'était pas seul, que Samuel lui tenait le

bras, il pensa qu'il pouvait renverser le destin, remplacer les malédictions par des bénédictions, et sans raison, oubliant déceptions et misères, M. Zober se mit à siffloter.

Virginie avait préparé une carafe de citronnade. Elle en offrit à ses voisines immédiates, puis, les verres lavés, aux dames du 73. Mme Zober sympathisait avec Mme Papa qui lui avait confié son drap pour lui apprendre à faire des jours.

— De la citronnade, madame Zober, ça rafraîchit...

Mme Zober commença par refuser, et cette politesse faite, accepta et même leva son verre. Tous trinquèrent en disant : « A la bonne vôtre ! »

— Je me demande où sont les enfants, dit Virginie, et elle ajouta pour Mme Zober : Olivier, quand il est avec David, je suis tranquille.

La citronnade était bonne. Il aurait fallu de la glace, mais le livreur ambulant n'était pas passé. Les femmes burent lentement, puis mâchèrent les zestes. Virginie tendit l'oreille. Étaient-ce les enfants qui chantaient du côté de la rue Bachelet ? En face, Bougras, Biribi et Lulu buvaient un coup de rouge, chacun essuyant le goulot de la bouteille du plat de la main avant de la passer à l'autre.

Vers les escaliers Becquerel, l'armée de la rue Labat se préparait à se mettre en branle. La voiture de poupée contenait des vieilles casseroles, marmites et poêles à frire sur lesquelles on frapperait avec des louches et des pilons à purée. L'armée comptait deux trompettes en bois, le tambour malheureusement crevé de Riri et le sifflet de Capdeverre. Un étendard de chiffons colorés était brandi par David.

Capdeverre engagea à se placer trois par trois, à prendre ses distances, le bras tendu en avant, puis sur le côté comme à l'école quand le maître vous fait mettre en rangs. Il se promena les mains derrière le dos pour inspecter son armée. Tous les héros de l'Histoire de France étaient présents : Duguesclin, le chevalier Bayard, le grand Ferré, Bonaparte, Jeanne d'Arc et Jeanne Hachette, Bara et Viala, et même des Zorros et des Tarzans venus en renfort.

— Faudra pas marcher trop vite pour que ça dure longtemps, observa Loulou.

— A mon commandement, en avant ! dit Capdeverre en brandissant une épée de bois.

Bientôt, les paisibles citadins eurent les oreilles envahies par le tintamarre, et la clique, armée jusqu'aux dents, bruyante, tapageuse, irritante, avança. Elle donna de la voix : « A bas la rue Bachelet ! » Les filles tapaient sur les ustensiles. Olivier eut l'idée de chanter un hymne et ce fut le premier air qui lui vint en tête parce que, l'après-midi même, Milton l'avait chanté sur Radio L.L. Bientôt repris en chœur, ce n'était ni la *Marseillaise* ni le *Chant du Départ,* mais un couplet absurde :

> *Les p'tits pyjamas,*
> *C'est pour mon papa.*
> *Les plus belles chemises,*
> *C'est pour ma maman...*

C'était entraînant. Le sifflet, les trompettes, les
cymbales improvisées trouvèrent un semblant d'unis-
son. Les adultes commencèrent à protester :

— Assez de potin ! Quel tintouin ! Quel bousin !
Quel barouf ! Taisez-vous les mômes !

Devant chez Aaron, les Gougnafiers arrachés à
leurs jeux commençaient à se réunir. Descendant du
chemin des baraques, ils regardèrent la troupe qui
s'avançait.

— Ils sont toqués ! dit Grain de Sel.

— On fait quoi ? demanda Lopez.

— Quand ils nous verront, ils se déballonneront,
c'est tous des dégonfleurs ! dit Anatole Pot à Colle.

— Machillot ! Mauginot ! Albert ! Bertolino !...
rappliquez ! criait le môme Tartine en courant de
l'un à l'autre.

Devant le danger, ils virent même se joindre à eux
des garçons et des filles de la rue Bachelet qui,
jusque-là, étaient restés en dehors des affrontements :
Anna, Sarah, Lucette, Andrieu, Ramélie. Seul,
Ernest fils d'Ernest rentra précipitamment au *Transatlantique* pour se cacher derrière le comptoir. A la
terrasse, Amar·et ses copains se retournèrent. La
guerre des rues reprenait comme dans leur propre
enfance. Devant la provocation, les enfants de la rue
Bachelet serrèrent les poings car cette chanson idiote
les narguait, leur jetait sa dérision, paraissait pleine
de sous-entendus :

> *Les p'tits pyjamas,*
> *C'est pour mon papa...*

Les deux bandes se retrouvèrent face à face. Des
invectives fusèrent. Ainsi, sur l'air des lampions :

« Aux chiottes, Bachelet, aux chiottes ! » puis on s'accusa réciproquement de lâcheté. Et la bataille commença.

N'étant pas encombrés de matériel guerrier, les Gougnafiers eurent la mobilité des Anglais à la bataille d'Azincourt face à la lourde armée féodale. Dans ce corps à corps, les armes embarrassaient. Le combat à mains nues en fut d'autant plus loyal. Chacun choisit son adversaire, Anatole et Capdeverre s'affrontant comme des boxeurs. Grain de Sel coinça la tête d'Olivier sous son bras et, frottant son poing sur la tignasse, lui infligea ce qu'on appelait « un savon ». David se dégagea de Sarah qui le tirait par le col pour sauter sur le dos du tortionnaire de son ami et ils s'étalèrent. Les filles tiraient les cheveux, giflaient et griffaient. Toudjourian se battait à la fois contre Lopez et le môme Tartine qui lui mordait le bras. Riri s'accrochait aux jambes des plus grands pour les faire tomber. Quant aux nouveaux ralliés à la cause de la rue Labat, ils s'éloignèrent et furent traités de dégonfleurs et de dégonflés, ces deux mots prenant la même signification.

— Regardez-moi ces zigomars ! dit le père Gastounet.

Sans qu'on sût pourquoi, Tricot et Jack Schlack, pourtant du même bord, se flanquaient des coups en se traitant de traîtres. Saint-Paul saignait du nez et demandait une trêve. Élie infligeait tranquillement la raclée à Doudou. Bientôt le jeu fut de se jeter les uns sur les autres pour constituer une mêlée où s'agitaient bras et jambes. Certains criaient, menaçaient ou riaient de manière inattendue.

— Victoire, les gars, victoire! criait ce fanfaron d'Olivier.

David et lui passaient plus de temps à se débarrasser de leurs adversaires en les tirant par les membres qu'à les frapper. D'autres se bagarraient dur, et l'on ne comptait plus les poignets tordus, les hématomes. De temps en temps, on entendait un crissement de tissu déchiré. Les casseroles, marmites et poêles avaient roulé sur la chaussée.

— Hé! les moujingues, c'est pas fini? cria Ernest père d'Ernest en agitant un siphon pour les asperger.

— M'sieur, c'est la guerre! dit David en recevant le jet.

— Olivier, rentre à la maison tout de suite, ordonna Virginie en ajoutant: demain, pas de dessert!

M. Zober qui revenait de sa promenade en compagnie de Samuel prit David par le bras et lui dit combien il le scandalisait, lui le deuxième de sa classe. Amar et ses copains donnant un coup de main, les enfants furent éloignés un à un du champ de bataille, mais certains y revenaient pour prolonger la bagarre. Enfin, les deux groupes se séparèrent, chacun se croyant vainqueur. Il ne restait plus qu'à commenter les phases de la bataille.

Loulou saignait du nez. Mme Haque lui fit lever le bras gauche, placer la tête en arrière et lui glissa son trousseau de clés dans le dos. Mme Papa pressa une pièce de deux francs sur la bosse qu'Élie avait au front. Olivier, lui, gambadait. A part une déchirure à la chemise, des traces de griffes sur les bras et un bleu à l'épaule, les dégâts étaient limités.

— Qu'est-ce qu'on leur a mis! dit David.

— Tu te bagarres vachement bien! observa Olivier.

— Qu'est-ce que je vais prendre...

— Moi, pas de dessert, mais demain ma mère aura oublié.

— Oïlle oïlle oïlle! fit M. Zober.

Garçons et filles se placèrent auprès de leurs parents devant les demeures. Les mains derrière le dos, calmes, ils affectèrent une sagesse d'enfants modèles. Olivier et David se regardaient de côté. Quand l'un des deux faisait un mouvement, replier la jambe ou déplacer ses mains, l'autre l'imitait et ils se dédiaient des sourires de connivence.

Virginie réunit les verres vides. Mme Zober fit l'éloge de la citronnade. Il en fut proposé à Isaac qui refusa en rougissant, à Samuel qui déclina l'offre d'un geste élégant. Il tapota la joue de David, serra la main d'Olivier, embrassa Esther et Isaac et s'inclina devant les dames ravies.

La nuit doucement était arrivée. La rue l'avait accueillie comme une présence douce. Les boutiques et les fenêtres encore éclairées versaient une lumière pâle. Certains rentrèrent, d'autres prolongèrent la veillée, mais les conversations cessèrent, les bruits du *Transatlantique* s'atténuèrent. La fraîcheur se répandit.

Olivier et David parlaient à voix basse. Ils montraient tant de gentillesse que les parents oubliaient l'incident de la bataille rangée. Et puis, la veillée avait été si belle!

— Je vais au pageot, dit Bougras, demain j'ai un parquet à faire, en avant la paille de fer et la cire !

— Dur de gagner son bifteck ! dit Lulu.

On entendit des bruits de chaises traînées. Des fenêtres se fermèrent. Des souhaits de bonne nuit, de beaux rêves furent échangés. Virginie fit entrer Olivier qui échangea avec David un salut militaire plein de sous-entendus. Elle déplia les volets de bois et plaça les barres de fer, puis elle demanda à Olivier de lui donner sa chemise pour la raccommoder. Elle oublia de lui faire des reproches. Elle feuilleta un roman de Pierre Frondaie et dit :

— Je vais lire un peu avant de m'endormir. Ça fait du bien de temps en temps.

— Bonne nuit, m'man !

— Dors bien, vilain pas sage, répondit Virginie.

Et elle l'embrassa sur les deux joues.

Huit

L E savaient-ils, les enfants, que dans leur mémoire s'imprimaient des images durables ? Ils se souviendraient de ce décor touchant d'un préau d'école décoré de guirlandes, de cette estrade devenue une scène de théâtre avec ce trompe-l'œil peint sur contre-plaqué, montrant un rideau cramoisi retenu par d'épaisses cordelières à glands dorés et surmonté par l'écusson du vaisseau de la Ville de Paris avec l'inscription en latin. Sur les côtés s'opposaient les deux masques antiques de la Comédie et de la Tragédie grimaçant de leur bouche édentée en forme de saucisse tordue dans un sens ou l'autre. Sur le mur latéral, un socle portait le buste en plâtre peint de Marianne. Des toiles cachaient la ligne des lavabos. C'était là les principaux éléments d'embellissement d'une salle dévolue à cette solennité : la distribution des prix.

Tous les sièges disponibles avaient été réunis pour accueillir les écoliers et les familles : des bancs où se serreraient les premiers, des chaises pour les adultes, mais beaucoup resteraient debout, certains même débordant sur la cour de récréation. Dans cette

chapelle laïque de l'enseignement primaire, les offi-
ciants étaient des personnages graves, la plupart
portant lunettes ou lorgnons, gilet barré d'une chaîne
de montre, décorations colorées, le directeur d'école
et les maîtres et maîtresses, le maire ou un adjoint, le
ventre tricolore, un inspecteur de l'enseignement.
Derrière eux, sur trois longues tables s'empilaient des
livres entourés de larges rubans de diverses couleurs.

Les parents endimanchés levaient la tête pour
apercevoir leur enfant. Lorsque retentirait son nom,
il monterait les marches de bois pour recevoir sa
récompense. Les habitants de la rue Labat s'étaient
groupés : les Zober au complet, les Schlack, les
Capdeverre, les Leibowitz, les Saint-Paul, Virginie
en robe à fleurs, coiffée d'une capeline, tous attentifs,
écoutant des discours trop longs, soulignant de la tête
des propos de bon aloi.

Les résultats du certificat d'études étant flatteurs,
l'instituteur de cette classe et les lauréats reçurent un
compliment et l'on indiqua les mentions « très bien »
et « bien ». Parmi les écoliers nommés, peu poursui-
vraient leurs études car, promis au monde du travail,
la cérémonie marquait pour eux un point final à
l'univers de l'école.

Vint la distribution des prix, classe après classe. A
l'énoncé de son nom, le garçon se précipitait, recevait
un ou plusieurs ouvrages. Quand on en arriva à ses
écoliers, M. Alozet appela le prix d'honneur à qui le
directeur adressa des félicitations. Puis, on entendit :

— *Prix d'excellence : David Zober.*

Lorsque l'enfant monta sur l'estrade, il tourna la
tête pour regarder vers ses parents. M. Zober se
dressa brusquement. Pathétique, il vit la tête de son

David s'orner d'une couronne de feuilles de laurier en papier brillant, recevoir une pile de quatre livres reliés réunis par un ruban. Le directeur lui serra la main et le félicita. Alors, M. Zober se rassit lentement. David le payait de toutes ses peines. Il mit ses mains sur son visage pour cacher ses larmes. Esther lui serra le bras. Giselle se sentit tout émue.

Suivit la classe de M. Tardy. Virginie attendit longtemps qu'on appelât « Olivier Chateauneuf ». Après l'énoncé de nombreux noms, elle vit son enfant monter sur la scène. Il reçut un modeste livre broché, avec quand même un ruban, mais n'obtint ni couronne ni compliment. Olivier tentait de cacher sa déconfiture. Pour afficher une fausse désinvolture, il fit exprès de descendre les marches à cloche-pied, ce qui fit rire les enfants.

Le mouvement s'accéléra dans une course de la salle à l'estrade. Les personnalités consultaient leur montre. Enfin, la maîtresse de musique s'installa devant le guide-chant. Les meilleurs chanteurs, selon un cérémonial préparé, l'entourèrent pour entonner, face au public, la *Marseillaise,* premier couplet et refrain belliqueux devenu suave dans ces bouches enfantines. Debout, les parents n'eurent pas à se rasseoir. Ainsi se terminait la distribution des prix.

Dans le brouhaha des conversations, des bruits de sièges, on n'entendit guère les souhaits de bonnes vacances de M. Gineste si bien pris dans le costume Zober.

Tandis que sa famille entourait David Zober, prix d'excellence, Virginie prit la main d'Olivier qui cachait mal son dépit. S'attendait-il à un miracle ? Sur l'estrade, il avait fait le malin, mais maintenant la déception se lisait sur son visage. Virginie le ressentait. Pour effacer cette tristesse, elle l'éloignait des triomphateurs.

Rue Custine, ils dépassèrent les fillettes qui revenaient avec leurs parents de la distribution des prix à l'école voisine. Des couronnes de roses en papier de soie les rendaient charmantes. Quelques-unes firent des signes à Olivier qui répondit distraitement. Zouzou s'adressa à lui avec un joli sourire tout blanc sur sa peau brune :

— Olivier, tu me montres ton prix ?

— Des clous ! jeta Olivier.

— Olivier, on ne parle pas ainsi aux jeunes filles, observa Virginie.

Ils arrivèrent les premiers rue Labat. Olivier pensait à David. Il aurait voulu être lui. Plus que de la jalousie, il ressentait une gêne. Il se répétait : « Je suis qu'un rien du tout ! » Il craignait de passer pour « une cloche » aux yeux de son ami. Le sentiment d'être indigne de son amitié l'habitait. Comprenant tout cela, Virginie n'osait montrer une sollicitude qui risquerait de paraître suspecte. Heureusement, la mère et l'enfant avaient en commun une insouciance qui ferait bientôt oublier la déception.

Elle sortit le bec-de-cane de son sac. Dans l'arrière-boutique, Olivier dénoua le ruban entourant son livre. Il lut le titre : *Fables choisies,* par Jean de La Fontaine.

— Tu vois, dit Virginie, ils ont pensé que ça te plairait.

— C'est des récitations..., dit Olivier.

A l'intérieur, sur la page de garde, une étiquette était collée. Trop grande, on l'avait coupée de travers

en haut et en bas. Sous la partie imprimée, on lisait :
Chateauneuf Olivier, le nom de la classe et l'indication :
« prix d'encouragement ».

— C'est bien d'être encouragé, dit Virginie. Ça
veut dire que l'année prochaine tu travailleras mieux
et que tu seras dans les premiers, j'en suis sûre, tu me
le promets ?

— Oui, m'man, dit-il et elle l'embrassa.

Le livre posé sur la table, il s'amusa à faire des
nœuds avec le ruban et alla chercher un *Bibi Fricotin*
lu et relu.

— Je vais préparer un bon chocolat, annonça
Virginie, et j'ai des madeleines.

— Miam-miam, dit Olivier.

Pour les Zober, le retour fut une marche triom-
phale. Isaac, dès qu'il apercevait quelqu'un de sa
connaissance, le rejoignait, attirait David en lui
demandant de montrer la preuve de son succès
scolaire. Ainsi, Mme Klein la boulangère, Mmes
Papa, Vildé, La Cuistance félicitèrent David. Dans la
bouche du père, le mot « Excellence » se parait d'une
nouvelle dignité :

— Madame Haque, c'est mon fils David lui-même
qu'il l'a eu, le prix d'Honneur de l'Excellence...

Dans l'atelier du tailleur, tout comme Virginie,
Mme Zober prépara un goûter. Isaac posa sa main
sur l'épaule de Giselle qui se déroba. Il dit :

— Contente qu'elle est la Giselle pour son frère
qu'il l'aime bien...

Elle se réfugia dans sa chambrette. On entendit un

sanglot. Isaac regarda Esther qui rejoignit sa fille. Il avait interdit à Giselle de parler au beau Mac et elle s'était rebellée. Dactylo chez Boissier, elle se voulait majeure. Elle savait ce qu'elle faisait et refusait tutelle et conseils.

Le ruban défait, David lut les titres de ses livres de prix : *Histoire de France racontée aux enfants*, *Le Petit Pierre*, par Anatole France, *Bambi* par Félix Salten, *Le Roman de Miraut* de Louis Pergaud.

M. Zober eut la surprise de voir revenir Giselle calmée. Elle aida à préparer le thé. De la confiture de reine-claude fut étalée en tartines. David écarta les livres car la confiture coulait par les trous du pain.

— Papa, je pourrai aller jouer ? demanda David.

— Tu y vas si tu veux, dit Mme Zober.

— Et tu prends le prix de l'Honneur d'Excellence pour montrer à tout le monde, recommanda M. Zober. A M. Aaron, à M. Kupalski, tu y vas...

Ses livres sous le bras, David retrouva Olivier qui l'attendait devant le 73.

— Ils sont bien tes bouquins ?

— J'ai pas encore lu.

— T'es le caïd, mon pote...

— C'est parce que dans ma classe les autres ils font rien. Si t'étais avec moi, t'en aurais eu plein, des livres !

— Ouais, dit Olivier, mais moi, leurs livres à la noix de coco...

Virginie les fit entrer dans la boutique où elle offrit une madeleine à David. Olivier sortit son carton à jouets, mais David lui confia qu'il devait montrer son prix à des gens. Il défit le ruban, dit qu'il n'en emporterait qu'un et reprendrait les autres après. Il choisit l'*Histoire de France*.

— Tu viens avec moi, Olivier ?

— D'ac'.

Pour la première fois, Olivier entra à la boucherie Aaron. Le boucher donnait des coups de battoir sur un carré de viande pâle qu'il ne cessait d'essuyer. C'était une boucherie comme les autres. Des quartiers de bœuf, de mouton pendaient aux crochets. Un billot de bois était creusé au centre. Dans une rainure étaient glissés des couteaux de toutes les tailles.

— Ah ! David Zober, dit le boucher, il doit être content Isaac ton père ! Un fils qui travaille bien à l'école, quel bonheur pour lui.

— Il est content papa, et mama aussi.

M. Aaron fit jouer son tiroir-caisse et en retira un billet de cinq francs.

— Tu diras à Isaac qu'Aaron le félicite pour son fils, et pour toi, c'est cinq francs tout neufs.

— Non, merci, dit David.

— Tu les prends, je te dis !

M. Aaron glissa le billet dans la poche de culotte de David qui se confondit en remerciements.

— Au revoir, les enfants, soyez sages, tous les deux bons copains.

Ils marchèrent rue Bachelet sans être inquiétés par les ennemis occupés eux aussi par les prix. Seul le môme Tartine leur fit des grimaces et Olivier l'appela « cézigue pâteux ».

— On va se payer des bonbecs, dit David, mais faut aller chez Kupalski.

La boutique de l'épicier juif, tout en longueur, présentait des rayons encombrés et toutes sortes de pancartes avec des inscriptions en hébreu et en français. Pour arriver à M. Kupalski derrière sa caisse, ils suivirent un chemin sinueux entre des cageots de légumes, des sacs de pommes de terre et des tonnelets de saumure et de choucroute. Au plafond pendaient des chapelets d'ail, de piment et d'oignons. Le lieu sentait les épices, cannelle et poivre, la fumaison et le chou.

Olivier regarda les harengs saurs dorés et argentés, les pâles rollmops, le raifort en tranches, les betteraves rouges, les plats de tomates et de riz, les pains au pavot ou au cumin, les plaquettes de pain azyme, des gâteaux inconnus et partout des cartons, des boîtes de conserve, des bouteilles de vin de rose, de bière, de limonade, de produits importés ornés de signes hébraïques que l'enfant prenait pour des dessins. David entama un discours qui l'étonna :

— *Shalom*, monsieur Kupalski. Mon père vous souhaite de vivre mille ans dans la sagesse...

— *Shalom Aleichem*, David, mais pour les paroles j'en ai pas du temps. Il veut quoi ton père ?

— Il veut que je vous montre le prix de l'école...

M. Kupalski essuya ses mains à son tablier bleu et il chaussa des lunettes dont un verre était brisé pour lire le titre du livre, puis l'étiquette portant le nom du lauréat. Il était bien vieux, l'épicier. Il grattait une barbe grise de plusieurs jours qui crissait sous ses ongles. Un bonnet d'astrakan porté en toute saison s'enfonçait sur ses oreilles. Voûté, il ressemblait au comédien Charles Dullin. Il tourna les pages du livre comme s'il y cherchait quelque chose de caché. Il finit par dire :

— C'est bien que tu connais l'histoire de la

France, mais la tienne aussi pardi qu'elle est une autre. Il doit être content ton père Isaac et ta mère Esther !

— Monsieur Kupalski, demanda David, mon copain, il pourrait voir les poissons ?

S'agissait-il de poissons rouges ? Celui que Virginie avait offert à Olivier n'avait vécu qu'une semaine. Un matin, on l'avait retrouvé le ventre en l'air à la surface de l'eau de l'aquarium. Olivier avait eu de la peine. Il aimait le voir évoluer, ouvrir et refermer la bouche pour dire des paroles qu'on n'entendait pas. Il l'avait enterré en cachette dans un des pots de fleurs de la concierge.

L'épicier les conduisit dans la cour arrière vers une remise en tôle ondulée rafistolée avec le métal déplié de bidons et de panneaux-réclames. Derrière un grillage, deux oies engraissées pour la Pâque juive et restées invendues tentaient de pincer les jambes des enfants. Olivier pensa qu'il voyait là de drôles de poissons quand David désigna une baignoire. Des carpes noires battaient l'eau. M. Kupalski plongea la main dans un carton pour en extraire des croûtons qu'il leur jeta. Les carpes se bousculèrent pour happer la nourriture. Leur avidité paraissait effrayante.

— Tu diras à ta mère que Kupalski il fait un bon prix pour les poissons, dit l'épicier. Et les oies aussi bien grasses mais pleines de viande.

David récupéra son livre. M. Kupalski emballa un hareng saur dans du papier journal et dit à David que c'était un cadeau pour sa mère.

Dehors, David sortit le hareng en le tenant par la queue et ils se mirent à rire. Si on avait été le 1er avril,

quel plaisir on aurait pris à l'accrocher dans le dos de
quelqu'un, le père Gastounet par exemple. Comme
l'eau coulait dans le ruisseau de la rue Labat, David
annonça :

— On va le faire nager !

Ils appelèrent Loulou, Jack Schlack et Capdeverre
qui discutaient devant la blanchisserie. Eux-mêmes
rassemblèrent les autres, garçons et filles, et ils furent
bientôt une dizaine réunis devant le 77 rue Labat.
Olivier déclara que le poisson, en passant par les
égouts, rejoindrait la Seine, puis nagerait jusqu'à la
mer.

On procéda comme pour le lancement d'un navire.
Les enfants coururent avec le hareng saur, mais le
filet d'eau étant peu fourni, il s'échoua sur les pavés,
ce qui prolongea le jeu. A deux reprises, on le sauva
au dernier moment de la bouche d'égout, puis le jeu
lassa et le poisson disparut. Capdeverre approcha ses
doigts de son nez et dit :

— On a les pognes qui sentent la poiscaille...

— Zut ! s'écria David, et ma mère qui va pas
remercier l'épicemard !

— On s'en tamponne ! dit Loulou.

Depuis la bagarre nocturne entre Apaches et
Gougnafiers, toute l'agressivité dépensée, plus rien
ne se passait. Après la distribution des prix s'ouvrait
une zone neutre où l'on ne savait pas trop comment
passer son temps.

Devant la mercerie, les filles avaient dessiné une
marelle à la craie. Si la mère Murer et ses seaux d'eau
n'intervenaient pas, avec ce beau soleil, elle durerait
longtemps. Elles avaient pris pour palet une boîte
vide de pastilles *Valda,* la lançant, sautant, tantôt sur

un pied en poussant la boîte, tantôt sur les deux à quatre-cinq et à sept-huit, atteignant le *Ciel* et se retournant pour rejoindre la *Terre*. La petite Schlack préférait sauter à la corde. Ne sachant compter que jusqu'à dix, à ce seuil, elle recommençait. Oubliant les antagonismes, deux de la rue Bachelet, Sarah et Lucette, jouaient à la balle à côté d'elles.

Loulou faisait des pas de claquettes en regardant vers Lili et Myriam dans l'espoir d'être remarqué. David avait couru chez la mère Cassepatte pour revenir avec un paquet de bonbons rouges appelés *coquelicots* dont il fit la distribution. Cette sucrerie avait un goût délicieux. Au début, on suçait, puis le bonbon à demi fondu, on croquait pour accentuer le délice.

D'une fenêtre du 74, un phonographe diffusait la musique de Jack Hilton et ses boys où rivalisaient xylophone, banjo, guitare, accordéon et saxophone. P'tit Louis et Amar suivaient le rythme en secouant les doigts et en se trémoussant. Mme Haque, de sa fenêtre, approuvait le calme des enfants qui n'osaient pas salir les vêtements du dimanche mis pour la distribution des prix.

— David, vise un peu! dit Olivier.

Le marchand de balais descendait la rue. Son énorme chargement de brosses, de plumeaux, de balayettes, de lave-ponts, de têtes-de-loup, de balais de toutes formes et de tous poils étonnait toujours. Il criait : « A-bri-cand'brosses, v'là l'chand'brosses! » Sa forte moustache paraissait l'enseigne de son commerce.

D'une fenêtre à l'autre s'échangeaient des considérations sur l'été : « Quelle chaleur!... C'est la canicule!... Pour un plat, il en fait un plat!... Qu'est-ce qu'il chauffe, le bourguignon!... » Des hommes en maillot de corps s'épongeaient le front et les aisselles. Gastounet s'éventait avec son béret basque. Le chien du père Poileau haletait. La rue blanchissait comme sous un éclat de magnésium du photographe. Ernest père d'Ernest aspergeait le trottoir avec des carafes d'eau. Un parfum de safran apportait à la rue un air méditerranéen.

— Les gars, faites gaffe! s'exclama Toudjourian.

Incroyable! Très dignes, Anatole Pot à Colle, Lopez, Mauginot, Grain de Sel, Tartine s'approchaient d'eux en les toisant.

— Ils cherchent la bagarre, dit Tricot.

Et on portait les habits du dimanche! Jack Schlack fronça les sourcils, Olivier, Tricot et Loulou se firent menaçants, David enfonça ses pouces dans sa ceinture, puis songea à protéger son livre de prix. Les filles se rapprochèrent. Riri se prépara à sauter sur Tartine, mais Capdeverre, en bon capitaine, garda son sang-froid :

— On bouge pas, on fait comme si de rien n'était, ils sont que cinq et Tartine compte pour du beurre!

Les autres s'arrêtèrent à trois mètres d'eux. Grain de Sel brandit un mouchoir blanc et annonça :

— Pas la peine d'avoir les grelots! On vient pour discuter.

— C'est vous qui avez les jetons! jeta Tricot.

— Si on voulait, on vous écraserait, dit Anatole, mais on vous veut pas de mal, pauvres pommes.

La rue Labat répondit par des rires et des commentaires ironiques, mais respecta le drapeau blanc.

Au fond, cette arrivée d'une délégation restreinte leur en imposait. Ils affectèrent un air hautain.

— Jacte! dit froidement Capdeverre.

— On veut l'armistice! dit Lopez.

— Alors, vous vous rendez!

— Des noix qu'on se rend, dit Anatole, j'ai dit : on discute.

— Si tu veux, mais on n'a rien à vous dire! répondit Capdeverre.

Il s'agissait du traîneau. Anatole demanda le droit de passage rue Labat sans être aspergés, moyennant quoi les Apaches isolés ne seraient plus attaqués par ceux de la rue Bachelet. Capdeverre afficha son scepticisme. D'ailleurs si les deux rues ne se bagarraient plus, quel ennui! On vit arriver Saint-Paul et Élie. Ils demandèrent ce qui se passait. Loulou expliqua. Les garçons de la rue Lambert marquèrent leur désaccord. Ils craignaient un envahissement progressif de leur rue.

— C'est à voir! trancha Capdeverre.

— Tu serais pas un traître? demanda Saint-Paul.

— T'as des chauves-souris dans le beffroi, mon pote, vous les types de la rue Lambert, on vous a toujours trouvés un peu branques, riposta Capdeverre.

— Viens, Élie, on se barre! dit Saint-Paul.

Cela promettait un nouveau conflit. Ceux de la rue Bachelet marquaient leur impatience.

— On veut discuter entre nous, expliqua Capdeverre.

— On vous donne trois minutes.

— Faut pas nous la faire à l'oseille... Cinq minutes et on répond.

A l'écart, ils se concertèrent. Tricot proposa d'attaquer les ennemis tout de suite. Il ne fut pas suivi. Chacun apporta sa suggestion. Ce tour inattendu des événements leur plaisait. Ils firent attendre leur réponse. Finalement, Capdeverre, les mains sur les hanches, se plaça en face d'Anatole et déclara :

— Le traîneau pourra passer rue Labat, mais le matin seulement. Et pis...

— Et pis quoi encore ?

— Faudra nous le prêter un coup à chacun...

— Ils rêvent, ces mecs-là ! dit Grain de Sel.

— Et pis, reprit Capdeverre, il nous faut cinquante billes, six gommes à ballon, trois sem-sem, dix illustrés...

— A prendre ou à laisser, compléta David.

— Vous êtes de vrais cinglés, affirma Lopez, et les mains en porte-voix, il cria : Tout fous, cinglés, la voiture pour Charenton !

— Faut parler aux autres, dit Mauginot plus conciliant.

— Et nous aussi, dit Olivier, pour voir s'ils sont d'accord.

Sur cet échange, les cinq de la rue Bachelet s'éloignèrent. Les Apaches exultèrent : ils venaient de remporter une victoire. Aux jeux de la guerre succédaient ceux de la paix.

— N'empêche que Tartine, j'y casserai la gueule, dit Riri, il se fout toujours de ma fiole.

— On se marre bien, dit Olivier.

Les oiseaux de la blanchisserie chantaient. D'autres, dans les cages accrochées aux fenêtres, leur répondaient. A une fenêtre, un homme s'étira en poussant un bâillement de phoque. Chez Boissier crépitait la machine à écrire de la grande Giselle. David tendit l'index vers le ciel où passait un aéroplane. Une discussion s'ouvrit : était-ce un monoplan ou un biplan ? L'avion qui brillait au soleil fit un virage sur l'aile et les tenants du biplan triomphèrent.

— Quand je serai grand, je serai aviateur, annonça Olivier.

David l'accompagna à la mercerie. Virginie rangeait des ouvrages sur un présentoir de métal. Ils lurent les titres : *Broderie moderne, Jours sur toile, Les Miracles de l'aiguille...*

Olivier alla boire un coup au robinet. David réunit ses quatre livres et la mercière l'aida à nouer la rosette. Olivier jeta un coup d'œil sur ses *Fables choisies.* Le frère aîné de Jack Schlack lui avait appris à réciter *Le Corbeau et le renard* en argot. Il commença : *Un pignouf de corbaque dans un touffu planqué...*

— Veux-tu bien te taire ! dit Virginie.

Elle embrassa David sur le front et l'accompagna jusqu'à la porte en lui promettant un goûter pour le lendemain.

— Salut, David, dit Olivier.

— Salut, Olivier. Bonsoir, madame Chateauneuf.

Et David fit un petit salut comique en portant deux doigts à sa tempe. Il se retourna pour sourire. Le carillon de la porte offrit sa musique. Attendrie, Virginie ébouriffa les cheveux d'Olivier, le souleva et constata qu'il était de plus en plus lourd, puis elle dit :

— Il est gentil, ton copain David, il a de grands yeux rêveurs, et elle ajouta pour elle-même : comme son père...

Dans la rue, peu de personnes partirent en vacances. Un matin, une Delage bleu roi s'arrêtant devant le 77 rue Labat provoqua un attroupement. La belle Mado, en robe de soie et capeline, confia à un chauffeur en uniforme valises, squarmouths et cartons à chapeaux. Au moment du départ, elle adressa un gracieux sourire aux enfants en agitant ses doigts aux ongles manucurés.

— Elle va chez les millionnaires, dit Loulou.

David et Olivier virent la plupart de leurs copains partir en colonie de vacances, à la « colo ». Bientôt, la rue ne fut plus peuplée que d'adultes et tout parut silencieux, au ralenti, en attente.

Aux heures de l'été, la vie de la rue Labat se poursuivit avec son lot de bonheurs et de malheurs. Au 74, Mme Pallot, une vieille couturière en chambre, mourut. Ne sortant jamais, elle avait traversé les années sans bruit, et il fallut l'arrivée d'un modeste corbillard tiré par un seul cheval habillé de tissu noir à parements blancs pour qu'on se souvînt qu'elle avait existé. Deux jours plus tard, une autre femme âgée emménagea. Elle s'appelait Mme Ali et l'on s'interrogea pour savoir si c'était le diminutif d'Aline ou si elle était la veuve d'un Arabe. Un autre événement fut la prise de bec à répétitions entre Adrienne et la Grosmalard qui se traitaient de poivrotes et cela finit sur un duel à coups de balai. La femme de Loriot donna naissance à une petite fille. On ne voyait plus le beau Mac : certains prétendaient qu'il purgeait une peine de prison.

Virginie s'absenta durant trois jours sous le prétexte d'une affaire de famille dans le Centre. Durant ce temps, Olivier prit ses repas chez Mme Haque qui le gava de frichtis, de fricots, de ragoûts longuement mijotés, mais peu faits pour la saison chaude : haricot de mouton, rouelle de veau, bœuf bourguignon. Mme Haque mettait un point d'honneur à ce que Virginie retrouvât son Olivier bien rondelet.

— Elle n'est pas bonne, ma tarte aux pommes ? Si ? Alors, reprends-en.

— J'ai plus faim, madame Haque.

— Je voudrais bien voir ça. Il reste toujours un peu de place.

Virginie revint chargée d'un jambon, d'un colis de charcuterie et de fromages du pays, des fourmes et des tommes. Un coffret de bois contenait des fruits confits. Durant quelques jours, elle fut mélancolique. Mme Rosenthal reçut des confidences sur des amours impossibles.

Pour David et Olivier, ce fut un bel été. Ils ne vécurent guère l'un sans l'autre. Ils communièrent dans les jeux, dans les promenades, dans les lectures, en toutes choses. Parfois, la même pensée les visitant, ils prononçaient en même temps la même phrase. Alors, chacun posait le bout du doigt sur le nez de l'autre et ils se posaient une devinette à la réponse connue d'avance. A peine séparés, ils constataient l'oubli d'une confidence importante et cherchaient à se rejoindre. Ensemble, ils étaient bavards. Ensemble, ils pouvaient rester silencieux. S'ils lisaient, et souvent penchés tous les deux sur le même illustré ou le même livre, chacun soulignait un passage plaisant à l'autre. Ils riaient sans cesse, souvent sans raison, de petits rires pleins de secrets. Pour les gens de la rue, c'était plaisir de les voir ensemble. Le mot « inséparables » avait été inventé pour eux.

— Maman, avec David, on va se balader.

— Pas trop loin !

En fait, ils s'éloignaient, mais sans jamais perdre Montmartre de vue, les limites extrêmes étant les boulevards Barbès, Rochechouart et Clichy au sud, et au nord les Grandes-Carrières, Clignancourt, Ornano, les fortifs et les Puces de Saint-Ouen, avec toujours, au retour d'un point ou d'un autre, la marche ascendante vers la place du Tertre.

A la mi-août, pour fêter l'anniversaire d'Olivier, Virginie acheta à la pâtisserie Leducq, rue Ramey, un pithiviers à la croûte dorée recouvrant la délicieuse pâte d'amandes et qui fut orné de neuf bougies. David et Myriam furent invités et, après qu'Olivier eut soufflé les flammes, ils se régalèrent. Ensuite, David et Olivier prirent la rue Bachelet à gauche : les départs à la colo l'avaient rendue sans danger.

Assis au bord du trottoir, le môme Tartine en culotte, torse et pieds nus, frottait un noyau d'abricot sur le macadam pour en user le bout, l'orifice permettant alors de l'utiliser comme sifflet. Quand David et Olivier approchèrent, le petit affirma :

— J'ai pas peur de vous !

— On veut pas te faire de mal, dit David.

— Sacré Tartine ! ajouta Olivier.

— D'abord, je m'appelle pas Tartine.

— Ça, t'y peux rien, mon pote.

Ils s'assirent à côté de lui. David prit le noyau et frotta, puis ce fut le tour d'Olivier. Ils se lassèrent. Le

mieux était d'emprunter une lime chez Boissier, mais
Tartine affirma qu'il était indispensable de se servir
du trottoir. Les départs avaient interrompu les
pourparlers entre les deux rues. Tartine dit sur un
ton pleurnichard :

— J'peux même plus passer rue Labat en traîneau...

— On t'autorise, dit Olivier, mais c'est provisoire.

— Tu nous le prêteras ? demanda David.

Tartine courait déjà dans le couloir de son immeuble pour aller chercher son véhicule favori. David et
Olivier éclatèrent de rire. Ce môme Tartine, à six
ans, il se montrait débrouillard comme pas un, plein
de courage et marrant comme tout.

— Dire que j'ai neuf ans ! dit Olivier.

— Moi, pas encore dix, répondit David.

Olivier en conclut qu'ils avaient désormais le
même âge, mais qu'au prochain anniversaire de
David, ce serait fini. D'obscurs calculs se firent dans
sa tête, puis disparurent. Tartine allait vers la rue
Labat en portant le traîneau plus grand que lui.

Des femmes, les manches retroussées, la jupe
mouillée sortirent du lavoir en se frottant les bras et
en riant. Elles s'assirent par terre pour se sécher au
soleil. L'une d'elles chanta *Pars sans te retourner*.
Quand David et Olivier passèrent devant elles, des
plaisanteries fusèrent à leurs dépens. Louisette dit
qu'elle préférait le petit blond et Dédée le petit brun.
Ils pressèrent le pas. Au bout de la rue, Olivier fit un
pied de nez, mais elles ne s'occupaient plus d'eux.

Ils descendirent la rue Nicolet jusqu'à la rue
Lambert. Pour avoir moins chaud, des gens arro-
saient le trottoir. Au milieu de la rue, M. Leibowitz

travaillait. Voir carder la laine d'un matelas plaisait toujours aux enfants. Ce mouvement de va-et-vient de la machine évoquait une balançoire. On voyait la laine peignée se gonfler. Cette opération paraissait mystérieuse. La poche de toile à matelas grise rayée de blanc attendait sa charge. En face, dans l'atelier, des carcasses de chaises et de fauteuils pendaient comme des squelettes. La poussière faisait éternuer.

— Bonjour, monsieur Leibowitz! dirent les deux enfants d'une seule voix.

— Bonjour, les diables.

— Et Élie, ça boume?

Le visage de l'artisan s'éclaira. Il écarta un gros tas de laine, se frotta les mains, tapota sa blouse grise et alla cueillir sur le mur une carte postale insérée dans la fente d'une boiserie.

— Cette carte postale, je l'ai reçue ce matin même.

L'image représentait une plage, des cabines de bain, des baigneurs et des baigneuses en maillot. En haut, dans le ciel, on lisait *Cabourg. Vue de la plage.* M. Leibowitz retourna la carte et ils lurent le message : « Bons baisers de Cabourg, Élie » sans plus, pour ne pas dépasser les cinq mots permettant le tarif réduit.

— Je vais répondre ce soir, dit M. Leibowitz.

— Vous voulez pas lui dire bonjour pour nous? demanda David.

— C'est promis, répondit M. Leibowitz, toi c'est David, et ton copain, Loulou?

— Non, moi c'est Olivier. Loulou, il est aussi à la colo.

Ils descendirent la rue Nicolet. Un encaisseur de

grand magasin montait la rue, en bicorne, son portefeuille à soufflet attaché par une chaîne à son poignet. Il était en nage. Olivier dit : « Fait chaud, hein ? » mais il ne répondit pas. Rue Ramey, on torréfiait du café et l'air embaumait.

Tout ce que n'avait pas dit Élie dans le message à son père, Olivier et David l'inventèrent. En pensant à un étal de poissonnerie, David annonça :

— Élie, il pêche des crevettes et des crabes !

— Et des langoustes grosses comme ça...

— Du hareng, du thon à l'huile et du saumon mariné...

— Et même des requins !

La mer, sur la carte postale, leur avait paru grise avec du blanc passé au sommet d'une vague. Ni l'un ni l'autre n'avaient vu la mer. Ils enviaient les copains en vacances. Au retour, ils raconteraient plein d'exploits réels ou imaginaires.

— Je serais bien parti à la colo, dit Olivier.

— Moi aussi.

Les mères n'y avaient pas tenu. Elles auraient été bien trop inquiètes. A défaut de la mer, ils regardèrent l'eau de la rigole. Elle était sale car on y vidait les eaux de vaisselle.

— Mon père, dit David, il a expliqué qu'on partirait en Amérique.

— Tu rigoles ?

— Oh ! il dit des trucs comme ça... mais c'est pour en parler.

Dans la rue, qui ne rêvait pas de voyages ? Mme Haque, on le savait, s'était inventé une fille richissime qui voguait de par le monde et reviendrait un jour pour l'arracher à sa condition de concierge.

Le père Poileau parlait des ports où il avait abordé étant marin alors qu'il n'avait jamais quitté l'arsenal de Toulon. On disait que Bougras, dans sa jeunesse, avait traversé l'Europe à pied. Zouzou était née en Martinique, mais, venue en France à deux ans, elle ignorait tout de son île natale. Seuls les Zober gardaient les souvenirs d'un lointain village mais ils n'en parlaient pas.

Au coin des deux rues Nicolet et Ramey, à la *Chope Ramey,* deux gros hommes en gilet étaient attablés devant des verres de bière, une canette posée devant eux. A l'autre table, trois frêles jeunes filles trempaient leurs croissants dans du café crème. Elles jetaient des miettes aux moineaux.

Olivier s'aperçut qu'il n'avait jamais emprunté le passage Cottin. Il y entraîna son ami. Cette rue se prolongeait d'un escalier étroit et abrupt qui traçait un long trait noir entre les immeubles. Elle paraissait déserte, découragée par trop de soleil. Du linge séchait aux fenêtres. On entendait des bruits de vaisselle, des sons nets, détachés les uns des autres. Ils marchèrent chacun sur un trottoir, au même rythme, les yeux fermés, les mains tendues, comme des somnambules. Olivier se boucha le nez et observa :

— Qu'est-ce que ça schlingue !
— Oui, ça cocotte, dit David.
— Pour coincer, ça coince !

Lorsqu'ils découvrirent la source de l'odeur, elle leur parut moins désagréable. Au bout à droite, avant l'escalier, se trouvait une fromagerie de gros, une grande salle donnant sur la rue, encombrée de géantes roues de fromage de gruyère. Sur l'une

d'elles, un homme énorme était assis, un mégot collé
à sa lèvre inférieure. Voyant entrer les enfants, il
écarquilla des yeux de myope.

— Où vous allez, sales mômes ?

— Nulle part, m'sieur, on regarde, dit Olivier.

— C'est juste pour voir, ajouta David.

— Voir quoi, bordel ! dit l'homme, y'a rien à voir
ici.

— Les frometons..., avança Olivier.

— Je vais vous en foutre du frometon, avec mon
quarante-cinq fillette si vous caltez pas tout de suite !

David et Olivier échangèrent un regard navré.
L'homme montrait le bout de son soulier de manière
menaçante. Il avait un regard méchant. Regardant
son ventre qui débordait de la ceinture, Olivier jugea
qu'il ne devait pas courir vite. Alors, il dit rapidement :

— Vos frometons, ils puent la crotte !

Par prudence, ils coururent jusqu'à l'escalier et
montèrent jusqu'au premier palier deux marches par
deux marches. Ils s'assurèrent qu'ils n'étaient pas
poursuivis et s'assirent. Ils rigolèrent bien en se
répétant que les frometons puaient et Olivier affirma
que le grincheux sentait encore plus mauvais.

Monter cet escalier raide était amusant. Il n'y
avait pas de rampe. Ils se prenaient pour des
alpinistes. Par les fenêtres, on voyait des intérieurs de
logis qui se ressemblaient. Aux odeurs de cuisine, on
devinait ce que chaque famille avait mangé. Certains
étant encore à table, ils criaient : « Ça marche
l'appétit ? » Arrivés au sommet, ils étaient essoufflés.

— On se marre bien, dit David.

En haut, ils reconnurent la rue Lamarck et enfilèrent le haut de la rue du Chevalier-de-la-Barre conduisant droit au Sacré-Cœur blanc et sculpté comme du saindoux. Ils eurent la surprise de rencontrer la grande Giselle qu'un garçon inconnu tenait par la taille.

— Qu'est-ce que vous fichez là ? demanda-t-elle, et elle dit à son ami : lui, c'est mon petit frère David.

— On se balade, dit David.

— Bonjour, dit le garçon en lui tendant la main, moi je m'appelle Jules.

Olivier serra aussi la main de ce Jules en pensant : « Il s'appelle comme un pot de chambre ! » Grand, osseux, les yeux francs, il avait l'air sympathique.

— Tu dis pas que tu m'as vue, dit Giselle à David.

— Et tu m'as pas vu non plus.

— On vous a pas vus, ajouta Olivier en mettant ses mains devant ses yeux.

— Toi, tu es trop mimi ! lui dit Giselle.

— Quand je veux, dit froidement Olivier.

David regarda le couple s'éloigner. Jules tenait Giselle par le cou. Ils ralentirent le pas et elle posa sa tête sur son épaule.

— Elle change d'amoureux tout le temps ! dit David.

— C'est de son âge, affirma Olivier parce qu'il avait entendu cette phrase dans une situation analogue.

Un peintre dessinait les veines d'un faux marbre sur les boiseries d'un bistrot, de tremblantes lignes jaunes sur fond brun. Il fredonnait une chanson en italien. David et Olivier admirèrent le travail.

— Ce serait chouette si on peignait les maisons, dit David.

— En rouge, en bleu, en jaune, en vert, avec des triangles comme la boutique du marchand de couleurs...

— On rigolerait bien.

Ils trouvèrent une fontaine publique. Olivier grimpa à califourchon sur le gros robinet et, appuyant sur le bouton de cuivre, il annonça qu'il faisait pipi. A part un vieux monsieur en pyjama, la rue était déserte, les volets fermés à cause de la chaleur.

Si rue Labat les gens continuaient à veiller le soir dans la rue, sans les troupes d'enfants, le silence surprenait. Les Zober descendaient rarement.

— Après manger, avait confié David, toute la famille écoute les disques pour apprendre l'english. Papa me fait apprendre plein de mots par cœur. Il a aussi acheté un disque de musique, un seul, de Mendelssohn, et on l'écoute tout le temps.

— Ma mère, avait répondit Olivier, elle me fait faire une dictée, mais elle oublie de la corriger.

— Des fois, je vais voir l'oncle Samuel. L'autre jour, il m'a emmené au restaurant rue Francœur, rien que lui et moi. Il y avait plein d'acteurs des studios de cinéma avec des costumes d'autrefois. Après l'oncle Samuel m'a fait faire un problème d'arithmétique...

David avait aussi expliqué que l'oncle Samuel lui donnait à lire des extraits d'œuvres d'écrivains difficiles. Il lui conseillait de bien réfléchir après chaque phrase. Il choisissait aussi un passage de la Thora et le lui faisait recopier en le commentant. Et il ajoutait : « Dieu prend plaisir à la buée sortant des lèvres de l'enfant qui apprend la Thora. »

Après avoir bu à la fontaine, ils reprirent leur chemin. Ils regardèrent un side-car. La motocyclette, bien astiquée, brillait. Il y avait un pare-brise en mica et une trompe sur laquelle ils appuyèrent timidement. Ensuite, ils firent brroum-brrroum pour imiter le bruit d'un moteur et ils coururent en tenant les poignées du véhicule qu'ils croyaient chevaucher.

Cette course les conduisit jusque sur l'esplanade dominant Paris. Dressés sur la pointe des pieds, ils s'accoudèrent à la balustrade de pierre. De là, ils voyaient la ville dans son immensité. La troupe des toits formait des masses noires, grises dans les lointains, coupées par la trouée des boulevards, des avenues, des rues. Des monuments se détachaient : Saint-Ambroise, Notre-Dame de Paris, Saint-Sulpice, le Louvre, et des lieux comme le mont Valérien, les coteaux de Suresnes, Belleville, mais ils ne surent nommer que la tour Eiffel.

Une brume de chaleur laissait croire que la ville se perdait au loin dans le ciel. Des fumées s'élevaient dans plusieurs directions et se dissolvaient dans de petits nuages. David et Olivier regardèrent longtemps, puis tant d'espace les découragea. Ils tendirent encore le doigt pour désigner un lieu. Olivier pensa aux propos de sa mère : « On ne montre pas du doigt ! » mais comment montrer autrement ? Ils ressentirent une sorte de vertige. David imaginait les millions de gens vivant dans cette ville et qu'on ne connaîtrait jamais. Les enfants se regardèrent, ne sachant que dire. Voilà qu'ils avaient hâte de retrouver le giron de leur rue.

— D'ici, on a une belle vue, dit Olivier.

— C'est grand, et mon père, il dit que New York, c'est encore plus grand.

Ils se retrouvèrent sur le parvis de la basilique. Une dame qui ressemblait à Virginie poussait le cube d'une voiture d'enfant posé sur quatre petites roues. Un hochet dansait que devait regarder le bébé sur un fond de ciel bleu. Les enfants s'approchèrent. Olivier éprouvait l'envie d'étonner David. Il dit à la dame :

— Il fait beau, hein? madame... Il s'appelle comment votre bébé?

— C'est une fille. Elle s'appelle Joséphine. A cause de Joséphine Baker.

La maman baissa la capote et ils regardèrent la merveille. Joséphine souriait. Olivier sentit qu'il fallait dire quelque chose.

— Elle a une jolie frimousse!

— Tu n'as pas de petite sœur? demanda la dame.

Olivier réfléchit et regarda David avant de mentir effrontément :

— Si, j'en ai quatre!

— Oh! fit David.

— Quatre! dit la dame, tu ne dois pas t'ennuyer...

— J'arrête pas de donner des biberons, affirma Olivier.

Il entraîna David en courant et en faisant des glissades. Ils virent la dame au bébé s'éloigner et se mirent à rire.

— Je suis menteur, hein? dit fièrement Olivier.

— Elle a tout cru, la dame.

— Des fois, j'invente des trucs, je sais pas pourquoi.

— Pour se marrer, dit David, on se fend la pêche avec toi...

— Comme un sac de noix qui tombe du sixième étage !

Sur les bas-reliefs de la façade de la basilique, on voyait Jésus et la Samaritaine, Madeleine chez Simon, et, aux tympans, Moïse, le Christ, saint Thomas. David reconnut Moïse et Olivier le Christ.

— On va entrer, dit-il.

— Tu crois ? On nous dira rien ?

— Penses-tu !

Ils regardèrent les trois immenses portes de bronze et leurs ornements. David hésitait à entrer. Il finit par dire :

— Vas-y. Je t'attends là.

— Non, viens, radoche-toi Totoche !

Olivier avait déjà visité la basilique en compagnie de sa mère. Peu pratiquante, Virginie lui avait cependant appris les gestes de la religion. Il leva la main pour atteindre le bénitier et se signa. David, effarouché, se tenait les mains derrière le dos en regardant autour de lui avec gêne.

— T'es jamais venu ?

— Ben non. Tu sais, nous on va à la synagogue, rue Sainte-Isaure, à Jules-Joffrin.

— C'est quoi ?

— Comme ici, mais en plus petit, pour les juifs, tu comprends.

— On y fait quoi ?

— Le baptême, le mariage, la prière comme la dame là-bas.

— On va quand même se balader.

Olivier ne voulait pas montrer qu'il se sentait lui-même impressionné par le lieu. David le suivait plus timide encore. Il regardait autour de lui. Ces hommes, tête nue, cela lui semblait bizarre, paradoxalement irrespectueux. Ils marchèrent lentement. La mosaïque de la voûte où la France offre sa dévotion au Sacré-Cœur, les statues de la Vierge, de Jeanne d'Arc, de grands prélats, les piliers, les monuments de pierre et de bronze, les mosaïques, les marbres, tout leur paraissait grandiose et d'une richesse écrasante.

— Le Bon Dieu, j'y crois pas beaucoup, chuchota Olivier, enfin si, un petit peu...

Des fidèles baisaient le pied de la réplique de la statue de saint Pierre. Virginie avait expliqué à Olivier que le bronze était usé à l'endroit où les fidèles posent leurs lèvres. Il se demandait comment une chose pareille était possible. Les deux enfants restèrent assis, silencieux. Dans son secret, Olivier fit une prière. Il demanda que la famille Zober ne parte pas en Amérique et aussi d'être dans les premiers de sa classe à la rentrée. Comme il croyait que le Père Noël était un personnage religieux, il en profita pour solliciter une trottinette à pédale.

Quand ils se retrouvèrent dehors au soleil, Olivier se réjouit d'avoir accompli un exploit. David pensait qu'il tairait à ses parents cette visite.

— On va descendre par le square, proposa Olivier.

Ils longèrent le réservoir d'eau de Montmartre, la vieille église Saint-Pierre avec son cimetière fermé. David restait pensif. Il se répétait une phrase sans se rappeler qui l'avait prononcée : sa mère, son père ou l'oncle Samuel. Peut-être le rabbin. Il la prononça à voix haute :

— Un jour, le Messie viendra nous délivrer sur un cheval tout blanc.

Olivier ignorait la signification de « Messie ». Il crut avoir mal entendu et dit :

— C'est Henri IV. Tu connais la couleur du cheval blanc d'Henri IV ?

A son tour, David ne comprit pas pourquoi Olivier parlait du roi Henri IV qu'il connaissait pour avoir vu dans son *Histoire de France* un dessin le représentant marchant à quatre pattes avec son fils sur son dos. Et Olivier précisa :

— La couleur du cheval blanc d'Henri IV, c'est le blanc.

Cette évidence rendit David muet. Chacun avait l'impression que l'autre disait des choses incompréhensibles. Mais aucun ne s'en étonna outre mesure : il leur arrivait de dire n'importe quoi, d'inventer des phrases dénuées de sens, de débiter des kyrielles ou de parler par onomatopées.

David se retourna et regarda de nouveau la basilique. On aurait dit une mère poule et ses poussins.

Pour traverser le grand square étendu au pied du Sacré-Cœur, ils prirent la rampe de droite. Là, une fontaine amusait beaucoup les enfants : l'eau sortait directement du zizi d'un bébé de bronze. Tout près, le funiculaire hydraulique dont on disait qu'il allait disparaître ressemblait à un jouet géant.

David et Olivier coururent dans la descente; s'arrêtant pour contempler les jardins à la française d'aménagement récent. Il aurait été bon de s'allonger sur le gazon ou d'y faire des culbutes, mais les gardes veillaient, prêts à intervenir puisque des panneaux notifiaient l'interdiction de fouler cette herbe. Olivier regarda David avec malice. Il préparait un délicieux frisson de peur et de plaisir.

— Chiche, dit-il, qu'on traverse le gazon à fond de train ?

— C'est défendu...

— Ils nous attraperont pas.

— Non, il faut pas.

Déjà Olivier courait dans l'herbe. Après une hésitation, David le suivit. La traversée fut rapide mais un coup de sifflet retentit. Le garde tendit l'index dans leur direction et donna encore un coup de sifflet sévère. Des gens regardèrent les enfants. David était tout rouge. Olivier, tout de même inquiet, prit un air goguenard.

Arrivés en bas du square, ils fouillèrent leurs poches. En réunissant de petites pièces, ils purent s'acheter un seul cornet de glace à la framboise. Dire que cette caisse du triporteur en contenait tant ! Il parut bien petit le cornet. Pour le partage, après avoir imaginé de lécher un coup chacun, ils décidèrent que David mangerait la moitié de la boule et qu'Olivier la finirait. Ensuite, ils se partageraient la gaufrette.

La marchande de ballons rouges, bleus, jaunes, verts, fort grosse, ne risquait pas de s'envoler avec sa marchandise. Près d'elle, se tenait un gringalet à forte moustache qui tenait une longue perche traversée de trois barres horizontales où s'accrochaient des pantins, poupées, baigneurs en celluloïd, des Pierrots, des animaux en peluche, des balles dans des filets, des cordes à sauter, des trompettes, des fagots de quilles avec la boule au milieu, des seaux avec la pelle et le râteau à sable, des kaléidoscopes, des crécelles, des toupies, joujoux de toutes sortes, trésors contemplés par des regards brillants d'enfants faisant en pensée leur choix.

Leur glace dégustée, David et Olivier quittèrent le square par le portillon grillagé qui rendit un bruit métallique. De l'autre côté, une femme assise sur une chaise du square jouait du violoncelle sans regarder les gens comme si elle était seule. Un peintre en blouse blanche, le cou serré dans une cravate laval-lière, portant la barbiche, un pince-nez devant les yeux, se tenait devant un chevalet surmonté d'un parapluie vert. Comme beaucoup de badauds, les enfants s'approchèrent, regardant tour à tour le Sacré-Cœur et la toile peinte, puis ils affirmèrent que c'était ressemblant.

— J'aimerais bien être peintre, dit David.

— Pas moi, affirma Olivier. J'ai même une boîte d'aquarelle avec huit ronds, un tube de blanc et trois pinceaux. Je te la prêterai si tu veux...

— C'est le Père Noël?

— Non, c'est mon cousin Jean, le cuirassier.

A l'angle de la rue de Steinkerque, les terrasses des deux cafés se faisant face étaient garnies de consom-mateurs qui buvaient de la bière ou du cidre en mangeant des gaufres saupoudrés de sucre glace, ou décortiquaient des cacahuètes dont les débris jon-chaient la sciure. En descendant, ils regardèrent les vitrines de bibelots pour touristes. Boulevard Roche-chouart, après une hésitation, ils prirent à droite pour admirer les ailes du *Moulin-Rouge* et d'autres lieux connus d'Olivier car c'était là un but de promenade habituel pour les Montmartrois. Parfois, le dimanche après-midi, Virginie l'emmenait faire un tour, lui désignant le *Trianon Lyrique* ou le *Cirque Médrano*, des lieux de plaisir comme *L'Enfer* avec sa porte en forme de bouche et ses diables ou *Le Paradis* entouré d'anges, et encore ces deux établissements voisins, *La Cigale*, *La Fourmi*.

— Je t'en montrerai des trucs, David !

Sur le boulevard, ils trouvèrent tant et tant de promeneurs, marchands à la sauvette, camelots, joueurs de bonneteau, vendeurs de tuyaux pour les courses, chanteurs de rue, bateleurs, peintres exposant leurs toiles, Arabes marchands de tapis ou de cacahuètes, touristes étrangers, aboyeurs de boîtes, musiciens, ou simplement gens qui se chauffaient au soleil sur les bancs et les sièges de fortune, tant et tant de circulation, autos, taxis, autobus, voitures à bras, attelages de chevaux, triporteurs, charrettes, motos, vélos, qu'ils se sentirent minuscules, perdus, étonnés, écrasés par la foule et le vacarme. Au calme feutré des hauteurs de Montmartre s'opposait brusquement l'exubérance boulevardière. Comme ils craignaient de se perdre, ils se donnèrent la main.

Pour être moins bousculés, ils rejoignirent le terreplein central. Place Pigalle, ils suivirent les arabesques du bâton blanc de l'agent de la circulation, entendirent les coups de sifflet, les klaxons, les trompes, les sonneries grêles des cinémas, les sonnettes des bus, les grincements de freins, les diatribes des conducteurs. Ils marchèrent dans des odeurs mêlées d'essence et de friture, de verdure et d'eau croupie, de parfum et de transpiration, grisés par tout ce qui les entourait, par la lecture de trop de noms de cafés, de cinémas, de boîtes de nuit, de commerces. Ils lisaient aussi les affiches, se demandant comment le livreur des vins Nicolas pouvait tenir en éventail une telle quantité de bouteilles ou s'amusant aux garçons de café rouge et blanc du quinquina Saint-Raphaël.

Ils traversèrent la place Blanche en courant, à la fois ravis et craintifs, étonnés de leur audace. En même temps, ils devenaient des aventuriers lassés désireux de retrouver le repos de l'étape. Ils évitèrent la place Clichy pour prendre à droite la rue Caulaincourt, en face de ce grand cinéma *Gaumont* qui était la gloire du quartier. Ils ne se sentirent rassurés que lorsqu'ils eurent traversé le pont dominant le cimetière Montmartre. Alors, ils ralentirent leur course.

— Les boulevards, c'est mieux quand y'a la fête, dit Olivier.

Il décrivit de son mieux la fête foraine, ses roulottes, ses tirs, ses manèges, ses ménageries, ses expositions de monstres, ses baraques de lutteurs. Il parla longuement d'une Miarka couchée presque nue dans un cercueil de verre avec des serpents, parla du billard japonais et des beignets hollandais, de la loterie où l'on gagnait des kilos de sucre, de ce train lourd que lançaient les costauds au long d'un rail, de la pêche aux canards, de la grande balançoire... La famille Zober s'était promenée un dimanche après-midi sur ces lieux magiques, mais David ne le dit pas à Olivier pour lui laisser le plaisir de raconter, ce qui lui permettait de revivre ces heures heureuses.

Des agents en pèlerine les dépassèrent. Suant et

soufflant, ils marchaient près de leur bicyclette.
Olivier singea leur démarche et David imita Olivier.
Quand un des agents se retourna, ils se réfugièrent
derrière une porte cochère. Puis David marcha
comme Charlot en écartant les pieds et en faisant
tourner une canne imaginaire. Olivier lui donna la
réplique.

— On se marre bien ! dirent-ils ensemble.

— Tu sais l'heure ? questionna David.

— Y'a longtemps que je sais.

Par là, Olivier exprimait qu'il savait lire une
pendule. Quant à l'heure exacte, il ne s'en souciait
pas, mais David demanda à un passant.

— Cinq heures ! Faut que je rentre. Pour la leçon
d'anglais...

— Cinq plombes, c'est pas tard.

Ils longèrent l'immeuble de l'oncle Samuel. Pen-
sait-il encore à la séance de Pathé-Baby promise ?
Comme ils se sentaient bien aux approches de leur
rue, en bas de ces escaliers Becquerel où leur
aventure commune avait commencé !

Rue Bachelet, un bambin se serrait contre les jupes
de sa mère. Ainsi David et Olivier retrouvaient-ils
leur rue protectrice. Ils reconnurent des sons : tinte-
ment de verres au *Transatlantique*, chuintement des
chalumeaux chez Boissier, parasites d'une T.S.F.,
criailleries dans un logement, écho d'une chanson
lointaine, choc des fers à repasser, bruit d'eau du
lavoir, glissement d'un balai de branches le long du
trottoir. La rue ne cessait pas de chanter. C'était
l'heure où les ménagères rentraient des commissions,
où l'on attendait le retour des ouvriers et des
employés.

— Bonjour, monsieur Aaron... Bonjour, madame Rosenthal... Ça va, m'sieur Poileau?... Fait chaud, pas vrai? mademoiselle Marthe... Salut, P'tit Louis... Ça colle, Amar?...

David et Olivier ne cessaient de saluer les uns et les autres. Fiers de connaître tant de personnes et d'être connus d'elles, ils se sentaient à l'aise dans la tribu composite. Ici, la foule n'était pas anonyme comme sur les boulevards. Elle représentait une assemblée d'individus avec chacun sa particularité connue. A cette heure de la journée, dans la perspective d'une longue soirée, les acteurs se préparaient à jouer un rôle renouvelé, porteur d'inattendu.

Virginie était assise à l'ombre devant la mercerie, son sac à ouvrage près d'elle sur une autre chaise. Elle tricotait un pull-over pour Olivier. Il fallait penser à l'hiver.

— Voilà les deux diables, dit-elle, où étiez-vous passés?

— Par là..., dit Olivier.

— Par là où?

— Rue Bachelet, mentit Olivier.

— A la bonne heure!

Les bras de Virginie étaient nus jusqu'aux épaules. Sa chevelure portait des épingles à friser. En haut de son front brillaient de petites gouttes de sueur. Les enfants s'assirent sur le bord du trottoir devant elle.

M. Zober monta la rue, sa veste posée sur ses épaules, tenant à la main son fume-cigarette. Il dit à David qu'il l'avait cherché partout. Il s'inclina devant Virginie et bredouilla quelques mots. Elle répondit : « Bonsoir, monsieur Zober! » et s'affaira à son tricot qu'elle posa sur les épaules d'Olivier en disant : « Un peu large, mais ça ira ! » M. Zober emmena David.

— Salut, mon pote ! dit Olivier. Je te revois tout à l'heure ?

— *Yes sir !* dit David pour faire plaisir à son père.

— *Yes, yes*, fit Olivier.

— Va te laver les mains, lui demanda Virginie, et à une passante : Bonsoir, madame Vildé.

— J'ai acheté des harengs, dit Mme Vildé, je vais les faire à la moutarde.

Olivier plissa le nez. La moutarde, Virginie lui en avait mis au bout des doigts quand il rongeait encore ses ongles.

— Tu as oublié ton quatre-heures, se rappela Virginie, fais-toi une petite tartine de beurre pour attendre le souper.

Olivier ne l'entendit pas. Il réfléchissait. Il revit leur promenade, le marchand de fromage grincheux, la rencontre de Giselle, la visite du Sacré-Cœur, la timidité de David...

— Dis, m'man...

— Quoi donc ?

— M'man, pourquoi qu'on n'est pas juifs ?

Virginie sourit. Au fond, elle ne savait que répondre. Les enfants posent de ces questions parfois ! Elle hésita sur « Parce que », buta sur « Tu dis encore des bêtises ! » et finit par choisir :

— C'est comme ça, c'est tout, c'est comme ça...

Pour conclure, elle eut recours à la sagesse populaire qui a réponse à tout :

— Que veux-tu ! Il faut de tout pour faire un monde.

Neuf

Si les Zober trouvèrent leur subsistance, ce fut moins par l'exercice du métier de tailleur que par des activités marginales. Grâce à M. Schlack, Isaac obtint un emploi temporaire dans un atelier, rue de la Tour-d'Auvergne, le temps que Mme Irma, la culottière, mît au monde une fillette. Or, huit jours après l'accouchement, elle reprenait déjà son travail.

Renseigné par Lulu l'aveugle, l'homme le plus au courant des choses du quartier, Isaac, de bon matin, se plaça dans la file d'attente des studios de la rue Francœur pour se faire engager parmi des dizaines de figurants, ce qui permettait de gagner honnêtement sa journée. Même perdu dans une foule, il eut l'impression de faire du cinéma, ce qui le flatta.

Esther Zober ne restait pas inactive. Elle effectuait des travaux de retouche, de stoppage. Selon une ancienne tradition, les petites annonces de la rue se faisaient à la boulangerie sous la forme de rectangles de papier avec timbre fiscal collés à l'intérieur de la vitrine. Étaient proposés des meubles d'occasion, des cours de danse, de chant, de sténo ou d'anglais, enfin, plus rarement, des emplois. Grâce à l'une d'elles,

Esther obtint de faire quatre heures de ménage par jour dans une villa de l'avenue Junot. Avec le modeste salaire de Giselle, on put joindre les deux bouts.

Et puis, tout s'écroula. La patronne d'Esther préféra engager une bonne à tout faire. Les studios se passèrent de figurants. L'entreprise Boissier choisit une secrétaire expérimentée. Les commandes se firent de plus en plus rares car la crise sévissait et les gens achetaient des vêtements de confection. Le billet de cent francs gardé dans l'espoir d'une sortie avec Virginie disparut dans le naufrage.

Dès lors, Isaac découragé passa ses journées à tourner en rond dans un atelier désert. Parfois, il parlait tout seul. Ou bien il sortait pour de longues marches dont il rentrait harassé pour s'endormir sur une chaise. Il finissait par perdre son bien le plus précieux : celui de rêver et d'espérer. Il regardait ses mains inutiles et s'écriait :

— Oïlle oïlle oïlle ! du travail que j'en pourrais faire et que personne il m'en donne, ni yids ni goyim, personne !

— A l'hiver froid comme tout, disait Esther pour lui remonter le moral, des manteaux tout le monde il en voudra !

— Je dis, moi Isaac Zober, et comment qu'on va le fiche le camp d'ici ! Loin qu'on va chez Apelbaum qu'il fait signe pas par hasard. Là-bas, dans l'Amérique, le Seigneur il voira les Zober. Ici, il regarde pas.

Il envisagea de porter une nouvelle fois l'argenterie au Mont-de-Piété. Esther s'y opposa. Giselle trouva une place d'apprentie coiffeuse mais sans salaire. David proposa de quitter l'école et de chercher du travail. Son père ému l'embrassa. Pour rien au monde, le « prix d'Honneur de l'Excellence » ne quitterait ses études. La Compagnie du Gaz menaçait d'une coupure. Le gérant de l'immeuble, poussé par une inconnue appelée « la probloque », parlait de contentieux et de saisie. La dégradation de la situation conduirait-elle à la Soupe populaire ? Il ne restait aux Zober que leur fierté. Ils craignaient de la perdre.

Mme Rosenthal les avait invités à dîner et ils avaient refusé, de crainte de ne pouvoir rendre l'invitation. Seul Olivier fut retenu un soir pour partager le repas. Ce soir-là, après une soupe où nageaient des *matzekneplichs,* une carpe à l'échalote venue de chez Kupalski, on s'était régalé de gâteaux au miel. En rentrant, Olivier avait dit à sa mère :

— Chez David, ils se lavent deux fois les mains avant de manger.

— Tu vois bien...

La première, sous le robinet, c'était pour l'hygiène. La seconde, dans une cuvette, en accompagnant le geste d'une bénédiction, c'était pour la piété, mais cela Olivier l'ignorait. Les Zober l'avaient comblé de prévenances. Ce garçon si vif et éveillé leur plaisait. La grande Giselle n'avait cessé de le câliner, lui fourrant dans la bouche des friandises, le coiffant, lui coupant les ongles, comme s'il était sa poupée.

Olivier rapporta à sa mère que l'oncle Samuel était en Amérique d'où il reviendrait bientôt. David connaissait des phrases entières en anglais. M. Zober avait l'air triste.

— Et tu as bien mangé ? Tu t'es bien tenu à table ?

— J'ai fait tout ça, m'man. J'ai même pas dit que j'aimais pas le poisson.

— J'inviterai David, je ferai une tarte aux pommes comme tu aimes.

— Avec de la crème ?

— Et même avec de la crème !

Et Virginie chantonna « Et même avec de la crème » sur plusieurs tons. Puis elle rit sans raison, annonça à Olivier qu'elle lui essaierait son pull-over bientôt terminé, que le soir elle sortirait mais ne rentrerait pas tard.

— Maman, Mme Haque, elle dit que t'as un amoureux !

— Eh ben, eh ben ! eh ben ça alors ! De quoi je me mêle ! Oui, j'ai un amoureux. C'est toi mon petit amoureux.

— C'est bien vrai ce mensonge-là ?

— Embrasse-moi, gros bêta. Il faut bien que je sorte de temps en temps. Tu comprendras plus tard.

Lorsque les enfants du quartier revinrent de la colo, en attendant la rentrée des classes, les jeux reprirent. David et Olivier se situaient dans un archipel joyeux comme deux îles sœurs. Ils écoutèrent les récits des jeunes voyageurs à la peau hâlée. Loulou, Capdeverre ou Élie transformaient la cueillette des berniques sur les rochers en expédition à Terre-Neuve, une baignade en traversée de la Manche à la nage, une promenade dans les bois en randonnée dans la forêt vierge.

Olivier répondit par d'autres vantardises. Lui pourrait traverser la Manche à la nage pour de vrai : son cousin Jean, quand il rentrerait du service, lui apprendrait le crawl ; il connaissait déjà la brasse et la planche. Il indiqua que dans le quartier, avec David, ils avaient fait des « tas de trucs » sans préciser lesquels.

Un fait nouveau : à la colo, les garçons de la rue Labat s'étaient liés d'amitié avec des ennemis de la rue Bachelet, ce qui atténuait la belligérance. Cependant, Capdeverre apprit avec déplaisir que Tartine conduisait son traîneau sur la pente de la rue Labat sans payer un droit de passage. David et Olivier furent accusés de faiblesse. David répondit que la rue est à tout le monde, ce qui lui valut un affrontement avec Loulou. Au troisième coup de poing, Olivier entra dans la bagarre, puis Capdeverre, mais l'engagement fut de courte durée. Jack Schlack répéta que les Apaches devaient rester solidaires.

Ils décidèrent alors de gravir les cinq marches délimitant le territoire des rivaux pour parler, comme dit Capdeverre, d'homme à homme.

Bien qu'en cette fin septembre, il fît encore chaud, Olivier avait enfilé le pull-over tout neuf. Les autres étaient en chemisette ou en maillot de corps. Capdeverre, pour affirmer sa suprématie, portait un pantalon trop large taillé dans celui usé de son père, ce qui fit dire à Olivier : « Plus la culotte est large, plus l'homme est fort ! » Le plus élégant était le beau Loulou dans sa culotte de velours uni noir à gros boutons blancs et sa chemisette blanche. Ceux de la rue Bachelet, comme toujours, étaient en guenilles. Peu fréquentaient le coiffeur et ils apparaissaient hirsutes et mal lavés.

A part Tartine et Riri, les petits, qui tentaient de se flanquer des beignes, l'atmosphère resta calme. Des deux côtés, on gardait des souvenirs de colonie de vacances dont on voulait parler. Ils étaient tous là, Grain de Sel, Anatole, Doudou, Lopez, les deux Machillot, Mauginot, Tartine, et quelques autres, d'une part, et, d'autre part, les Capdeverre, Loulou, Saint-Paul, Élie, Jack Schlack, Toudjourian, Tricot, David et Olivier.

Capdeverre tendit la main comme un tribun et annonça que c'était fini la rigolade et qu'il avait des choses importantes à dire. Comme le silence ne se faisait pas, Élie cria :

— La ferme ! Capdeverre va parler...

Olivier mit la main sur la bouche de ce bavard de Tartine qui tenta de le mordre. David fit « Chut ! Chut ! » un doigt sur la bouche. Enfin, Capdeverre parla :

— Les vacances, c'est fini !

— Non ! Non ! Non ! crièrent plusieurs voix dans les deux camps.

— Bon, d'accord, c'est pas fini, mais faudrait voir à voir, vous les types de la rue Bachelet, il paraît que le traîneau passe rue Labat...

— Et après ? jeta Grain de Sel.

— Interdit par la loi !

— De quoi, de quoi, des crosses ? demanda Lopez.

D'un même mouvement, la garde de la rue Labat entoura son chef. De leur côté, ceux de la rue Bachelet se regroupèrent. Les deux troupes étaient de nouveau face à face.

— On discute, dit Capdeverre.

— Pourquoi vous passez pas par la rue Nicolet ? questionna David.

— Il y a même un trottoir qui file jusqu'à la rue Ramey, ajouta Olivier.

— Justement. Par la rue Labat, c'est plus marrant ! dit Anatole, et puis...

Il interrompit son discours et tous ceux de la rue Bachelet se mirent à rire. Anatole reprit : « Et puis... » mais ils rirent encore. Tricot répondit à sa place :

— Je crois qu'ils veulent nous faire chier !

— Pas de gros mots ! dit Loulou.

— Et le drapeau blanc ? dit Capdeverre, on devait faire un traité.

— Un quoi ? demanda Machillot.

— Vous deviez payer en bonbecs, dit Jack Schlack.

— De la flotte, vous allez encore en prendre plein la poire, menaça Riri en donnant un coup de pied en traître à Tartine.

Ainsi, la guerre allait reprendre. Le ton montait. Les visages se faisaient menaçants. Des insultes se préparaient.

— A la colo, on était copains, observa Loulou avec amertume.

David regardait Olivier pour chercher un encouragement. L'*Histoire de France* lui suggérait une idée. De la lecture de son livre de prix, il avait retenu tout ce qui avait couleur de merveilleux et de grandiose. Dans sa tête passaient les héros et les rois. Le souvenir d'une illustration de son livre le visita. Il chuchota à l'oreille d'Olivier.

— Les gars, dit ce dernier, David a une idée.

Comme le petit Zober figurait parmi les plus réservés, la meute des bavards en fut d'autant plus

attentive. Quelques-uns s'assirent sur les marches.
M. Aaron s'approcha pour écouter. David commença ainsi :

— Il était une fois...

— Il va nous raconter *Le Petit Chaperon rouge,* dit
Grain de Sel.

— Faut pas interrompre ! dit Olivier.

— Un jour le roi François Ier invita l'empereur
Charles Quint. Il y avait plein de soldats, d'officiers,
des gens qui s'appelaient des princes et des ducs...

— Ils étaient drôlement bien sapés, renchérit
Olivier, et les deux rois, ils étaient costauds comme
c'est pas possible, des vrais malabars !

— Et là où ils étaient tous, reprit David, c'était le
Camp du drap d'or.

— Des draps en or, ça n'existe pas ! observa
Tartine.

— Parfaitement, monsieur ! Le Camp du drap
d'or parce qu'ils avaient mis de l'or partout, plein les
tentes de camping, sur les habits et les chapeaux,
partout. Même les assiettes et les fourchettes en or
qu'elles étaient. Et ils mangeaient des gigots entiers
avec les doigts, et des poulets, euh...

— Et alors ? dit Anatole. J'entrave que dalle.

— Attends, dit Olivier, il a pas tout raconté. Je la
connais, moi, l'histoire. Allez, vas-y David !

— Ben voilà. François Ier et Charles Quint, ils
avait l'air copain-copain vu qu'ils étaient en
vacances, mais ils se faisaient la guerre tout le temps.
Et comme ils avaient bu un coup, ils ont décidé de
faire la lutte tous les deux, rien qu'eux deux.

— Moi aussi, j'entrave que couic ! dit Machillot.

— Moi, j'ai pigé, dit Anatole, jacte quand même.

— Alors, dit David, pour la guerre des rues, il y a qu'à faire comme eux. On se marre bien, on bouffe des bonbons, et y'en a que deux qui se battent, les autres regardent...

— Le plus fort de chaque rue, compléta Olivier.

— C'est moi, c'est moi ! cria Tartine.

— Faut discuter, dit Anatole.

Les deux partis se séparèrent. Rue Labat, les ouvriers de chez Boissier quittaient le travail, en bleus, la musette à l'épaule. Le père Poileau promenait son chien. Quand il ne lui tapotait pas les flancs, il portait sa main à sa moustache comme pour s'assurer qu'elle n'avait pas disparu. Virginie parlait devant sa boutique avec Adrienne. Les fillettes sautaient à la corde. Elles se demandaient ce qui se passait entre les garçons. Le bar d'Ernest se remplissait peu à peu.

Les palabres terminés, les deux bandes se rejoignirent. Anatole demanda à David :

— Ta castagne, qui a gagné ?

— François Ier, mais l'autre s'est bien défendu.

— Alors, je serai François Ier...

— Oui, si tu gagnes, et l'autre ce sera Charles Quint.

L'idée plut à tous. Si la rue Bachelet, par son champion, remportait la victoire, le traîneau passerait librement. Désigner les combattants n'était qu'une formalité : chacun savait que ce seraient Anatole et Capdeverre. Ils s'observaient déjà comme deux coqs de combat. Il fut question de lutte, de catch, et même de pancrace, mais on opta pour le sport de combat le plus populaire : la boxe. L'effervescence grandit. David se sentait fier d'avoir relancé

le jeu. Des exclamations fusaient : « En trois rounds !
Non, en dix ! Par K.O. ! Aux poings ! Je te parie... »

— Je suis prêt, dit Anatole se mettant en garde.

— Moi aussi, lança Capdeverre en faisant tourner
ses poings.

— Minute papillon ! intervint Toudjourian. Un
match, ça se prépare. Il faut s'entraîner. C'est une
organi...

— Et il faut des entraîneurs, l'interrompit Mauginot.

— ... sation, continua Toudjourian, et il faut des
soigneurs, un arbitre.

Pour le match, il fut décidé d'un délai d'une
dizaine de jours, ce qui correspondait à l'avant-veille
de la rentrée des classes. A son insu, Ernest fils
d'Ernest, jugé neutre parce qu'il habitait au coin des
deux rues, fut désigné comme arbitre. Au cours des
bavardages, on parla de gants de boxe, de gong, de
ring et les mots du noble art furent jetés : gauche,
droite, crochet, swing, uppercut... Riri et Tartine
commencèrent un match miniature. Finalement,
Capdeverre serra la main d'Anatole et ils se quittèrent en roulant des épaules. La rue Labat descendit
les marches en entourant son champion. Grain de Sel
leur cria :

— Capdeverre va en prendre plein la gueule !

— Pauvre Anatole, riposta Tricot, il va finir à
l'hosto !

Et tous les Apaches reprirent en chœur sur un ton
lugubre : « Pauvre Anatole ! »

Olivier rappela aux autres le mérite de David qui
avait eu cette bonne idée, mais on l'avait déjà oublié.
Tout l'intérêt se portait sur Capdeverre qui jouait les

matamores. Olivier échangea avec David une mimique signifiant : « C'est quand même toi qui as eu
l'idée ! » avec cette réponse muette d'un haussement
d'épaules désabusé. Les autres tâtaient les biceps de
leur champion.

— Il faut que tu boulottes des biftecks gros comme
ça ! dit Élie en écartant les mains.

Virginie reçut une carte-lettre de Jean, le cuirassier. Il n'avait plus que cent jours de service à faire. A
sa demande, elle traversa Paris pour se rendre à
Montrouge chez son employeur. Le patron de
l'imprimerie absent, ce fut le prote qui la reçut. La
crise sévissait. Les mises à pied étaient incessantes.
Une machine sur deux tournait à plein. Virginie
rentra soucieuse.

— En attendant, dit-elle à Olivier, je vais envoyer
un mandat à Jean. On ira à la poste.

Un dimanche matin, sans avoir prévenu, le cousin
Baptiste arrêta son taxi devant la mercerie. Sa femme
Angéla l'accompagnait, coiffée d'un chapeau orné de
grosses cerises en cire. Suivait sa fille Jeannette, jolie
comme tout, dans une marinière en piqué blanc avec
un col bleu et un bonnet de marin américain.
Baptiste entra dans la mercerie, fit trois baisers
sonores à Virginie, et dit :

— Allez hop ! On vous emmène à la campagne !

— Mais... je ne suis pas prête. Je suis toute
décoiffée, et Olivier qui n'est pas là...

— Il ne doit pas être bien loin !

Virginie offrit de la bière et fit des allées et venues

de la cuisine à la chambre pour se mettre en toilette. Ensuite, elle sortit et courut jusqu'à la cour du 73 pour appeler Olivier. Il apparut à la fenêtre des Zober.

— Descends vite! Nous partons à la campagne. Avec le cousin Baptiste.

— Tout de suite. Et David?

Les têtes des parents de David apparurent au-dessus de celle d'Olivier.

— Bonjour, madame, bonjour, monsieur Zober, dit Virginie. Notre cousin nous emmène à la campagne. Et si David venait avec nous?

Les Zober la rejoignirent dans la cour. Tout au long de l'escalier, Olivier n'avait cessé de prier les parents de David :

— Laissez-le venir, madame Zober, on s'amusera bien!

Pour les convaincre, Virginie prit le relais en avançant pour arguments le beau temps, le bon air, la prudence de la conduite d'un chauffeur de profession, le soin qu'elle prendrait des enfants. Tous les remparts cédèrent et Mme Zober remonta chez elle pour charger David de vêtements inutiles.

— Cousin, ça vous ennuierait qu'on emmène le copain d'Olivier? Ils ne vivent pas l'un sans l'autre.

— Mais non, au contraire. La place ne manque pas.

Jeannette, de deux ans plus âgée que David et Olivier, les considérait avec distance. Brune, coiffée avec des anglaises, on admirait ses grands yeux marron, sa jolie bouche avec une mince cicatrice sur le côté qui lui donnait toujours l'air souriant.

Quand elle regardait les enfants, ils rougissaient et dansaient d'un pied sur l'autre.

— Je prends le vin, proposa Virginie.

— Mais non, cousine, je vous emmène dans un restaurant au bord de l'eau.

Sur le trottoir d'en face, Capdeverre, une serviette de toilette autour du cou, accompagné de Loulou et de Saint-Paul, courait pour son entraînement. Ils s'arrêtèrent pour assister au départ. Le compteur du taxi disparaissait sous un capuchon noir. Le cousin Baptiste tira d'un sac en papier un canotier en paille qu'il plaça sur sa tête en se regardant dans le rétroviseur. Au moment du départ, il donna du klaxon et Mme Haque agita son mouchoir.

Angéla se tenait auprès de son mari. Derrière, Virginie et Jeannette profitaient du siège recouvert d'une housse tandis que David et Olivier leur faisaient face sur les strapontins. La traversée de Paris fut pour les deux garçons un sujet d'intérêt : ces Montmartrois ne connaissaient guère la capitale. Ils regardaient à droite, à gauche, et comme l'espace était vaste, ils se déplaçaient pour admirer les immeubles, les boutiques, les passants. A hauteur des Halles, ils se désignèrent les voitures des quatre-saisons, les chariots, les diables, les appareils de levage, les attelages de toutes sortes, du tombereau à la camionnette, du vélo-porteur au side-car, et toutes les automobiles dont le cousin Baptiste nommait la marque.

La traversée de la banlieue parut interminable. A voix basse, Olivier demanda à sa mère si c'était bientôt la campagne. Enfin, après une suite de minces rectangles de jardinets, avec chacun sa cahute, apparurent les premiers prés et les premiers champs. Comme on passait au lieu-dit « La Vache noire », David demanda où se trouvait cette vache et cela fit l'objet de plaisanteries. Lorsque l'on aperçut un troupeau, on la chercha en vain. Mais quel bonheur de voir des animaux, vaches, moutons, volatiles de basse-cour, ailleurs que dans un livre d'images !

Par deux fois, il fallut s'arrêter, la première pour laisser passer une course cycliste que les automobilistes, ayant quitté leur véhicule, applaudirent à son passage, en jetant tous les encouragements connus du genre : « Fonce, Toto ! » ou « Baisse la tête, t'auras l'air d'un coureur ! » ou « Vas-y mon pote, vas-y tricote ! », la seconde parce que Jeannette qui craignait la voiture pâlissait. Sa mère lui tendit un sucre imbibé d'alcool de menthe et, par précaution, les deux garçons obtinrent la même faveur. L'alcool piquait la langue, mais ce goût de menthe forte, quel délice ! Et l'on repartit. Olivier croyait que l'on roulait vite, mais le compteur ne dépassait pas le soixante à l'heure.

De temps en temps, Virginie sortait de son sac à main un miroir à manche, disait : « Je suis affreuse ! » et passait une houppe de cygne sur son visage. Angéla la détrompait.

— Olivier, c'est votre portrait tout craché, Virginie, dit-elle, et Olivier s'interrogea sur le mot « craché ».

— Ça va, les enfants ? dit Baptiste, et il répondit lui-même à sa question : Je pense bien que ça va ! Il manquerait plus que ça...

— On est bientôt arrivés, dit Angéla. C'est passé

Corbeil, au bord de la Seine, au *Rendez-vous des pêcheurs*. Le patron est de Marvejols.

Lorsque le taxi s'arrêta sur la berge, la Seine parut immense aux enfants. Ils parcoururent une centaine de mètres à pied. Virginie et Angéla, dans leurs robes fleuries, paraissaient très jeunes, et elles riaient, elles riaient de tout, passant à une brusque réserve quand elles croisaient quelqu'un. Baptiste s'éventait avec son canotier.

— Dieu qu'il fait chaud! dit Virginie en sortant un mouchoir brodé.

Le restaurateur les conduisit vers une terrasse donnant sur le fleuve et d'où l'on pouvait pêcher à la ligne. Sur l'eau passaient des barques. Des rameurs en manches de chemise faisaient face à leurs dames qui retenaient leur chapeau ou laissaient glisser leur main au fil de l'eau. Sur une péniche, du linge séchait et l'on aurait cru que des drapeaux flottaient au vent. Sous les arbres, se tenaient des pêcheurs coiffés de vastes chapeaux de paille.

— C'est chouette, hein, David! dit Olivier.

Il guettait sur le visage de son ami le reflet de son propre plaisir. La nature rendait David mélancolique. Alors, il cherchait à le faire sourire. Il eut aussi un mouvement pour sa mère, lui glissant à l'oreille :

— T'es belle, maman, t'es plus belle que Mado.

— Quel compliment! Toi, tu deviens flatteur, lui dit Virginie en l'embrassant sur le front.

Il aurait bien dit aussi à Jeannette qu'il la trouvait jolie, mais il craignait sa moquerie.

Une vigne parcourait la tonnelle. Des guêpes se posaient sur les raisins violacés. Des nappes à carreaux bleus recouvraient les tables. Les assiettes blanches, les verres et les couverts brillaient. On hésitait à déplier les serviettes en bonnet d'évêque. Quand d'autres clients s'installèrent, de petits saluts réservés furent échangés.

Il n'y avait pas à choisir : chaque plat apportait sa surprise. Le vin était servi dans des cruchons de grès. Les carafes-réclames s'embuaient de fraîcheur. Après les radis, suivirent des œufs mimosa. L'affluence, la chaleur rendaient le service nonchalant. Le brochet se fit attendre et Baptiste montra de l'humeur. La serveuse dit qu'elle n'avait pas quatre bras. Mais le poisson était si savoureux qu'on pardonna.

— Attention aux arêtes, Olivier, et toi aussi David.

Baptiste avait annoncé que la spécialité maison était le canard aux olives. Quand on en servit, il répéta : « Qu'est-ce que j'avais dit ! »

— Regarde, Olivier, comme Jeannette se tient bien à table. Tu devrais en prendre de la graine !

— Oui, m'man.

Après le canard, David et Olivier obtinrent la permission de s'accouder à la terrasse. Jeannette resta avec les grandes personnes. Olivier la regardait à la dérobée. Il ressentait ce sentiment léger qui, chez les enfants, hésite au seuil de l'amour et se transforme en muette adoration.

— Revenez à table, les enfants !

Ils n'avaient plus faim, mais comment résister au fromage blanc à la crème ? Quant aux œufs à la neige, David affirma qu'il n'avait jamais rien mangé d'aussi bon. Il ne cessait de remercier avec les yeux. Il aurait tant de choses à raconter à ses parents et à sa sœur. Il ne décrirait pas trop le menu qui devait défier les coutumes juives.

Olivier entendit qu'on parlait de son ami : « Le tailleur du 73... », disait Virginie, puis elle chuchota à l'oreille d'Angéla ; les deux femmes rirent, et Baptiste dit : « Bien entendu, je n'ai pas le droit de savoir ! »

— Entre femmes, nous avons nos petits secrets, dit Virginie.

Pour se faire pardonner la lenteur du service, le patron offrit de l'alcool de poire qui ajouta du rouge aux visages. Au moment de l'addition, Virginie proposa le partage : « Mais non, vous n'y pensez pas ! » répondit Baptiste et il sortit de sa poche un énorme portefeuille bourré de photographies. Il alluma un cigarillo et les dames fumèrent des Baltos. Quand Jeannette eut rejoint les garçons, il en profita pour raconter une histoire leste. Puis il fut décidé de se promener au long du chemin de halage.

— En route, mauvaise troupe ! dit Baptiste.

Il demanda à un pêcheur si le poisson mordait. Chaque fois qu'ils croisaient d'autres promeneurs, il les saluait. Quand ils ne répondaient pas, Virginie provoquait le rire en imitant leur air pincé. Ils affirmèrent que c'était un beau dimanche et qu'il ne faut pas grand-chose pour être heureux. On entendit les soupirs d'un accordéon. Virginie fredonna *Jeunesse il faut cueillir le printemps*. Des oiseaux chantaient dans les arbres.

Des mouchoirs furent étalés au pied d'un bouleau pour éviter de se salir. Baptiste, son canotier sur le visage, s'assoupit en émettant un ronflement tandis que les deux femmes conversaient à voix basse.

Jeannette consentit à se promener avec les enfants. Ils coururent tous les trois en se tenant par la main. Olivier aurait aimé se trouver dans une barque. Il fit semblant de pagayer et David l'imita. Ils effeuillèrent un rameau et s'en servirent pour mimer la pêche. Jeannette, les mains derrière le dos, jouait à s'ennuyer, regardant ses compagnons avec une indulgence amusée. David et Olivier échangeaient des propos où il était question d'un match de boxe entre deux garçons de leur rue. Elle n'entrait pas dans leur complicité. Ils marchèrent jusqu'à perdre de vue les parents. Ils quittèrent leurs chaussures et descendirent un escalier qui donnait sur l'eau où ils trempèrent leurs pieds en essayant de surprendre des poissons.

Quand, bien plus tard, ils rejoignirent les adultes, les femmes balançaient pour savoir s'il fallait éveiller Baptiste. Angéla lui caressa les lèvres avec un brin d'herbe. Il ouvrit les yeux, écarta le chapeau de paille et se redressa en affirmant qu'il ne dormait pas. Angéla fit des allusions à ses ronflements sonores qu'il nia en prenant Virginie à témoin. Diplomate, elle dit avoir entendu ronronner un chat. Elle ajouta rêveusement :

— Les jours raccourcissent.

L'eau du fleuve paraissait plus lente, plus sombre. Les canotiers regagnaient la berge. Au restaurant, les serveuses dressaient déjà le couvert pour le repas du soir. Ils s'attardèrent encore, puis décidèrent de rentrer. Ainsi, l'enchantement s'achevait. David et Olivier observèrent la Seine. Ils seraient restés là longtemps pour suivre cette eau en rêvant de navigation et d'aventures, d'îles et de naufrages.

Pour faire repartir le taxi, Baptiste dut user de la manivelle. Le retour à Paris fut lent. Les parents restaient pensifs, ne sachant que répéter « Quel beau dimanche ! » ou « Les bons moments passent trop vite ! » Jeannette bâillait discrètement. Le cousin Baptiste pensait à son travail de nuit. David et Olivier se parlaient tout bas. Non seulement ils relateraient en le magnifiant leur voyage aux copains de la rue Labat mais ils se le raconteraient à eux-mêmes. Car, par magie, ils étaient allés, plus loin que Corbeil, dans les lointains de l'imaginaire. Leurs échanges n'étaient compréhensibles que par eux. Des réseaux de correspondance se tissaient entre de menus événements de la rue, des jouets, des jeux, des promenades ou des conversations antérieures.

En se livrant à leurs confidences, ils ne perdaient de vue aucun spectacle : une motocyclette, des cyclistes, un chauffeur qui tendait le bras avant de tourner, un attelage qui ralentissait la circulation, les gendarmes à l'œil sévère, des enfants à l'arrière d'autres automobiles qui leur adressaient des signes, des gamins sur le bord de la route qui agitaient les mains et à qui on répondait, le va-et-vient du levier d'un poste d'essence, les noms des bourgs et des villages, les hirondelles sur les fils électriques.

— Ça va, les enfants ? demanda Baptiste.

— Ça colle, cousin !

— Olivier, veux-tu bien ne pas parler argot, dit Virginie. Il devient un vrai gosse des rues...

Angéla observa qu'on avait pris « un bon bol d'air ». Il fut question du repas et de ce qui avait suivi parce qu'on désirait revivre ces instants. Virginie voulut retenir les cousins à dîner, mais ils devaient rentrer à Asnières. Des baisers furent échangés devant la mercerie. Les spectateurs ne manquaient pas. Les Apaches étaient à leur emplacement préféré, devant la blanchisserie. Silvikrine se mirait dans la vitrine du boulanger. Capdeverre s'entraînait en sautant à la corde. Les fillettes jouaient à la marchande. La Grosmalard se curait le nez. Les Schlack se pressaient à leur fenêtre.

Avant de se séparer, Olivier et David s'attardèrent à écouter la narration des projets des copains. Tout tournait autour du match. Ernest fils d'Ernest avait accepté d'être l'arbitre. Amar et Chéti qui faisaient de la boxe en amateurs lui donnaient des conseils. Anatole Pot à Colle, sûr de sa victoire, dédaignait l'entraînement. Il savait marcher sur les mains et ne s'en privait pas pour épater les rivaux. Élie demanda à Olivier et David :

— Alors, vous étiez à la cambrousse !

— Ça te regarde pas, dit Olivier que le mot « cambrousse » agaçait.

— Chez les glaiseux...

— Pas plus glaiseux que toi, riposta David.

— Alors, vous avez vu une z'oie, et des cochons roses, et des taureaux ? demanda Riri.

— Plein de trucs, répondit David, et même...

Il prit un air plein de sous-entendus. Olivier l'imita en ajoutant :

— On vous racontera peut-être un jour. Bon. Faut que je rentre. Salut tout le monde !

Avant de se quitter, David et Olivier clignèrent de l'œil, ce qui les amena à faire des grimaces à l'intention des copains. Ils se serrèrent la main, comme chaque fois qu'ils se séparaient, avec un rien de cérémonie.

— Salut, David!

David plissa le nez, ses yeux brillèrent, il se dandina et répondit :

— Salut, mon pote!

Entouré de ses supporters et de ses soigneurs, Capdeverre courait, maniait les haltères, boxait contre son ombre ou à main plate contre des volontaires. Saint-Paul apporta un sac à pommes de terre qu'on bourra de sable pour en faire un punching-ball, mais où le pendre? M. Boissier protesta quand il vit ce sac attaché à sa belle enseigne de plombier. On choisit le bec de gaz au coin de la rue Bachelet, mais les Gougnafiers se moquèrent, les traitant de « dépendeurs d'andouilles » et de « décroche-bananes ». Il fallut renoncer.

— Les gars, j'ai une idée!

Qui prononçait cette phrase? Tantôt l'un, tantôt l'autre. Les ressources des enfants mises en commun, tous les jours, on apportait à Capdeverre un paquet de viande de cheval hachée qu'il devait avaler ou encore des morceaux de sucre dérobés dans les boîtes familiales.

Olivier obtint de sa mère le don d'un peignoir usagé que Lili et Zouzou, devenues couturières, entreprirent de mettre à la taille du boxeur. Jack Schlack découvrit dans une poubelle une cuvette émaillée dont on boucha les trous avec du mastic.

Tricot apporterait un seau d'eau, Toudjourian des serviettes, Saint-Paul un tabouret de cuisine. Les fillettes jouaient déjà au jeu de l'infirmière.

— Qu'est-ce qu'ils ont encore inventé ? se demandait Mme Haque.

Durant ces préparatifs, Tartine ne se privait pas de descendre la rue en traîneau. Les garçons de la rue Labat feignaient de l'ignorer, espérant seulement les protestations des passants ou une bonne culbute.

— Et le ring ? questionna David.

On avait oublié ce détail. Ils parlementèrent avec les Gougnafiers. Quatre pieux seraient enfoncés dans la terre molle devant la boucherie Aaron. Élie emprunterait des cordes à sommier à son père. Le ring serait monté au dernier moment.

— Capdeverre, il devient crâneur ! confia Olivier à David.

— Normal, c'est le champion...

— Peut-être que je suis plus costaud que lui. Et toi aussi.

Il n'était plus question que de boxe. Des noms de modèles célèbres retentissaient : Criqui, Young Pérez, Gene Tunney, Marcel Thil... Et l'on glanait tous les termes appropriés : swing, jab, gauche, direct, uppercut, knock-out, mais comment ranger les adversaires dans une catégorie existante ? Ni légers, ni mouches, ni coqs, Capdeverre et Anatole Pot à Colle furent désignés par Amar comme « poids microbes », ce qui ne leur plut guère.

La veille de la rencontre, las d'écouter les vantardises de Capdeverre, de le voir gonfler ses muscles et faire le malabar, Olivier proposa à David :

— Tu viens ? On se tire...

— Mais, les autres ?

— On s'en tamponne le coquillard !

Olivier descendit la rue Labat en sifflant à tue-tête tandis que David se retournait pour regarder Capde-verre et ses entraîneurs. M. Zober qui rentrait, une main sur l'épaule de la grande Giselle, demanda :

— Où ça qu'ils vont ces deux copains-là ?

— On va pas loin, m'sieur Zober, affirma Olivier.

Un tailleur en boutique de la rue André-del-Sarte confiait à Isaac la finition de ses costumes.

— A la petite semaine, disait-il car il venait de découvrir cette expression, à la petite semaine qu'on y vit !

Il avait indiqué son chemin dans sa langue à un touriste anglais, ce qui lui avait donné une impression d'importance. Il mêlait ses soucis quotidiens à sa rêverie sentimentale. Ainsi, il s'imaginait descendant d'une limousine arrêtée devant la mercerie. Un chauffeur en tenue lui ouvrait la porte. Virginie apparaissait dans un manteau de vison et il la faisait entrer dans l'automobile pour l'emmener à Deau-ville. Perdu dans ce rêve, durant un instant il souriait aux anges, puis le nuage rose devenait noir. Il regardait Esther, s'adressait de muets reproches, lui parlait :

— Tu voiras qu'à l'Amérique on ira. De l'argent qui fait le bonheur, pas l'autre, on en aura tout plein. Et la fourrure, l'auto, tu auras tout. Attends que revient Samuel. *Good morning,* Samuel, j'y dirai...

David et Olivier entrèrent au café *L'Oriental* dont ils aimaient le bruit, l'animation et les odeurs mêlées de café, de tabac, d'anis, de bière, d'apéritifs. La difficulté consistait à atteindre la salle de billard du fond sans se faire remarquer par les garçons de café qui vous chassaient en faisant claquer leur torchon près des jambes nues. Ils y parvinrent et admirèrent les joueurs passant du bleu sur l'embout de la queue de billard ou tirant avec art sur la boule blanche pour toucher les deux autres. Le choc plaisait à l'oreille. Sur le boulier, on marquait les points du bout de la queue. Ils restèrent le temps d'une partie, appréciant les coups, mais le patron, du comptoir, cria : « Allez ouste ! »

En face, la pharmacie Gié offrait le spectacle de ses bocaux colorés en forme de flammes vertes, rouges et jaunes. Dans d'autres, plus petits, des vipères, des couleuvres, des grenouilles reposaient. Les publicités du vieillard alerte des *Sels Kruschen* et du souffleur de feu de la *Ouate Thermogène* étaient posées des deux côtés de la carte des champignons comestibles. Près de la porte d'entrée, un écriteau accroché à la bascule automatique indiquait que l'instrument étant en dérangement on devait s'adresser à l'intérieur. Olivier entra d'autorité :

— B'jour, m'sieurs dames, alors, elle marche pas, la balance ?

— Tu voulais te peser ? demanda la pharmacienne, une dame à cheveux blancs.

— Oui, m'dame, et mon copain aussi.

Elle désigna une autre bascule, manuelle, avec des poids de cuivre cylindriques glissant sur des barres graduées.

— Monte là-dessus, tu verras Montmartre.

— J'ai que dix sous, dit Olivier. On pourrait se peser ensemble.

— Et on diviserait par deux ? dit la dame en riant.

Le résultat donna 26 kg 250 pour Olivier et pour David 24 kg. Fort en calcul mental, ce dernier annonça 50 kg 250, car ce qui leur importait était ce qu'ils pesaient réunis. La pharmacienne que cela amusait les pesa ensemble. Olivier lui tendit sa pièce de cinquante centimes qu'elle repoussa. Elle leur offrit même à chacun une pastille du *Roy Soleil*. Ils se confondirent en remerciements.

— C'est tout bénef', dit Olivier, et, lisant l'inscription en relief sur la vitrine, près du thermomètre géant, il conclut : C'est une « pharmacie de première classe » !

Passé *La Maison Dorée*, le grand magasin où il y avait un salon de thé et un Guignol, ils atteignirent Château-Rouge. A la station de métro, les gens entouraient un joueur de banjo qui chantait *Pars sans te retourner* tandis que sa compagne vendait la partition.

Ils écoutèrent un moment et chantèrent avec le chœur des badauds, puis ils parcoururent les rues alentour dont ils lisaient les noms sur les plaques : Doudeauville, Christiani, Polonceau, rues du Poulet, des Poissonniers, de Suez. Il suffisait de nommer ces rues pour en revoir le dessin particulier. Certains noms s'inscrivaient facilement dans la mémoire, rue de la Bonne, des Saules, du Baigneur, Myrha, et on se les répétait.

Par le boulevard Barbès et la rue Ordener, ils arrivèrent à la place Jules-Joffrin où un drapeau flottait sur la mairie du XVIIIe arrondissement. Là, David dit à Olivier :

— Viens, je vais te montrer.

Pour une fois, il était le guide. Il conduisit son ami

rue Sainte-Isaure pour lui montrer le temple israé-
lite :

— C'est notre synagogue.

— Ah oui ? Comme un Sacré-Cœur à vous...

— Ben, un peu.

Sur la façade, au-dessus du livre de pierre de la
Loi, l'étoile à six branches était sculptée dans un
cercle. Une inscription recommandait d'aimer son
prochain comme soi-même. La porte se trouvait
entre deux colonnes massives. Deux rabbins en
sortirent. Vêtus de lévites, la barbe fournie, ils
portaient un chapeau noir d'où dépassaient des
tresses. Ces personnages, on en croisait souvent
dans les rues de Montmartre. Olivier regarda son
ami. Il lui parut plein de secrets.

Rue Hermel, un clochard piquait les mégots au
moyen d'une longue tige. Il les plaçait dans une
boîte de métal. Par une curieuse métamorphose,
après avoir été décortiqués, triés et vendus, ils se
transformeraient en vin rouge et en camembert.

A la salle de sports de la rue Lamarck, sur un
panneau étaient collées des photographies de
boxeurs farouches tendant les poings dans des
mises en garde impeccables. Olivier avança que
Capdeverre devrait mettre des fers à repasser dans
ses gants de boxe comme il l'avait lu dans un
illustré.

— Tu crois que Capdeverre et Anatole, ils vont
se faire mal ? demanda David.

— Je veux ! Ils vont s'en mettre plein la poire.

Après avoir manifesté son indépendance par
rapport à l'événement qui se préparait, Olivier
avait du remords.

— Je vais lui expliquer comment il faut qu'il boxe, le Capdeverre, annonça-t-il avec forfanterie.

— Des matches de boxe, j'en ai jamais vu.

— Moi si. Des tas, jeta Olivier qui n'en était pas à un mensonge près.

Mais il n'osait regarder David par crainte de se trahir. Il reprit bien vite :

— D'ailleurs, je préfère la boxe française. On s'y met aussi des coups de targette.

Ils traversèrent la rue Bachelet où jusqu'au combat tout danger d'agression était écarté. Ils firent même des saluts ironiques aux Gougnafiers qui écrivaient sur de petits rectangles de papier. Les copains se tenaient tous devant le mur de la boulangerie où ils se livraient, eux aussi, à des travaux d'écriture.

— Venez voir ce qu'on fait, bande de cloches ! leur cria Loulou.

Chacun, crayon rouge ou bleu à la main, écrivait sur des morceaux de cahiers d'écolier. Loulou lut à voix haute :

Samedi soir devant chez M. Aaron 6 heures

GRAND COMBAT DE BOXE

Capdeverre   *contre*   **Anatole**
(Rue Labat)   (Rue Bachelet)

en dix reprises de trois minutes

Entrée : 50 centimes ou dix bonbons

David et Olivier furent admiratifs. Olivier annonça qu'il se servirait du papier carbone des carnets de commande de sa mère pour en faire des quantités.

— Pour les reprises de trois minutes, dit-il, faudrait une montre !

— Gros malin, dit Toudjourian, on a un réveille-matin avec une grosse cloche au-dessus.

— Cloche toi-même !

— Et il faudrait un gong, suggéra David.

— C'est vrai, on n'y a pas pensé, reconnut Élie.

— Tralala, triompha David.

— Avec une poêle à frire et un presse-purée, ça irait, déclara Olivier, et il ajouta : si on n'était pas là, avec David...

— Hou ! Hou ! crièrent les autres.

Virginie collait un grand timbre antituberculeux sur la porte vitrée de la mercerie. Olivier quitta David et ses copains.

— Me voilà, m'man. J'ai un boulot fou.

— Il y a une surprise pour toi, dit Virginie, regarde sur la table.

Olivier s'approcha, saisi de timidité. Il vit une boîte en carton. Sa mère lui dit de l'ouvrir. Il le fit avec lenteur, avec prudence, comme si un diable allait sortir de la mystérieuse boîte.

— Oh ! maman...

Il venait de découvrir une superbe gibecière en vachette dorée. Il en caressa la surface brillante. Il la mit à son épaule. La courroie était trop longue, mais sa mère la raccourcit en faisant coulisser la bride sur les anneaux. Il reposa la merveille sur la table et

appuya sur le fermoir de métal. A l'intérieur, dans un
des trois compartiments, il trouva une pochette du
même cuir contenant deux porte-plume, un crayon
noir, un crayon bicolore bleu et rouge, un tire-ligne,
une estompe, un taille-crayon, une gomme, une règle
graduée, un rapporteur et un compas. Tout cela lui
appartenait. Il se figea dans la contemplation.

— Si avec ça tu ne travailles pas bien en classe...,
dit Virginie en s'asseyant près de la table.

Elle l'attira sur ses genoux, le cajola, le berça
comme lorsqu'il était tout petit. Il chuchota près de
son oreille, là où se trouvait une boucle d'argent avec
une minuscule perle : « Merci, m'man, merci ! »
Joyeux et ému, il pensa que lundi il lui faudrait
reprendre le chemin de l'école. Il aurait voulu
exprimer toutes sortes de sentiments à sa mère, mais
il ne trouvait pas les mots pour cela. Il crut qu'il
allait pleurer de bonheur. Il bredouilla :

— A l'école, je te promets, tu verras, tu verras, je
serai...

— Si tu pouvais être dans les dix premiers, ce
serait bien.

— Je le jure !

— Hum ! fit Virginie. En attendant, tu vas mettre
le couvert, et moi je vais presser les pommes de terre
pour la purée. J'ai acheté des saucissettes.

— On va s'en mettre plein la lampe, dit Olivier.

Et il serra le beau cartable contre sa poitrine.

Le combat entre les deux champions, en même
temps qu'il marquait une phase nouvelle dans le vieil

antagonisme des rues Labat et Bachelet, couronnait la fin des vacances.

Tout se présentait à l'image d'un vrai match. Les deux boxeurs, Anatole (« C'est lui ! » crierait-on selon la coutume) et Capdeverre (« C'est l'autre ! »), en peignoir, puis torse nu, chacun dans un angle, se regardaient en chiens de faïence. Assis, l'un sur une caisse, l'autre sur un tabouret, ils se levaient, sautillaient, jetaient leurs poings dans le vide, effectuaient des flexions. En guise de gants, ils portaient des moufles rembourrées de laine à matelas.

Autant Capdeverre était trapu, autant Anatole, qui le dépassait d'une tête, apparaissait dégingandé, avec ce qu'on appelle « une poitrine de vélo ». La pesée avait eu lieu chez l'emballeur de la rue Lambert. Capdeverre accusait un kilo de plus qu'Anatole, mais ce dernier étant l'aîné de deux ans, il fut admis que cela compensait.

Si, pour assister au match, il fallait payer, on s'aperçut de l'impossibilité de la chose. Il fut décidé d'une quête dont se chargerait un délégué de chaque rue. Ainsi, le môme Tartine et Riri se promenaient un béret à la main. Tous les enfants étaient présents, des adultes aussi, et même des gens aux fenêtres.

Loulou et Élie accablaient Capdeverre de soins et d'encouragements. Derrière les cordes, au premier rang se trouvaient David et Olivier, Saint-Paul, Toudjourian, Tricot, Jack Schlack et une demi-douzaine d'autres. Les fillettes des deux rues s'affairaient à l'infirmerie marquée d'une croix rouge dressée devant chez M. Léopold. Des quolibets s'échangeaient modérément : il fallait préserver le sérieux de l'affrontement.

Ernest fils d'Ernest, arbitre, répéta les recommandations soufflées par le grand Amar. Les quatre poings se touchèrent. Dès le coup de presse-purée sur la poêle à frire, Capdeverre, la tête rentrée dans les épaules, attaqua. Malgré ses longs bras, Anatole dut battre en retraite. Pour sauver sa dignité, il joua des jambes, prit un air faussement apeuré et fit des grimaces aux spectateurs.

— Ah! Ah! il fait la danseuse! cria Olivier.

— La ferme! riposta Grain de Sel, et, d'une voix caverneuse, il conseilla à Anatole : frappe au buffet!

Les cris jaillirent de toutes parts. Tout le vocabulaire argotique des bagarres y passa. On inventa même quelques expressions nouvelles. L'arbitre dépassé essayait de suivre une véritable course. Sur le ring, les deux boxeurs se poursuivaient, sautaient. Capdeverre était magnifique, mais il ne parvenait pas à toucher le souple Anatole qui le laissait s'essouffler. Lorsque Lopez, préposé au gong, mit fin à la reprise, chacun revint à son coin pour être bientôt aspergé par les soigneurs au moyen de grosses éponges.

Les deux reprises qui suivirent furent décevantes. Les sifflets retentirent et Anatole faillit s'en prendre à son supporter Grain de Sel. De l'autre côté, Olivier se moqua ouvertement de Capdeverre qui lui promit de le retrouver. Enfin, au quatrième round, Anatole ayant reçu un direct sur le nez s'énerva et riposta par un coup de pied. Les deux garçons s'empoignèrent et ce fut la renaissance du combat de rue. Ernest voulut s'interposer, mais, renvoyé dans les cordes, la fragile construction s'écroula. Tricot ayant traité les combattants de « gonzesses », sans le grand Amar, c'était la mêlée générale. Amar décida de remplacer Ernest qui donnait sa démission. Après avoir séparé les adversaires, il les renvoya chacun dans son coin, fit redresser les piquets et annonça que c'était fini de faire des singeries : le vrai match allait commencer.

— Approchez, les caïds, j'ai à vous parler...

Après avoir trouvé des paroles de réconciliation, il semonça Capdeverre et Anatole et entama un discours sur la noblesse du sport. Dès lors, on assista à de la vraie boxe. Après chaque échange, chacun reprenait une garde impeccable, faisait tourner ses poings et repartait à l'assaut. Un uppercut de Capdeverre et deux directs d'Anatole furent appréciés, mais ni l'un ni l'autre ne frappaient fort. A la sixième reprise, Anatole prit l'avantage grâce à son allonge. Capdeverre avait dit à ses soigneurs qu'il cherchait le K.O. mais personne n'y croyait vraiment.

Cela durait trop longtemps. Des enfants tournaient le dos au ring et boxaient entre eux. Les adultes s'étaient éloignés. Amar dit aux combattants que, s'ils y mettaient un peu de cœur, il leur donnerait des leçons de boxe. Puis on vit Capdeverre se déchaîner. Anatole ne songeait plus qu'à se protéger. Côté rue Labat, on cria très fort. Olivier reconnut que son champion se débrouillait bien.

L'intérêt renaissant, on abordait la huitième reprise quand une grosse voix retentit :

— Non mais des fois, non mais sans blague. Je vais t'en foutre, moi, de la boxe !

En tenue de sergent de ville, le père de Capdeverre, un gaillard bâti comme un grenadier de la garde, enjamba les cordes, faillit s'étaler, ce qui accentua sa colère, saisit son boxeur de fils par la taille pour le jeter sous son bras et l'emporter comme un vulgaire paquet. Capdeverre fils gigotait et poussait des cris de protestation. Amar ouvrait des bras désolés.

— Laissez-le, m'sieur Capdeverre! demanda Olivier.

— Bande de chenapans! Gibiers de potence! Voyous! répondit le père indigné.

— Allons, allons..., dit Amar, mais déjà l'agent pénétrait dans le couloir du 75 son fils sous le bras.

Autour du ring, ce fut la consternation. Successivement, Élie, Jack Schlack, David et Toudjourian proposèrent de remplacer le boxeur kidnappé, mais c'était hors des règles et l'enthousiasme avait disparu. Grain de Sel eut le toupet de lever le poing d'Anatole pour le proclamer vainqueur par abandon de l'adversaire.

— Capdeverre avait gagné! protesta Olivier.

— C'est la faute à son père! dit Élie.

— Mort aux vaches! ajouta Loulou.

Quelques défis s'échangèrent, puis des coups sans gravité. M. Aaron demanda de tout laisser bien propre devant sa boutique. Alors, les enfants des deux rues débarrassèrent les lieux des piquets, ficelles, bassines et autres ustensiles.

Les jours avaient nettement raccourci. Le bec de gaz du coin de la rue jetait ses lueurs tremblantes depuis un bon moment. Des volets se refermèrent. Peu de gens veillaient, seulement un groupe devant le 78. Il commençait à faire frisquet.

— Olivier, Olivier, au lit! appela Virginie.

— Tu rentres aussi, toi, dis! ordonna à David la grande Giselle que raccompagnait son galant.

— Salut, David, à demain...

— Bonne nuit, Olivier !

« Quelle histoire, ce match ! » pensa Olivier. Et lundi, la rentrée des classes. Heureusement, il y avait la gibecière neuve. Et la trousse. C'était mieux qu'un plumier. Le plumier, il y mettrait ses soldats de plomb. Et cette promesse faite à sa mère, d'être dans les dix premiers, comment la tenir ? En rentrant à la mercerie, il poussa un gros soupir.

Dix

L E tablier noir à liseré rouge d'Olivier dépassait d'un manteau court sur lequel dansait la belle gibecière. En attendant les livres de classe qu'on recouvrirait de papier bleu avec une étiquette au coin portant le nom de l'écolier et sa classe, dans le compartiment de cuir, il n'y avait que la trousse, une règle de bois, deux cahiers et un buvard, sans oublier quatre petits-beurre à grignoter pendant la récréation.

Malgré son appréhension, Olivier trottinait gaiement avec, près de lui, Loulou à qui ses parents avaient décidé de faire prendre des cours de danse et David, en pèlerine et en casquette, portant un cartable de fortune, sorte de pochette confectionnée par sa mère, en velours gaufré, avec une sangle en toile. Le trio ne cessait de s'arrêter, de rejoindre d'autres garçons, certains perdus de vue depuis la dernière année scolaire, de sorte qu'ils faillirent arriver en retard.

M. Gineste se tenait sous le porche. Il avait un mot pour chaque écolier étonné d'être reconnu dans cette foule. Ainsi, il demanda à David des nouvelles de son père. Plus tard, Olivier apprit que s'il montait d'une classe c'était de justesse et parce qu'on faisait confiance à son assiduité au travail. Le mot « assiduité » l'impressionna. Ainsi, il allait rejoindre la classe de M. Alozet quittée par David qui serait chez M. Fringant.

— Comment qu'il est, M. Alozet ? demanda Olivier à David.

— Il a un accent comme Marius de Marseille, mais faut pas rigoler ou alors il vous tire les tifs sur les tempes.

— Il donne des lignes ?

— Pire ! des conjugaisons.

— Faut faire gaffe ! Et M. Fringant ?

— Je sais pas encore.

Tout devait fort bien se passer. Maintenant, Olivier avait droit à la cour des grands. La ligne de craie ne le séparait plus de son ami. Le changement de classe amena des surprises. Fin octobre, ce fut un désagrément pour David, un étonnement pour Olivier. Pourquoi le prix d'Excellence se retrouva-t-il quatrième ? Et Olivier, quel miracle le classa onzième sur trente-huit ? M. Zober cacha sa déception. Virginie montra sa joie en répétant : « Tu vois bien, quand tu veux... »

Pour le récompenser, elle l'emmena au *Cirque Médrano*. Les clowns ne le firent pas rire. Il leur préféra les trapézistes volants, les phoques jongleurs, les élégants chevaux, les bons gros éléphants et les fauves. Le lendemain, il confia à David :

— Quand je serai grand, je serai dompteur.

Et la vie se poursuivit paisible, rythmée par les incidents de la rue, par l'arrivée de l'automne, par les jeudis où il n'y a pas d'école et les réjouissants dimanches. En novembre, Olivier et David gagnèrent l'un et l'autre une place. Le match de boxe oublié, les deux rues n'attendaient qu'une occasion pour faire renaître les hostilités.

M. Zober assagi venait de temps en temps chez Virginie. Comme au début de leurs relations, il se montrait enjoué et racontait de longues histoires ayant trait à son passé. De crainte d'être rabroué, il évitait les regards langoureux, les allusions aux choses du cœur. Mme Zober était venue pour acheter de la laine. Les deux femmes avaient parlé des enfants, de leur amitié, des devoirs en commun dans l'arrière-boutique ou chez les Zober, de la grande Giselle, selon Virginie « une charmante jeune fille », mais dont Esther disait : « Tout plein des soucis qu'elle m'en donne ! » Quand elle parlait des Zober, la mère d'Olivier ajoutait toujours : « Ce sont des gens bien comme il faut ! »

Dès qu'elle le pouvait, Mme Rosenthal venait coudre, tricoter ou faire du crochet avec Virginie. Parfois, une de ses filles se joignait à elle, et l'on riait beaucoup. Gagnée par la gaieté de la mercière, Mme Rosenthal se laissait aller parfois à chanter avec elle un air à la mode. Elle lui prêtait des romans de Myriam Harry, d'Henri Duvernois ou de Colette. Virginie avait une préférence pour les histoires d'amour. A force de voir lire sa mère, Olivier l'imita. Il découvrit ainsi deux livres de la comtesse de Ségur.

On entendait toujours, de l'autre côté de la rue, les éclats de rire et les chansons des blanchisseuses comme si tout ce linge à laver et à repasser les mettait de bonne humeur. Quand un chanteur de rues poussait sa goualante, on lui jetait une pièce enveloppée dans du papier journal et il ajoutait une nouvelle chanson pour remercier. Et survenaient toujours les passages attendus, ceux du rémouleur, du vitrier, du chiffonnier, du crieur de journaux ou du marchand de mouron pour les petits oiseaux, sans oublier le meneur de chèvres à qui on achetait du fromage et du lait frais.

Parfois, le cafard rejoignait Virginie sans raison, au moment où elle ne l'attendait pas. Parce qu'elle avait le cœur fragile, elle portait la main à sa poitrine, parlait d'une douleur, se sentait prête à défaillir, disait que ce n'était rien et se reprenait lentement. Elle se confiait à Mme Rosenthal :

— Tout est trop beau, ça ne peut pas durer...

— Rien ne dure éternellement, Virginie, mais nous avons de si belles années devant nous !

— Qui sait ?

— Toujours vos pressentiments ! Ce n'est pas raisonnable. Votre cœur... un peu de tachycardie sans doute. Parlez-en au Dr Lehmann.

— C'est rien, mais c'est plus fort que moi.

La période noire disparaissait. L'insouciance renaissait. Virginie jetait un regard vers le miroir qui lui renvoyait une si belle image. Elle n'avait pas beaucoup d'argent mais elle joignait les deux bouts. Et elle avait son Olivier. Après la tristesse, le « bourdon », arrivait un surcroît de gaieté. Pour amuser Mme Rosenthal, elle imitait les commères, Mme Haque et sa démarche lourde et dandinante, Mme Papa et ses allures précieuses, La Cuistance prenant sa prise de tabac, Adrienne avinée, Mme Murer et ses allusions désagréables ou la Grosmalard, les mains sur les hanches, passant d'un personnage à l'autre sans transition, faisant la folle ou jouant la coquette.

— Comme vous êtes jeune, Virginie !

Finalement, Mme Rosenthal, plus grave, plus pensive, trouvait réconfort auprès de son amie. Virginie, malgré ses moments de dépression, se rappelait l'existence du rire, la meilleure thérapeutique contre les maux de l'existence.

Dans la rue, ces maux étaient présents. La crise économique, le chômage sévissaient. Certains se rendaient en cachette, par fierté, à la Soupe populaire du boulevard Ney ou allaient chercher du bouillon place du Tertre, chez les Salutistes ou à la Commune libre qui apportait aussi ses aides comme le « Pot-au-feu pour les Vieux » que servait une cantinière. Des artistes, des chansonniers venaient parfois pour apporter de la distraction.

Maintenant, les personnes âgées redoutaient l'hiver. Pour économiser le charbon, elles ramassaient les débris de cageots sur les marchés, glanaient des légumes avariés où il restait un peu de bon. On allait se chauffer au café avec un Viandox où tremper un quignon de pain en occupant le lieu le plus longtemps possible. Les gens ne se plaignaient pas. Ils disaient que cela pourrait être pire, que cela ne durerait pas, que c'était un mauvais moment à passer, qu'il fallait garder sa bonne humeur. Tant qu'on a la santé, n'est-ce pas ? Et puis, l'un d'eux apportait le secours de sa gouaille argotique défiant le malheur, ou celui matériel d'un coup de main à plus défavorisé que soi.

Les plus pauvres parlaient de leurs misères pour éviter de nommer la Misère. Montaient çà et là des grondements de révolte contre l'injustice du sort. Dès qu'il trouvait un interlocuteur, Bougras flétrissait la société, réclamait la justice et non la charité, accusait les puissances en place, vitupérait aussi bien les responsables que les victimes consentantes. Il s'en prenait à tous et à lui-même. Si Gastounet passait à sa portée, il dirigeait son tir contre lui ou encore il se plaçait devant le commissariat de police pour pousser ses coups de gueule contre la « Rousse », le sabre et le goupillon, ce qui lui valait parfois de passer la nuit au dépôt dont il sortait avec un rire vengeur.

— Nom de d'là ! Nom de d'là ! criait-il, et c'était l'amorce de nouvelles apostrophes où se mêlaient la colère et l'humour, la fureur et la cocasserie.

Le dimanche après-midi, Virginie emmenait David et Olivier au cinéma, au *Marcadet-Palace*, au *Montcalm* ou au *Barbès-Pathé*. Elle prenait des places d'orchestre dans les cinq premiers rangs au tarif réduit. Beaucoup faisaient comme elle, puis se déplaçaient en cours de séance. A l'entracte, elle offrait toujours une orange marque *La Valence* aux enfants. Eux, enivrés d'images, dès la sortie, discutaient du film. S'ils préféraient les films d'aventures, Virginie appréciait les histoires d'amour comme *Le Vagabond roi*, *Parade d'amour*, *Folle Jeunesse* ou *Illusions*. Ils s'interrogeaient sur des titres bizarres comme *Tarakanova* ou *Le Spectre vert*, se voulaient des justiciers, tandis que la belle mercière devenait Marcelle Chantal, Danièle Parola ou Jeanette Mac Donald.

Avec les enfants du quartier, David et Olivier suivirent les coureurs du *Cross-country de la Butte*, assistèrent à des lâchers de ballons et à une séance gratuite de cinéma pour les Poulbots. Unis dans un commun univers, ils savaient communiquer sans la parole, par des regards et des signes. Il s'était créé entre eux un mimétisme les amenant, différents, à se ressembler. Si l'air pensif de David se reflétait sur les traits d'Olivier, il lui transmettait en retour son pouvoir de s'amuser de tout et son insouciance. Il semblait que rien ne pût jamais les séparer.

Ce dimanche-là, seuls, Isaac et Esther Zober restaient silencieux. Esther ne cessait de ravauder, de laver, d'essuyer, d'astiquer, refaisant dix fois le même geste. Isaac, fume-cigarette en main, laissait tomber le tuyau de cendre sur le sol. Les yeux plissés, il rêvait, un sourire extatique figé sur ses lèvres.

— Ta cendre, Isaac... et le cendrier que tu le vois pas.

Il s'excusa en yiddish, puis en français, un français si marqué d'accent qu'il ne s'éloignait guère de sa langue natale.

— Esther, un verre de vin qu'on va prendre tous les deux seuls pour trinquer à la santé. *Haïm Tov,* Esther !

— *Haïm Tov !* Isaac.

Ils burent quelques gorgées lentement, en se regardant par-dessus le verre. Les yeux bruns d'Esther devinaient les pensées de son mari.

— J'en suis parfois comme fou des soucis qu'ils nous arrivent, Esther !

Il avait les yeux humides, la parole incertaine. D'un geste maternel, elle serra sa tête contre sa hanche.

— Isaac, tant qu'on est là tous les deux... Et tant de choses que tu penses dans ton tête et que tu dis pas.

— On s'en va partir, Esther, dit gravement Isaac.

— Oui, Isaac.

Ils s'immobilisèrent. Samuel, revenu de New York sur le paquebot *Île-de-France*, avait invité M. Zober dans un restaurant juif près du Sentier. Durant le repas, ils avaient parlé de choses et d'autres en dégustant le poulet à l'ail. Au moment du café, Samuel tint un discours :

— Isaac, tu le sais, je t'aime comme un frère. Tes enfants sont mes enfants. Ta Giselle, ton David, je veux qu'ils aient une bonne vie. J'ai vu Simon Apelbaum. Nous avons parlé de toi. Travailleur, courageux comme tu l'es, nous avons eu des idées te concernant...

— Merci, Samuel.

— Laisse-moi finir. Mes affaires vont bien. Il me faut un bureau à New York, pas grand-chose à faire, mais pour avoir une adresse. Je t'expliquerai. Alors, voilà ce que je te propose. Tu travailles avec Apelbaum, c'est d'accord. Tu auras un bel appartement au-dessus de la fabrique. Et en même temps, tu seras mon correspondant. Giselle pourra d'ailleurs s'en occuper. Et tu gagnes bien ta vie, là-bas.

M. Zober avait écouté de toutes ses oreilles. C'était comme si un vieux rêve se détachait des autres pour rejoindre la réalité. Et ce rêve lui disait : « Si tu ne prends pas une décision, Isaac, je resterai un rêve, et toi tu te transformeras en statue ! »

Les propos de Samuel se précisèrent :

— Vous partirez sur le *De Grasse*, pas comme de

pauvres émigrants, mais en deuxième classe. Je ferai les démarches pour vous. Je prendrai les billets, mais oui ! je t'avancerai l'argent, et pour les dettes, on en reparlera. Et comment que tu me rembourseras ! J'y compte bien. Un peu chaque mois sans t'en apercevoir et au bout de peu de temps, plus de dettes et plein d'économies à la banque...

— Et les intérêts, il faudra que tu en prends !

— Mes intérêts, c'est pour ta famille, Isaac. Je suis attristé par votre départ, mais tous les ans, je viendrai vous voir à New York... Et un jour, vous direz : « Encore ce Samuel qui vient manger la bonne cuisine d'Esther ! »...

— Oïlle oïlle oïlle ! Jamais qu'on dira ça.

— Je plaisante, Isaac. Il te manque une chose et je veux que tu la trouves : c'est un bon rire. Je ne veux pas qu'on dise de toi et d'Esther : « C'est Jérémie le mari et c'est Jérémie la femme ! » Sois gai dès maintenant. Ton bonheur ne commence pas de l'autre côté de l'océan, mais maintenant, et dis-toi bien que le mal auquel l'argent peut remédier n'est pas un mal.

— A mon cœur, tu le mets le soleil, Samuel, quand tu parles avec ta voix bon français correct et tout. Mais il y a David qu'il travaille à l'école si bien ici...

— N'aie pas de crainte pour lui. Il s'adaptera plus vite que toi. Tu constateras bientôt ses progrès. Il faut qu'il poursuive ses études, celui-là, et il ira loin, tu verras.

— Ici on serait très bien sans le travail qu'il manque.

— Saisis ta chance, elle ne repassera pas.

— Et comment que je vas la saisir !

Quel ami, ce Samuel ! Mais comment aurait-il pu rire, Isaac ? En dépit de la pauvreté, il aimait cette rue, ce quartier, et par-delà, ce pays d'accueil qu'il avait cru être celui de la dernière chance. Il se sentait ingrat envers lui. A peine commençait-il à se sentir français qu'il lui fallait devenir américain. Et passait toujours dans sa pensée l'image de cette belle mercière blonde si plaisante à regarder et si charmante dans la conversation.

Il secoua la tête, posa son fume-cigarette et dit à Esther qui lui caressait la tête :

— On n'y dit rien tout de suite aux enfants, le David qu'il sera malheureux comme la pierre de quitter son copain Olivier et l'école.

— Ce que tu dis, on fait, Isaac.

— Et là-bas, j'en promets que je jure : ils bougent plus les Zober comme deux mariés pour recommencer tout.

A la fin du repas avec Samuel, alors qu'ils se promenaient rue Réaumur, il avait feint la gaieté, prenant l'accent yankee pour plaisanter en fumant un cigare imaginaire. A l'intention d'Esther, il reprit ce jeu mais le cœur n'y était pas. Il se dit qu'il n'était pas encore assez malheureux pour être drôle. Cela le fit sourire, puis, pour se moquer de lui-même, rire, à ce point qu'Esther émit à son tour un gloussement joyeux. Elle eut un élan :

— Avec toi, toujours, Isaac Zober, qu'on recommence la vie. Du courage qu'il en faut. Alors on rit et ça remplit la valise.

— Parole qu'on bougera plus après.

Isaac alla jusqu'à la fenêtre, souleva le brise-bise et

regarda les chats de gouttière se poursuivant parmi les pots de fleurs. Le mur d'en face était traversé par une profonde lézarde. Tantôt Isaac se sentait jeune, tantôt vieux, usé. Comme dans un film flou, des images rapides le traversèrent, celles des lieux où il avait vécu, puis ce fut une projection vers l'avenir : un paquebot glissait devant la statue de la Liberté sur un fond de ciel bleu et de gratte-ciel. Puis il revint à la rue Labat que traversaient David et Olivier se tenant par la main. Il émit un soupir qui ressemblait à un sanglot. Ses yeux restaient secs, mais quelque chose pleurait en lui très doucement.

— Olivier !
— David !
L'hiver était venu d'un coup. Tous les deux étaient recouverts de la même pèlerine à capuchon achetée au *Palais de la Nouveauté*. En dessous, Olivier portait le pull tricoté par sa mère tandis que David était engoncé dans des tricots superposés devenus trop petits. La neige, lente et dansante, se posait sur la rue comme un doigt sur une bouche pour préserver le silence et le secret.

Une année nouvelle venait de naître. Les enfants aimaient son accompagnement de neige. A la sortie de l'école, ils s'étaient bombardés avec des boules blanches glanées sur le toit et le capot des voitures. Cela avait continué jusqu'à la rue Labat où les filles étaient entrées dans le jeu. Elles portaient des manteaux en laine ou en chevrette arrivant à mi-cuisse, des bas de coton, des béguins ou des passe-montagnes. Toutes, Lili, Chamignon, Sarah, Myriam, ramassaient la neige pour riposter aux garçons qui ne les ménageaient pas. Toudjourian glissait sa moisson froide dans le cou des distraits. Jack Schlack, Élie, Riri, Capdeverre, Saint-Paul transformaient la rue en champ de bataille. Devant chez le boucher Aaron, Anatole Pot à Colle, Grain de Sel, Tartine et les autres avaient édifié un bonhomme de neige qu'ils décoraient d'un balai et d'un chapeau.

Au seuil des immeubles, les gens tapaient des pieds et secouaient leur manteau. Des femmes en fichu, un cabas sous le bras, le nez rouge, les gants cachant les engelures, se hâtaient de rentrer pour se réchauffer près du poêle. Aux fenêtres, certains écartaient les rideaux pour regarder tomber cette neige sans comprendre qu'elle pût réjouir à ce point les enfants. Les concierges dégageaient leur trottoir avec des pelles dont le chant métallique se détachait dans le silence.

— On va se balader ? proposa Olivier à David.

— Si tu veux, dit David.

Il n'osait pas dire à son ami que ses semelles percées recevaient l'eau glacée. Olivier portait des chaussures montantes qui le protégeaient bien. Rue Caulaincourt, les arbres étaient nus. Parfois, une dernière feuille sur un rameau donnait une impression de fragilité. Les voitures faisaient jaillir de la boue. Les attelages à chevaux avançaient avec prudence. Sous la neige, David et Olivier marchaient dans un décor de conte.

A l'école, David avait reconquis sa place de deuxième et Olivier gagné une place. A Olivier, le Père Noël avait apporté un jeu de quilles et, de la part de la tante Victoria, un jeu de construction en bois peint. David s'était contenté de la pèlerine à capuchon dans lequel les copains s'amusaient à glisser des boulettes de papier. Dans la rue s'étaient échangés des vœux de bonne année et des baisers.

En marchant dans la neige, David s'efforçait d'oublier ce que lui avait suggéré sa sœur Giselle :

— Je sais des choses que tu sais pas.

— Ou tu le dis, ou tu le dis pas.

— Je le dis si je veux et si je veux pas je le dis pas.

Elle avait fini par chuchoter : « L'Amérique... » mais il avait voulu le prendre comme une fantaisie de sa sœur imaginative. Pourquoi cependant sa mère avait-elle extrait la valise du placard et remonté la malle de la cave ? Pourquoi passait-elle tout son temps à ranger du linge ?

Ils abordèrent la place du Tertre, si encombrée l'été et là déserte, à l'exception d'un marchand de marrons au ventre ceint d'un tablier de cuir qui soufflait sur ses braises en criant « Chauds les marrons, chauds ! » Personne n'avait songé à dégager la neige et elle ralentissait la marche.

De la vapeur sortait d'une porte cochère. Les Salutistes distribuaient du bouillon que les nécessiteux venaient chercher dans toutes sortes de récipients, boîtes à lait, casseroles et gamelles. Les deux enfants avaient froid. Ils se serrèrent derrière le battant de la porte. Une femme de l'Armée du Salut leur tendit un gobelet de bouillon de bœuf qui leur parut délicieux.

— On est des mendigots ! des vrais clodos ! dit joyeusement Olivier.

— Faudra pas le dire à ma mère, demanda David.

Soudain, une idée absurde jaillit de l'imagination d'Olivier. Il annonça :

— Si on prenait tout le froid, il y en aurait plus.

Un vent glacial dispersait les flocons. Olivier défit le crochet de sa pèlerine. Il présenta son corps à la bise en jetant son défi :

— J'ai pas peur du froid ! J'ai pas peur du froid !

Il reçut le froid dans les yeux, les narines, les oreilles, la peau, se laissa pénétrer par ses pointes vives. Des frissons parcoururent son échine. Il ne pouvait imaginer que le froid fût en lui et restât en même temps au-dehors.

— T'es louf, des fois, dit David, et même zinzin. Remets ta pèlerine !

Olivier, d'un geste large, fit voler la pèlerine sur ses épaules et jeta sa fanfaronnade :

— N'empêche que je suis plus fort que le froid !

Des enfants avaient construit une luge. Ils reçurent un jet de boules de neige sans riposter : ils ne jouaient pas avec n'importe qui. Ils descendirent les escaliers Becquerel, suivirent la rue Custine, puis la longue rue Doudeauville jusqu'au pont des chemins de fer du Nord. La neige leur parut plus lente.

Sur ce pont, ils découvrirent un jeu. Ils se placèrent dans la ligne du passage d'un train pour recevoir en pleine face la fumée grise s'élevant de la locomotive. Durant un instant, ils se perdirent de vue. Leur corps disparaissant dans cette vapeur, ils connurent la peur de se perdre. Puis le vent les délivra et ils se retrouvèrent comme après un voyage extraordinaire. Ils restèrent sur le pont à contempler tous ces rails fendant la blancheur.

Pour un temps, ces jeux leur avaient fait oublier le froid. Ils le ressentirent vivement. Des frissons parcoururent le corps d'Olivier et il claquait des dents. David avait les pieds glacés. Le vent battait les enseignes, s'engouffrait dans les pèlerines. Olivier ayant perdu son combat, ils prirent le chemin du retour, les épaules rentrées, sans plus échanger de paroles.

Rue Labat, un tourbillon de neige les enveloppa. Ils aperçurent Bougras, la tête enveloppée dans un tricot. Il leur dit :

— Fait frigo, les p'tits gars. Faut rentrer vite !

David entra en courant au 73 et Olivier rejoignit la mercerie. Dans l'arrière-boutique, Virginie hachait du persil avec un instrument à roulette. Le fourneau chauffait au rouge et pourtant Olivier trembla longtemps. Il reprit l'expression de Bougras :

— Fait drôlement frigo, dehors !

Virginie mit la pèlerine à sécher sur le dossier d'une chaise. Elle tisonna le foyer et ajouta de l'anthracite. Elle dit : « Quel temps de chien ! » et Olivier pensa au compagnon du père Poileau qui adorait courir dans la neige. Il annonça à sa mère que le froid ne lui faisait pas peur. Il frissonna encore. Sa tête était chaude mais son corps restait glacé. Virginie posa sa main fraîche sur son front et s'exclama :

— Mais... tu es brûlant, tu as de la fièvre ! Tu ne vas pas me faire une maladie ?

Elle mit à chauffer une casserole de lait dans laquelle elle ajouta de l'eau de fleur d'oranger. Olivier but lentement. Sa gorge lui faisait mal. Il déglutit difficilement. Sa mère le regarda avec inquiétude. Elle lui demanda d'ouvrir la bouche, de tirer la langue, de faire « Ah ! » Elle inspecta le fond de sa gorge avec une lampe torche.

— Tu vas aller au lit, dit-elle, je prendrai ta température et je te préparerai un cataplasme à la farine de moutarde.

— Oh non, m'man. C'est rien. Hier aussi, j'avais de la fièvre, et pis c'est passé.

— Et tu n'as rien dit ! Tu vas te coucher dans mon lit.

— Je lirai des illustrés ? David pourra venir ?

— On verra.

Virginie ajouta pour elle-même : « Il ne manquait plus que ça ! » Elle battit les œufs de l'omelette. Et si elle préparait une soupe au tapioca ? Inquiète, elle donna des apaisements à Olivier :

— Tu vas voir comme je vais bien te soigner. Tu seras dans mon lit, tu liras, tu écouteras la T.S.F. Je vais te dorloter. Un vrai coq en pâte !

En début d'après-midi, David vint à la mercerie. Elle lui dit que son ami dormait. Plus tard, elle trouva Olivier éveillé, mais abattu et fiévreux.

— Tu te sens mieux, Olivier ?

Il répondit par une toux rauque et bruyante. Son visage était rouge et gonflé, sa tête se renversait en arrière sous l'effet de la suffocation. Lorsqu'il s'apaisa, il respira avec peine, de manière convulsive et sifflante. Sa peau diffusait une sueur froide.

Virginie s'affola. Elle essuya le corps de son fils, le frictionna à l'eau de Cologne, lui tapota le dos, le serra contre elle, l'embrassa. Il murmura : « Oh ! m'man, que j'ai mal ! » Alors, elle courut dans la rue, appela Mme Rosenthal qui revint avec elle.

— Je suis si inquiète, madame Rosenthal !

Mme Rosenthal la calma, posa sa main sur le front d'Olivier, écouta sa toux, examina sa gorge et dit :

— Restez calme, Virginie. Je vais chez le Dr Lehmann. J'espère qu'il sera libre. Je crains une bonne angine. Ça se soigne...

— Merci, madame Rosenthal, merci !

Virginie s'assit près de son fils. Elle prit la main moite et la porta à sa bouche. Elle resta ainsi immobile, effrayée. Elle chuchota des paroles apaisantes comme lorsque Olivier était un bébé qui faisait ses dents. Il tenta un sourire triste. Il ignorait qu'une longue période de souffrance et de nuit s'ouvrait devant lui.

Sous le porche de la communale, M. Gineste, le directeur, serra longuement la main de M. Zober et lui souhaita bonne chance. David se tenait près de son père. Le corps droit, il s'efforçait de cacher son trouble, de dissimuler son débat intérieur. Ce qu'il venait d'apprendre, le matin même, de la bouche de son père faussement jovial, même s'il avait refusé les allusions de Giselle, il le pressentait depuis des semaines et le jugement était tombé comme un couperet. Ainsi il ne serait jamais le premier de sa classe. Il en lisait le regret sur le visage du directeur qui lui tapotait l'épaule. Il ne serait pas non plus le deuxième, ni le troisième, car il quittait l'école de la rue de Clignancourt où il avait rendu ses livres de classe, il quittait la rue Labat, Montmartre, Paris, la France...

M. Gineste répéta son regret : David était un bon élément. Il aurait pu aller loin, et même jusqu'à l'université. Plus il parlait, plus David avait la sensation que l'on détournait sa vie de son cours normal. Il ne pouvait protester. Toute la famille souffrait du même mal. Il entendit le directeur d'école lui demander de ne jamais oublier la langue française. Comment pourrait-il l'oublier puisqu'elle était sa langue ?

— On n'y oubliera jamais, je le jure, parler du français, langue nickel comme ça ! dit M. Zober.

— Et, de nos jours, reprit le directeur, il est fort important d'être bilingue !

M. Zober soupira. Sa connaissance de quelques langues ne lui avait pas servi à grand-chose. La main sur l'épaule de David, ils remontèrent la rue Custine en s'arrêtant devant chaque vitrine. Ils aperçurent Virginie qui sortait de la pharmacie Gié en pressant le pas. Le trottoir était boueux. M. Zober releva le bas de son pantalon.

— A l'Amérique, commença-t-il, il y a de la neige aussi et des pharmacies qu'on y vend de tout, des marchands de couleurs, des autobus, et tout...

Ce qu'il voyait, il le transposait pour rassurer David, il déplaçait Montmartre outre-Atlantique.

— ... et des arbres, des oiseaux dessus encore plus qu'ici, des enfants plein la rue qu'ils jouent comme c'est pas possible avec toi David, leur copain. Et le David, au début, l'école pas facile pour lui, et hop là ! intelligent qu'il est comme père et mère, voilà qu'il est le premier *first* dans la classe plein d'Américains...

— Papa, dit David, je veux pas partir.

— Personne il veut partir, David, mais il part

quand même. Le Seigneur, dans le ciel, il a dit : les Zober, toute la famille, il faut qu'il part !

— Il a rien dit, le Seigneur.

— Et les billets que l'oncle Samuel il a apportés ? Et les passeports visas ? Et le cousin Apelbaum, trois enfants à lui, et riche comme tout qu'il nous attend dans une auto long comme l'autobus ? Et l'appartement avec la chambre rien que pour David, le lit, la table, les rayons pleins des livres que j'en achètera ? Tout ça, il le veut le Seigneur !

David se tut. Tant et tant de fois il avait entendu son père rêver à voix haute ! En dépit de l'irrémédiable, l'enfant se mit à espérer en un événement de dernière minute qui annulerait le départ.

Chez eux, Mme Zober empilait du linge, des objets, des ustensiles, l'argenterie dans la malle. Elle avait mis de côté ce que, selon les conseils de Samuel : ne pas s'encombrer, elle devait abandonner, mais ne pouvant s'y résoudre, elle récupérait toujours quelque bricole qu'elle tassait parmi le linge.

— Mama, Olivier, il est pas venu à l'école. Je peux pas le voir. Mme Chateauneuf a peur que j'attrape le rhume.

— C'est bien. La santé tu la gardes. Et moi je vas lui apporter l'orange.

— Merci, mama, tu lui diras, tu lui diras...

Il ne put poursuivre. Il courut dans la chambre de Giselle qui emplissait elle aussi une valise. Il dit :

— Giselle, Giselle, je veux pas partir !

— Moi non plus. Personne ne veut partir. Et on part...

Cette grande sœur, romanesque, fantasque comédienne, qui toujours le rabrouait, paraissait grave, mûrie, compatissante. Elle l'attira près d'elle sur le lit où elle le berça en répétant :

— Je suis là ! Je suis là ! Toi et moi, on ne se quitte pas.

Ils restèrent ainsi longtemps, parlant à voix basse. C'était comme s'ils se chuchotaient leurs larmes.

Tout le monde dans le quartier connaissait le Dr Lehmann. Ce généraliste était l'ami des familles. Il posait des questions et récompensait des réponses par une fine plaisanterie. Il s'intéressait aux êtres et, en supplément à ses ordonnances, il apportait le meilleur médicament : sa présence souriante et rassurante. Il donnait l'impression de faire partie de la famille.

Mme Rosenthal l'avait surpris au moment du déjeuner. Il l'interrompit pour l'accompagner chez la mercière. Il restait une tache de jaune d'œuf sur son menton. Sa trousse posée sur la table, ses mains lavées et essuyées au torchon à carreaux sorti de l'armoire, il regarda Olivier immobile et fiévreux.

— Allons, dit-il, nous avons attrapé froid et nous avons besoin de soins.

Avec ce « nous », il partageait déjà le mal du jeune patient. Une cuillère servit d'abaisse-langue, puis il posa son oreille sur la poitrine, prit le pouls, toucha le front, réinspecta la gorge et fit : « Hum ! Hum ! » Les regards des deux femmes s'attachaient à lui. Il s'adressa à Olivier en l'appelant « jeune homme ». Pour lui apporter une récompense, il sortit de son gousset, au bout d'une chaîne en or, sa montre à musique et l'on entendit un air ancien qui fit naître un sourire sur le visage crispé d'Olivier.

Quittant la chambre, le Dr Lehmann parut soucieux. Il confia aux deux femmes :

— Je redoute une angine sévère.

— Oh ! fit Virginie.

— On va le soigner, ce grand garçon ! A-t-il été vacciné ?

— Contre quoi ? Non, je ne crois pas. Son père était opposé à ces choses-là.

Le médecin secoua la tête avec impatience en répétant : « Vraiment ! Vraiment ! » puis il s'assit à la table, décapuchonna un stylographe moiré, prit un bloc dans sa trousse, et déclara :

— Je vais établir mon ordonnance. Vous lui badigeonnerez la gorge toutes les heures. Je reviendrai demain vers onze heures pour suivre l'évolution. S'il y a une complication, venez me chercher. J'ai une sonnette de nuit. Et surtout que les autres gosses ne viennent pas le voir. Je veux éviter l'épidémie.

Ce mot d'épidémie fit pousser un cri à Virginie.

— Enfin, n'exagérons rien, reprit le médecin. Parlons plutôt de contagion à éviter. Alors, des bons badigeonnages, le faire expectorer...

Il donna d'autres conseils à Mme Rosenthal qu'il connaissait bien. Elle dit :

— Je serai avec vous, Virginie.

Dans la nuit, à plusieurs reprises, Olivier eut du mal à respirer. Au matin, Mme Rosenthal lui fit un nouveau badigeonnage au moyen d'un tampon de ouate placé au bout d'une grosse aiguille à tricoter. Elle retira des mucosités, un enduit blanchâtre et gluant. On attendit l'arrivée du Dr Lehmann dans l'angoisse. Celui-ci, après sa visite, parla à Mme Rosenthal :

— La mère ne me paraît pas solide. Ne lui dites
rien pour l'instant. Je crains une diphtérie laryngée,
le croup, si vous préférez. Cette imbécillité du père de
refuser le vaccin ! Quelle ignorance !

— Il est mort, dit Mme Rosenthal.

— Ça ne change rien. Maintenant, il va falloir se
battre contre le bacille. Isolement complet. Sans cela
tous les gosses du quartier vont y passer.

Virginie, les bras croisés sur la poitrine, sortit de la
chambre. Elle paraissait fragile comme si c'était elle
la malade. Ses yeux interrogeaient. Le médecin lui
dit :

— Vous, il va falloir rester en bonne forme. Le
corps du petit se bat contre la maladie. Nous sommes
là pour l'aider. Si vous-même n'êtes pas bien portante, il en subira les conséquences. Du cran ! Oui,
oui, c'est une « angine sévère »...

Il expliqua que les fausses membranes risquaient
d'adhérer à la gorge, à la luette et au palais, ce qui
pouvait provoquer l'étouffement. Des vomitifs faciliteraient l'expulsion mais fatigueraient le malade. Il
préconisa encore des laxatifs, des frictions à la
pommade ammoniacale, des boissons pectorales
adoucissantes.

— Ma troisième fille a eu la même chose, dit
Mme Rosenthal, je vois ce qu'il faut faire.

Quand le Dr Lehmann sortit de la mercerie, les
femmes de la rue n'osèrent pas l'interroger, mais il en
fut autrement avec Mme Rosenthal. Les volets de
bois furent tirés et sur la porte vitrée un panneau
indiqua : « *Fermé pour cause de maladie* ». Tout le

monde aimait bien la mercière et son enfant. Mmes Haque, Vildé, Chamignon se proposèrent pour faire les commissions. Mme Zober frappa à la porte donnant sur le couloir pour tendre à Virginie deux oranges enveloppées dans du papier de soie. A la sortie de l'école, Loulou, Capdeverre et les autres s'inquiétèrent, et l'on eut la surprise d'entendre Grain de Sel et le môme Tartine demander des nouvelles.

Le docteur venait deux fois par jour. Durant une semaine, Olivier fut entre la vie et la mort. Il rejetait les liquides par le nez. Son état général était altéré et il présentait des réactions ganglionnaires. Sans cesse, l'asphyxie le guettait. Mme Rosenthal ne quittait plus la mercerie. Le petit corps épuisé restait sans réaction. Il semblait paralysé. Le bruit courait que l'enfant était perdu.

Une pluie froide et tenace avait balayé la neige. Sous le ciel épais, la rue était plongée dans une nuit permanente. Les gens parcouraient le quartier en se hâtant ou restaient chez eux. L'eau qui tombait et que les ruisseaux charriaient effaçait tous les autres bruits.

Virginie, à bout de forces, échevelée, hagarde, les mains sur son visage en larmes comme si elle allait le déchirer de ses ongles, dit à Mme Rosenthal :

— Je voudrais mourir. Je donnerais ma vie pour lui.

— Virginie, vous maigrissez, faites attention à vous. Le docteur l'a dit...

— Je vais mourir avec Olivier. Mon pressentiment...

— On ne parle pas ainsi à votre âge. Personne ne

va mourir. Je vous l'ai dit : il guérira, un point c'est
tout. Et vous vous occuperez de lui, de vous...

— Oh ! moi...

En cheveux, la mercière sortit sous la pluie, courut
vers les escaliers Becquerel, les gravit deux marches
par deux marches pour monter les rues conduisant
au Sacré-Cœur. Elle entra dans la basilique, prit de
l'eau au bénitier et se signa à plusieurs reprises. Elle
alluma des cierges, pria devant tous les autels,
s'agenouilla devant toutes les statues, supplia la
Sainte Vierge.

Éloignée depuis longtemps de la religion, retrouvant la foi de son enfance, sa prière se fit imploration.
Elle demanda grâce pour Olivier. Elle s'offrit en
sacrifice. Hélas ! il semblait que rien ne pût sauver le
malade.

— Mama, papa, Capdeverre, il dit qu'Olivier va
mourir !

— Moi, ton père, je le dis qu'il ira guéri, tiens ! et
j'ai fait la prière ici et à la synagogue. Ta mère, tout
pareil qu'elle fait...

David se retourna contre le mur comme s'il était
au piquet. Il pensa fortement à Olivier, lui parla
comme s'il était présent. Il compta sur ses doigts.
Quatre jours séparaient les Zober du nouvel exil.
L'oncle Samuel les conduirait au Havre en automobile. A la désolation de l'événement s'ajoutait la
frayeur d'un autre départ autrement redouté : celui
d'Olivier vers un autre monde. Et même s'il guéris-
sait, la séparation paraissait à ce point monstrueuse à

David qu'il la refusait de toutes ses forces. Il se
retourna brusquement et jeta :

— Papa, on part pas !

— Il a raison, David, dit Giselle, on peut pas
partir. Et cet Olivier, on sait pas ce qu'il va devenir...

David n'attendit pas une réponse de son père. Il
s'échappa, dévala les escaliers, courut jusqu'à la
mercerie, frappa à la vitre, puis à la porte du couloir.
Mme Rosenthal ouvrit, puis le poussa vers la rue où
elle lui dit :

— Tu ne peux pas le voir, mon petit.

— Comment il est ? Qu'est-ce qu'il dit ?

— Il se repose.

— Les autres, ils ont dit qu'il va mourir.

— Mais non, ça va aller mieux. Laisse-moi le
soigner.

David marcha dans la rue sans savoir où il allait,
en se répétant : « Olivier, Olivier... » Lui aussi aurait
voulu disparaître. Il sentit qu'on le prenait par le
bras. Il reconnut Mme Haque qui lui dit :

— Tu veux attraper la mort, toi aussi, sous la
pluie ? Viens avec moi !

Elle le fit entrer dans sa loge et l'essuya. Elle lui
beurra une tartine et ajouta de la gelée de groseille.
N'osant refuser, David mordit machinalement le
pain.

— Tu vas faire un beau voyage, lui dit la femme.
Tu n'es pas content de partir ?

— Je sais pas, murmura David.

— Tu vas en voir du pays, mon garçon !

— Je sais pas.

— Et tu te feras d'autres copains.

— J'en veux pas.

— Puisque c'est comme ça, fit Mme Haque, rentre chez toi et que je ne te voie plus dans la rue par cette pluie !

David sortit. Il oublia la tartine sur la toile cirée. Il ne comprenait rien aux paroles et aux actes des grandes personnes.

Malhabile à soigner son enfant, Virginie se dispersait en gestes maladroits et craignait de lui faire mal. Au contraire, Mme Rosenthal, jour après jour, débarrassait la gorge de ce tissu membraneux sans cesse renouvelé par le bacille. Cette tâche rebutante, elle l'accomplissait avec minutie. Sur le conseil du médecin, on eut recours au procédé des sangsues posées au cou et à la saignée des bras.

Après trois jours d'un combat à l'issue incertaine, le Dr Lehmann s'attarda seul avec le jeune malade. Il visita les yeux, la gorge, ausculta, prit le pouls, la température. De l'autre côté de la porte, Virginie attendait. Quand, après une demi-heure, le médecin sortit, elle se précipita :

— Docteur, docteur ?

— La fièvre tombe. Je ne peux rien affirmer encore, mais... je crois qu'il s'en sortira. Je peux vous le dire maintenant : il revient de loin. Vous pouvez remercier Mme Rosenthal... Il ajouta dans un sourire : ou le ciel, peut-être même la médecine...

— Vous croyez que...

— Il se remettra doucement. Surtout pas de visites. Et vous, madame Chateauneuf, vous passerez à mon cabinet. Vous avez besoin de reprendre des forces. Ah ! voilà Mme Rosenthal. Je vais lui parler.

Le Dr Lehmann prit son parapluie humide dans la pierre à évier. Avant de sortir, il regarda les rayons et les tiroirs de la mercerie, serra la main à chacune des deux femmes. Virginie prit le bec-de-cane pour ouvrir la porte. Le docteur, posant son chapeau sur sa tête, dit :

— Regardez, mesdames, la pluie a cessé. Pour un peu, il ferait soleil !

Ce matin mémorable, l'oncle Samuel avait garé sa Peugeot devant l'entrée du 73 rue Labat, aidé Isaac à transporter la grosse malle et des fardeaux de valises, de baluchons et de cartons ficelés. Les voyageurs partiraient en début d'après-midi et coucheraient à bord du paquebot *De Grasse*.

Les provisions de bouche restant dans le placard avaient été offertes à Mme Ali qui manquait de tout. Les mannequins et les rouleaux d'étoffe et de doublure, cédés à M. Schlack, avaient permis une rentrée d'argent. Enfin, le loyer en retard avait été réglé. La veille, Isaac avait fait une rapide tournée d'adieu. M. Aaron l'avait félicité de ce départ mais M. Kupalski l'avait traité de fou. D'autres lui avaient souhaité bonne chance ; beaucoup ne l'avaient pas cru ou étaient restés indifférents.

— Je viendrai vous chercher vers deux heures, dit l'oncle Samuel.

Dans le logement vide, chacun se pénétrait de ces lieux désolés où l'on avait vécu et qu'on ne reverrait plus. Mme Zober donnait un dernier coup de balai. Giselle regardait sans voir par la fenêtre fermée. David, assis par terre, contemplait les rainures du plancher. Isaac, son fume-cigarette vide à la main, allait et venait. De temps en temps, il regardait les passeports et les billets de la traversée. Il se décida à sortir en annonçant qu'il voulait voir la rue une dernière fois.

Il entra au 75 rue Labat par le couloir. Comme Mme Murer sortait, il se dissimula dans l'encoignure de l'escalier. Il frappa à la porte de Virginie qui le fit entrer en chuchotant :

— Alors, monsieur Zober, vous êtes sur le départ ?

— Je viens pour l'adieu. Et le petit Olivier ?

— Ce n'est pas encore très brillant, mais il va mieux. Je l'ai redressé sur son lit.

M. Zober soupira. Pour la première fois, il surprenait Virginie en tenue négligée, ni coiffée ni maquillée, le visage fripé comme si des rides préparaient leur venue.

— Et si mon David vient le voir, Olivier ?

— Ce n'est pas possible. Le médecin ne le permet pas. Ce serait dangereux. La contagion... Et il ne sait pas que David part. Cela lui flanquerait un coup. Je le lui dirai plus tard, petit à petit.

— Tout ça, je comprends. Des enfants qui sont copains pareil, j'en connais pas.

— Asseyez-vous un peu, monsieur Zober.

Placés l'un en face de l'autre, le silence pesa. M. Zober cherchait ses mots. Finalement, ils se levèrent ensemble et Virginie parla :

— Je devine tout ce que vous ne me dites pas, monsieur Zober. Je sais aussi que nous ne pouvons pas parler de certaines choses. Ce que vous ressentez, peut-être que je le ressens aussi, d'une autre manière.

— Pas du tout pareil du tout, murmura Isaac.

— Puisque nous devons nous quitter, pourquoi ne

pas l'avouer? Vous étiez un ami pour moi. Rien de vous ne m'a jamais laissée indifférente.

— Moi? fit Isaac, la main sur la poitrine.

— Un des hommes les plus charmants qui soient, voilà ce que vous êtes. Je vous souhaite beaucoup de bonheur, une grande réussite. J'ai toujours tellement pris de plaisir à parler avec vous, mais...

Les mains de M. Zober se joignirent. Une expression de ravissement douloureux transforma son visage. Virginie le regardait de ses beaux yeux verts avec de la tendresse, de la tristesse aussi.

— ... Mais, reprit-elle, comme tout était impossible entre nous, il a fallu que je sois forte, que je sois raisonnable pour deux.

— Virginie, murmura Isaac.

Pour la première fois, il prononçait à voix haute ce prénom tant de fois répété dans son secret.

— Et quand je voyais nos enfants, dit Virginie, toujours ensemble, si unis, n'était-ce pas comme si un peu de vous et un peu de moi se rejoignaient?

— Il est beau ce que vous en parlez! s'exclama M. Zober.

— C'est la vie, monsieur Zober. Elle n'est pas toujours comme on la voudrait, mais c'est la vie! Il faut nous séparer maintenant.

Elle s'approcha de lui, posa ses mains sur ses épaules, resta un instant immobile, puis se pencha pour effleurer ses lèvres. Elle se détacha et ajouta :

— Maintenant, partez, partez vite!

Elle referma la porte du couloir sur lui et alla vers la boutique pour le regarder passer de l'autre côté de la porte vitrée. Il marchait la tête baissée, une main sur le front. Elle soupira. Elle songea qu'il ne lui

restait pas beaucoup d'argent. Elle rouvrirait bientôt
le magasin.

Elle ignorait que, durant ce temps, non loin d'elle,
un drame muet se jouait. David, comme son père,
s'était échappé du logis vide pour emprunter le même
couloir du 75 et se diriger vers la cour de l'immeuble.

A travers le rideau de macramé de la fenêtre
donnant sur la chambre, il regarda longuement son
ami, puis tapota sur les carreaux. Olivier, appuyé sur
deux gros oreillers, tourna son visage amaigri. Il vit
celui de David écrasé contre la vitre lui aplatissant le
nez. Ses deux mains étaient posées à plat au-dessus
de sa tête. S'il en avait eu la force, Olivier se serait
levé pour accueillir son ami ou, tout au moins,
s'approcher de la fenêtre. Il fit un effort, mais sa tête
retomba.

Mais pourquoi ce désespoir sur le visage de
David? Les lèvres d'Olivier remuèrent. Il dit à son
ami qui ne pouvait l'entendre que, bientôt, il serait
guéri, que leurs jeux reprendraient. Pour l'amuser, il
plaça ses pouces sur ses tempes et remua les autres
doigts pour en faire de petites ailes. Souvent, ils
avaient joué ainsi, mais David ne lui rendit pas son
geste. Il ajouta alors une grimace en fronçant le nez,
puis il plia son bras en tâtant son biceps pour
exprimer qu'il était costaud. Les yeux de David
s'agrandirent. Olivier ne pouvait voir qu'une larme
froide coulait sur sa joue.

Enfin, la bouche contre la vitre perdit son immobi-
lité. Ce fut comme si elle mimait un baiser. Olivier
put y lire son prénom : « Olivier... » A son tour, il
murmura : « David... » Les deux enfants se regardèrent encore, David pathétique, Olivier voulant le

rassurer, mais l'effort avait épuisé le malade qui s'assoupit sans s'en apercevoir.

Plus tard, l'oncle Samuel mit son automobile en marche. Mme Haque, un mouchoir brodé à la main, assistait au départ. Devant la blanchisserie, Loulou et Capdeverre firent un signe d'adieu, mais David ne les vit pas. Entre sa mère et Giselle, il se tassa sur lui-même. Dans sa poche se trouvait un domino offert par Olivier. Il le serrait dans sa main. M. Zober, près du chauffeur, regardait fixement devant lui. La tête de Giselle était rejetée en arrière comme si elle dormait. Personne ne parlait.

Onze

Durant le temps de la convalescence d'Olivier, la mercerie, de nouveau ouverte, accueillit de nombreux visiteurs, des adultes seulement par précaution.

Le cousin Baptiste arrêta son taxi devant la mercerie et vint faire la conversation qui roula sur ces maudites maladies enfantines, rougeole, rubéole, scarlatine, oreillons, coqueluche, et la diphtérie, la plus redoutable. On inventoria les rhumes de l'hiver et les ennuis de toutes sortes. Par le cousin, les personnes de Saugues habitant Paris apprirent la maladie d'Olivier. En vertu du vieux proverbe cher au pays : « Si tu glisses, tends la main ! », il ne fut pas de jour sans que Virginie eût à offrir la *Suze* et les petits fours.

La tante Victoria apprit aussi la maladie de l'enfant. Elle fit une courte visite, soupira en regardant cette arrière-boutique qu'elle jugeait misérable, donna beaucoup de conseils et fit reproche à Virginie de ne pas l'avoir prévenue.

Un événement agréable fut le retour du cousin Jean de son service. Ce grand garçon souriant et

toujours de bonne humeur retrouva avec plaisir
Virginie et Olivier, ainsi que ses vieux copains,
Chéti, Amar, P'tit Louis et Paulo, et même, par
miracle, un travail à mi-temps dans l'imprimerie. Il
le promit à Olivier : dès son rétablissement complet,
il l'emmènerait à la piscine le dimanche matin.

De l'arrière-boutique où il avait retrouvé son
fauteuil-lit, Olivier entendait les clientes demander
de ses nouvelles. Virginie répondait que, bientôt, il
serait aussi diable qu'avant. Elle connut une surprise : cette Mado qu'elle n'aimait guère, à l'occasion
d'un achat, apporta un bouquet de roses et fit des
vœux pour le rétablissement du malade.

— C'est pas la mauvaise fille au fond, reconnut
Virginie.

— M'man, et David, il pourra venir ?

Que répondre ? Les jours passèrent. Au fur et à
mesure qu'Olivier reprenait des couleurs, sa mère
gagnait en éclat et resplendissait de beauté. Elle
inventa un séjour en Normandie, parla du Havre,
tenant cela pour un demi-mensonge : n'était-ce pas la
première étape du voyage des Zober ? Combien
cruelle serait cette vérité qu'elle lui apprendrait plus
tard : il ne reverrait plus David.

Olivier reprit goût à la lecture : les aventures du
Roi des boy-scouts et celles d'un *Gamin de Paris* lui firent
parcourir la planète. Il prenait parfois un de ses livres
de classe car il craignait d'être en retard et, en fin
d'année scolaire, d'être condamné à redoubler. Virginie tentait de l'aider mais elle n'était pas bonne
pédagogue. Ah ! si David avait été là ! Il l'imaginait
courant sur le sable d'une plage. Il en aurait à
raconter !

Virginie aimait de plus en plus Mme Rosenthal. Elle venait chaque après-midi, demandait si tout allait bien et repartait comme si elle était gênée d'avoir rendu tant de services. Pour la remercier par un cadeau durable, Virginie acheta chez *Dufayel* un service à bordeaux composé d'une carafe et de six verres décorés.

Virginie avait cessé ses sorties. Le soir, elle écoutait à la T.S.F. des opérettes, des chansons ou des conférences. Elle mettait beaucoup de soin à la préparation de la cuisine pour « remplumer » Olivier, et il buvait force laits de poule et bouillons de viande de bœuf hachée. Au mur de sa chambre, elle avait accroché un crucifix.

Olivier disait : « Maman, je m'ennuie... » Il ajoutait : « Ils reviennent bientôt les Zober ? » Pourquoi David n'envoyait-il pas une carte postale ? Sa mère donnait un tour nouveau à la conversation. Elle imaginait des sorties, des distractions :

— Quand tu seras complètement remis, je t'emmènerai à la tour Eiffel.

Elle promettait aussi le Jardin d'Acclimatation, Luna-Park, le Cirque d'Hiver, Guignol, le Théâtre pour enfants. Et puis, on ne cessait d'en parler dans les journaux ou à la T.S.F., dans quelques semaines s'ouvrirait l'Exposition coloniale. Olivier aurait donné tout cela pour retrouver David. Que faisaient les Zober au Havre ? Les réponses de Virginie devenaient embarrassées. Bientôt, les enfants de la rue retrouvés renseigneraient Olivier. Ou bien, avec guère de ménagements, ce serait Mme Haque qui parlerait. Et Virginie cherchait de quelle manière annoncer à son fils une nouvelle qui le bouleverserait.

Un matin, alors qu'il prenait son petit déjeuner en pyjama, Olivier désigna le crucifix et dit à sa mère :

— Le Jésus, c'est un juif.

— Qu'est-ce que tu racontes encore ? demanda Virginie.

— Parfaitement, madame ! affirma Olivier.

Sur le conseil de Mme Rosenthal, Virginie se rendit à la consultation du Dr Lehmann. Il diagnostiqua une arythmie du cœur et lui donna l'adresse d'un cardiologue. Mais l'insouciante mercière en resta là. Elle confia en riant à Mme Rosenthal que, si elle n'allait pas bien côté cœur, c'était parce qu'elle était trop sentimentale

Les beaux jours approchaient. Ce serait mars, puis avril où, dit-on, l'on ne se découvre pas d'un fil, mais, la mercerie bien chauffée, Virginie portait déjà une robe-tunique à pois en soie artificielle. Olivier guéri ferait bientôt sa première sortie avant de retourner en classe après Pâques. Pour David, elle lui dirait demain. Parlant à ce gentil M. Zober, elle avait forcé ses sentiments : il méritait bien qu'on lui fît ce plaisir. Et puis, cela avait été une si belle scène, comme dans un roman d'amour. Il devait rêver d'elle, à New York, et la pensée que quelqu'un, si loin, de l'autre côté de l'océan, gardait son image dans sa pensée, lui apportait un trouble. Elle chantonna : *Reviens, veux-tu...*

Ce soir-là, connaissant sa gourmandise, Virginie régala Olivier d'un potage aux pois orné de croûtons frits, de coquilles Saint-Jacques recouvertes de cha-

pelure dorée, d'un gâteau quatre-quarts accompagné de crème anglaise.

Le repas terminé, avec des précautions de langage, elle lui parla de la famille Zober, des gens très
bien mais qui ne restent pas longtemps à la même
place, de David, ce si gentil garçon promis à un bel
avenir et dont Olivier garderait un si beau souvenir
en attendant de se faire d'autres amis... Puis, ne
pouvant plus reculer, troublée par le regard interro-
gateur d'Olivier, elle raconta le départ dans l'automobile de l'oncle Samuel, évoqua le paquebot dans
le port du Havre, la traversée, l'arrivée à New York,
en parlant de plus en plus vite, en imaginant des
détails absurdes conduisant la vérité à paraître
fausse.

— C'est pas vrai!

Dans une autre circonstance, Virginie aurait cor-
rigé : « On ne dit pas : c'est pas vrai, c'est malpoli! » Après avoir jeté sa dénégation avec violence,
Olivier répéta plus bas : « C'est pas vrai! C'est pas
vrai! » pour se persuader en jetant des regards
coléreux à sa mère.

— C'est pas vrai! Il m'a pas dit au revoir...

— Tu étais malade, contagieux. Tu n'aurais pas
voulu qu'il attrape le croup, lui aussi? Non, tu ne
l'aurais pas voulu!

— C'est pas vrai!

Olivier ferma les yeux sur sa douleur. Tourné
contre le mur, sa tête cachée dans ses bras comme à
cache-cache, il resta immobile. Virginie soupira.
Que trouver pour le consoler? Après avoir débar-
rassé la table, elle alla jusqu'à la chambre pour
ranger dans l'armoire le linge repassé l'après-midi

Elle y glissa des sachets de lavande. Pauvre Olivier! C'était son chagrin. Il fallait le laisser seul avec lui.

Derrière les yeux clos d'Olivier passaient de rapides images. Il revit le visage de David écrasé contre la vitre, mais dans le flou. Il disparut, puis réapparut. Les lèvres bougeaient, les doigts aussi, et Olivier, appuyé à ses oreillers, lui répondait.

Il regarda vers la chambre où la porte de l'armoire gémissait, alla vers la boutique et, malgré l'interdiction, pour la première fois depuis sa maladie, sortit dans la rue. Il courut jusqu'à la loge de Mme Haque qui méditait devant les cartes d'une patience posées devant elle sur un tapis vert.

— Madame Haque, c'est pas vrai qu'il est parti David?

La concierge posa son as de cœur. Elle était interrompue au moment où les cartes se montraient favorables. Elle faillit jeter un « Oh! la barbe! » mais le regard interrogatif d'Olivier, ce rien de tragédie adulte sur un visage enfantin, cette attente angoissée la troublèrent. Elle oublia sa rudesse, imagina le drame intérieur et le fond de sentiment qu'elle cachait remonta à la surface. Elle dit d'une voix inhabituelle, douce, un peu cassée :

— Si! les Zober sont partis. Deux dames ont repris le logement, des remmailleuses de bas. Ne t'en fais pas, va! C'est la vie, ça. On déménage. Les gens vont et viennent. On perd les uns, on retrouve les autres. Les Zober seront plus heureux là-bas. Tu penses! l'Amérique... La chance les attendait. Il fallait qu'ils partent. Il t'aimait bien, David. Et il l'était malheureux de quitter la rue. Ils

avaient tous les yeux rouges, tiens ! David, il s'habi-
tuera. Toi aussi...

Sans un mot, Olivier repartit aussi vite qu'il était
venu. Il se précipita vers sa mère, cacha sa tête contre
elle et dit d'une voix blanche :

— M'man, c'est vrai qu'il est parti. Pardon.

Pourquoi lui tendit-elle une pastille de menthe ? Il
regarda vers la cour. Sur le rebord de la fenêtre, un
chat tigré faisait sa toilette. Virginie dit :

— Si tu veux, nous aurons un chat.

Le soir, dans son lit, les yeux fermés, Olivier revit
ces images de David derrière la vitre de manière si
forte qu'il se leva pour regarder dans la courette. En
se recouchant, il comprit que son ami, ce matin-là,
lui avait fait son adieu. Il s'en voulut de son
incompréhension. Il aurait dû appeler, crier, se lever.
Un sentiment de culpabilité s'ajouta à sa souffrance.

Dans les jours qui suivirent, il resta sombre, pensif,
absent de tout. Il ne pleurait pas, ne se plaignait pas.
Il ressentait un mal étrange, une sensation d'abandonner quelqu'un et d'être soi-même abandonné, de
rechercher ce qu'il est impossible de trouver, d'être
attiré par un objet inconnu qui, sans cesse, se dérobe.

— Tu pourrais jouer dans la rue maintenant, lui
dit sa mère. Le médecin le veut bien.

Il préférait rester dans l'arrière-boutique, assis sur
le fauteuil de lames de rotin, un livre ou un illustré
posé devant lui. Il ne lisait pas. Il fermait les yeux, les
rouvrait, paraissait étonné de se trouver là. Éveillé, il
rêvait des images d'avant la maladie comme si elles
émergeaient d'une autre existence, tantôt claires,
tantôt floues. Des lieux apparaissaient : boulevards,
rues, terrains vagues, salles de cinéma, escaliers,

cours, squares, églises, et là se précisaient les épi-
sodes de l'histoire vécue en compagnie de David.

— Olivier, tu es dans la lune. Si tu allais t'acheter
un pain au chocolat?

Mais il ne voulait pas sortir. Il ne désirait pas
rencontrer les garçons de la rue Labat. Un sentiment
obscur lui faisait leur reprocher d'être présents alors
que David était parti. Il préférait faire semblant de
lire. Dès que sa mère cessait de l'observer, il se
remémorait le logement des Zober, écoutait la grande
Giselle, mangeait en pensée un de ces *strudels* offerts
par la mère de David, visitait le bel appartement de
l'oncle Samuel. Des images lui semblaient loin-
taines : distribution des prospectus du tailleur,
bagarre avec ceux de la rue Bachelet, errances dans
Montmartre, sortie dans le taxi du cousin Baptiste.
Toujours sa rêverie se terminait sur un pont, face à
un paysage ferroviaire où la fumée enveloppait les
deux amis. Ils se perdaient de vue, dans l'attente du
plaisir de se retrouver, mais cette fois la brume avait
emporté David.

— Tu parles tout seul, Olivier...

Elle ignorait qu'il s'adressait à quelqu'un, ce
David qu'il imaginait près de lui. Pour Virginie, il
s'agissait d'un trouble passager, d'une séquelle de la
maladie. Cela passerait. Elle ne savait comment
effacer une tristesse contagieuse. Elle chantait, racontait des histoires, se croyait payée de sa peine si elle
attirait un semblant de sourire sur la bouche de son
enfant.

— Olivier, tu peux sortir, tu sais...

Pour lui faire plaisir, il sortait sans aller bien loin.
Dans la cour du 73, il levait les yeux vers les fenêtres

du logement des Zober comme si David allait apparaître.

Un soir, il marcha jusqu'aux escaliers Becquerel, s'assit sur une marche et regarda fixement le recoin où, pour la première fois, il avait rencontré David. Il entendait encore : « 73 rue Labat Paris dix-huitième », cette adresse que son ami avait dû apprendre par cœur pour le cas où il s'égarerait. C'est là que Loulou qui rentrait du cours de danse le rejoignit. Il dit « Salut, mon pote ! » et Olivier répondit « Salut ! »

— C'est comment quand on est malade ? demanda Loulou.

— C'est comme si on était mort, répondit Olivier.

Comme il ne désirait pas poursuivre la conversation, il se leva et partit en courant. Vainement, Loulou lui cria :

— Avec les copains, on a des trucs à te dire...

Ce n'était pas la voix qu'Olivier voulait entendre. Et bientôt, les « Apaches de la rue Labat » affirmèrent en se tapotant la tempe avec l'index que le môme Chateauneuf était un peu « toc-toc », que sa diphtérie lui avait tapé sur le ciboulot.

Pour Olivier, cette maladie avait emporté David. Il croyait que, sans elle, son ami serait resté, que son départ était le prix de sa guérison, tout cela dans une confusion de pensée le conduisant à la mélancolie et au retrait.

— Je ne sais plus quoi faire, confia Virginie à Mme Rosenthal.

— Ne faites rien, Virginie. La tristesse aussi a sa période de convalescence.

Et Mme Rosenthal, avec douceur, remercia encore

pour ce si joli service à bordeaux qu'elle avait inauguré en famille.

Guéri, Olivier ne parvenait pas à trouver une autre guérison, celle de l'absence. Il vivait ailleurs, dans ses pensées ou dans sa détresse. Soudain, il tendait l'oreille. Par-delà tous les bruits, il tentait de surprendre une voix comme si, dans le lointain, David l'appelait comme tout en lui-même l'appelait aussi.

Tandis qu'il s'égarait ainsi, Virginie le fit venir à la boutique où elle vérifiait une livraison de mercerie.

— Tu veux m'aider ?

— Oui, maman.

Elle voulait l'occuper. Il eut à trier des bobines selon la couleur du fil, puis des sachets d'aiguilles.

— Regarde, la rue est pleine de soleil ! dit Virginie.

Elle ouvrit la porte. Le carillon fit retentir sa musique. Elle poussa Olivier dehors. Il resta appuyé contre l'encoignure de la porte et elle se tint près de lui, puis elle alla chercher un cache-col et un béret qu'elle arrangea sur la tête de l'enfant. Durant la maladie, les cheveux avaient poussé et l'auréolaient d'une lumière dorée.

Les dames qui revenaient des commissions s'arrêtaient un instant, disaient des amabilités, caressaient la joue d'Olivier, observaient l'allongement des jours, s'attristaient des hivers trop longs. Et Virginie faisait retentir son rire, diffusait la gaieté, répondait aux banalités par d'autres paroles attendues. Puis elle dédiait un clin d'œil à Olivier, lui glissait une moquerie à l'oreille, avouait qu'elle aimait bien les gens.

Insensiblement, Olivier reprenait contact avec la rue. Elle l'enveloppait, l'encourageait, l'extrayait de sa torpeur en lui offrant son spectacle.

A sa fenêtre, Bougras caressait un lapin gris. Mme Grosmalard passait du blanc d'Espagne sur ses carreaux. Quand elle essuyait, la poudre blanche s'envolait provoquant des éternuements qu'elle exagérait dans l'espoir d'entendre : « A vos souhaits ! » Riri courait en soufflant sur une plume d'oiseau qu'il s'efforçait de maintenir en l'air. Une blanchisseuse disposait du linge dans un panier d'osier. Le père Poileau marchait au rythme de son chien, s'arrêtant et repartant en même temps que lui.

Les ouvriers de l'entreprise Boissier chargeaient de longs tuyaux sur une voiture à bras et l'on entendait un bruit métallique prolongé. En bas de la rue, devant le commissariat, une motocyclette pétaradait, faisant fuir les pigeons. Un parfum de beurre chaud montait du soupirail de M. Klein. Mme Murer dit à Virginie qu'elle allait changer le manchon à gaz du couloir. A sa croisée, d'une voix aigrelette, Mme Haque chantait *Fleur de blé noir*.

Ainsi, Virginie prit l'habitude de se tenir devant la porte de la mercerie en compagnie d'Olivier. Celui-ci n'allait pas plus loin, comme s'il se trouvait au bord d'un fleuve infranchissable. Virginie pensait que cela lui faisait prendre l'air. C'était toujours ça.

Un jeudi après-midi, sur le seuil de la boutique, Olivier suivait du regard les évolutions de ses copains. Ils avaient trouvé un vieux ballon de football en cuir usé, tout rapiécé, noué par une ficelle ayant remplacé le lacet de cuir, l'enveloppe cachant une vessie constellée de rustines.

— L'Olive, tu viens jouer ? cria Jack Schlack.

Il fit non de la tête. Le ballon roulait, rebondissait, menaçait les vitres. S'il descendait en direction du carrefour, il se trouvait toujours un passant pour le rattraper et le renvoyer d'un coup de pied. Certains s'arrêtaient pour regarder les joueurs d'un œil connaisseur, donnant des conseils qu'on n'écoutait pas.

Curieusement, peut-être parce que « le singe imite l'homme » comme l'observa finement Loulou, ceux de la rue Bachelet jouaient au même jeu mais avec un ballon non réglementaire. Lorsqu'il roulait vers la rue Labat, on le leur renvoyait avec condescendance.

Pendant que Tricot courait vers la rue Custine à la poursuite du ballon, Capdeverre, Loulou, Saint-Paul, Élie, Riri et Toudjourian rejoignirent Olivier.

— On va faire une équipe de foot, annonça Capdeverre, et les gars de la rue Bachelet, on leur flanquera la rouste.

— Et comment qu'on les battra, affirma Saint-Paul.

— Ils jouent comme des pieds, dit Riri.

— Mais on n'est que huit, ajouta Toudjourian.

— Allez, Olivier, viens jouer ! T'es guéri maintenant..., demanda Loulou.

— Pas encore, murmura Olivier.

Et le jeu reprit. A un moment, le ballon entra dans la blanchisserie. Une des demoiselles en blouse blanche sortit, le tenant en mains, et, d'un superbe shoot, l'envoya vers le ciel. Le beau Mac qui passait, ôta son chapeau mou et le rattrapa d'une tête avant de remettre son couvre-chef. Le grand Amar se mêla un instant au jeu. Loulou et Capdeverre se firent des passes habiles. Les feintes de Capdeverre émerveillaient. En sueur, essoufflés, les joueurs criaient : « A moi ! A moi !... »

Olivier imagina que David était présent, qu'il jouait lui aussi. Il le vit courir, se tourner de temps en temps vers lui, l'appeler au jeu, le lui demander d'un regard de ses grands yeux bruns.

— Tu te radines ? proposa encore Loulou.

Et Olivier crut entendre la voix de David. Il faillit rentrer dans la mercerie pour se serrer contre sa mère. Parfois, le ballon roulait devant lui comme un chat attendant une caresse.

Olivier sentit dans son corps de courtes vibrations, une sorte d'élan, d'appel impérieux plus fort que la tristesse qui l'immobilisait. Le ballon, comme animé d'une mission secrète, vivant d'une vie indépendante, arriva devant lui, tourna sur lui-même, s'immobilisa un bref instant. Il ne put se retenir de donner un premier coup de pied, de le suivre, de courir, de shooter encore, de se mêler au jeu. Et tous les copains crièrent : « Hourra ! » en montrant des visages joyeux.

Derrière la porte vitrée, Virginie sourit et se mit à chanter. Oui, la rue était pleine de soleil.

*La composition de ce livre
a été effectuée par Bussière à Saint-Amand,
l'impression et le brochage ont été effectués
sur presse CAMERON,
dans les ateliers de la S.E.P.C. à Saint-Amand-Montrond (Cher)
pour les Éditions Albin Michel*

AM

*Achevé d'imprimer en mai 1986
N° d'édition 9311. N° d'impression 840.
Dépôt légal mai 1986*

Imprimé en France